❤ 爱情是两个灵魂的邂逅

不爱我，别伤我3（完结篇）

Bu ai wo
Bie shang wo

童童 作品

台海出版社

图书在版编目（CIP）数据

不爱我，别伤我.3／童童著.—北京：台海出版社，2016.4

ISBN 978－7－5168－0935－8

Ⅰ.①不… Ⅱ.①童… Ⅲ.①长篇小说－中国－当代 Ⅳ.①I247.5

中国版本图书馆 CIP 数据核字(2016)第 065041 号

不爱我，别伤我.3

著　　者：童　童

责任编辑：刘　峰　　　　装帧设计：天下书装

版式设计：天下书装　　　责任印制：蔡　旭

出版发行：台海出版社

地　　址：北京市朝阳区劲松南路1号　邮政编码：100021

电　　话：010－64041652(发行，邮购)

传　　真：010－84045799(总编室)

网　　址：www.taimeng.org.cn/thcbs/default.htm

E－mail：thcbs@126.com

经　　销：全国各地新华书店

印　　刷：北京柯蓝博泰印务有限公司

本书如有破损、缺页、装订错误，请与本社联系调换

开　　本：880×1230　　1/32

字　　数：200千字　　　印　　张：8.5

版　　次：2016年8月第1版　　印　　次：2016年8月第1次印刷

书　　号：ISBN 978－7－5168－0935－8

定　　价：28.00元

目录 CONTENTS

第一章

唐小爱的生物钟很准时，她现在不需要闹铃也能准时醒过来。

揉了揉纷乱的长发，唐小爱坐起身，看了眼床头的闹钟，有些奇怪怎么助理还不过来。

今天早上七点的飞机，要提前去机场，加上路上会耽误半个多小时的时间，小昭五点之前就会来喊她起床，准备去机场。

秦峻宁坐在沙发上，冷眼看着穿着睡衣的唐小爱往洗手间走去。她对自己根本就没感觉，否则怎么可能感觉不到他的存在？虽然他坐在阴暗的角落里，床头灯很朦胧。

“啊！”唐小爱正准备去洗手间洗漱，眼神掠过一个阴影，她猛然一声尖叫，很少受惊吓的心脏差点停止跳动。

刚睡醒，阴暗的房间里突然多出一个人影，一动不动坐在那里，和僵尸差不多，唐小爱当然会想起恐怖片里的场景。

“秦峻宁？！你怎么在这里？”不过随即唐小爱就镇定下来，立刻伸手打开卧室的大灯，在明亮的灯光下看见秦峻宁的脸，她忍不住想要骂他变态了，残留的紧张和惊讶，让她直呼老板的大名。

幸好她养成了衣冠整洁睡觉的习惯，不至于在突发情况下遭遇尴尬，所以现在内衣睡衣都很整齐，倒也不难堪。

“这是我的地盘，我为什么不能来？”

“早上好……你起得好早。”唐小爱看见他眼里有血丝，而且表情似乎沉郁不爽。

自从在非洲领教过他半夜两点把人喊醒去看星星的古怪性格之后，唐小爱就默默忍耐了顶头老板的各种怪癖。

“好个头！ 我看你睡得倒挺好！”秦峻宁心情更不好，冷着脸说道。

“睡不好的话，今天的工作会没精神。”唐小爱一开始就感觉他有点找茬，所以立刻搬出工作来。

“今天的工作全部取消！”秦峻宁皱起眉头，她就是个工作狂，“昨天晚上不是和刘进很能谈得来嘛？ 人家昨天夜里给我打电话，强烈要求今天和你共进午餐，然后下午去打高尔夫球，晚上再去比基尼 Party，一路的行程都安排好了。”秦峻宁冷嘲热讽地说道。

“我不会打高尔夫。”唐小爱说道。

“没关系，刘进会手把手教你。”秦峻宁露出一丝恶狠狠的笑容，每个字都是从牙齿里挤出来。

“老板，你终于要破了规矩，让我和那些女星一样？”唐小爱虽然刚醒，可心里一点都不迷糊，她看见秦峻宁这个态度，立刻直截了当地问道。

“我是个公平的人。”秦峻宁在这里坐了一夜，看着她的脸想自己的曾经，也想着和钟御卿之间的一切。 他想了很久，为自己总结了走过的将近三十年的人生——公平。 唐小爱，他对她到底有多好，他自己也不清楚。 只知道，他像保护珍藏品一样的保护着她，却没有得到相应的快乐。

“我对公司也很尽心尽力。”唐小爱听到秦峻宁口语中的公平，并没有笑，而是同样认真地说道。

“对我呢？”秦峻宁挑起漂亮的眉峰，问道。

“公司和老板你有什么区别？”唐小爱的确被历练得更成熟了，至少不像之前的那个没见过世面的小女孩，她现在虽然大部分时间还是会沉默不语，但是在该说话的时候也会开口。

“你对公司用心工作，那是因为合约关系。”秦峻宁想了一夜，他知道唐小爱对于自己是特殊的，他只是把她当成一件艺术品，不断地打磨，让她在众人面前更完美，看着她的身价越来越高……他会有成就感。

可是和钟御卿狠狠吵了几次之后，秦峻宁感觉像是受了刺激，有的东西被刺激变质了，尤其是昨天唐小爱和刘进也有说有笑时，他就更发现自己不能容忍她和其他男人在一起。

除了钟御卿，他还厌恶刘进。因为他们都是盯着唐小爱不放的人。

“食君之禄担君之忧，我并不只是因为合约，才那么努力。”唐小爱也因为秦峻宁刀子嘴豆腐心，才不想敷衍他。她本来就不是松散的人，努力做事是为人的准则。

“你心里真的是为我？”秦峻宁冷笑，“只怕你是个佞臣……”

“老板，你到底是怎么了？”唐小爱觉得他今天太无理取闹。

虽然秦峻宁每次都不讲理，可这一次太奇怪了，连佞臣这种形容词都能找得出来。难道是昨天和钟御卿在车里密谈的后果？

“用你去换电影的正常上映，加上电影圈里的大哥大刘进来当客串，不是很好？”秦峻宁站起身，走到窗边，伸手拉开窗帘，“我为什么要再为你承担不该有的风险？你对我并不公平。”

“哪里不公平？做得不好的地方老板可以指出来，我会改正。”唐小爱想呕血，她在埃斯克罗简直就是个不可超越的榜样——低调、勤奋、听话、努力、谦和……除了不能控制的绯闻，工作和生活上简直没有任何缺点。

她已经做到这种地步了，还要怎样才能让秦峻宁满意？

“你根本就在敷衍我，从来没有认真对待过我！”秦峻宁攥着窗帘，想起那日撒哈拉沙漠的星空下，唐小爱闪闪发光的眼眸那么单纯。

“不知道你要什么样的对待？”唐小爱无可奈何的语气强硬起来。

"唐小爱，你可真会扮猪吃老虎，我倒想看看你怎么违约。"秦峻宁原本就心情不好，而这一次唐小爱一反常态地顶撞他，态度一点都不柔顺。

加上昨晚和钟御卿谈的那番话，越发让秦峻宁感觉自己被所有人背叛遗弃了。

"如果是工作需求，我可以应酬他，但你是老板，不管在什么时候都该保持理智和冷静，不能因为自己的心情……"

"你还敢教育我？"秦峻宁更加生气，他没听错的话，唐小爱在教导他怎么当老板？

"所以，我不知道你要什么公平。"唐小爱平静地说道，"如果是公平，我很想把你当成朋友，但是你，习惯了俯视我们，用自己的眼光去看待一切，更不愿意接受别人的意见，我们这些低贱的艺人，怎么和高高在上的你公平相处？"

如果要用四个字来形容秦峻宁，唐小爱会选择——刚愎自用。

秦峻宁非常刚愎自用，而埃斯克罗的董事会也几乎形同虚设，他做出的决定，不需要让其他人去讨论，独裁专制。

钟御卿也很独裁，但会用很圆滑的处理方式，不像秦峻宁那么明显的专制狂妄。

"你……"秦峻宁没想到一直闷葫芦的人也会牙尖嘴利起来，他只觉得那股气抵在了胸口，吐不出来也咽不下去，卡得浑身难受。

"你看，在你面前，我没有自由也没有隐私，这面墙并不能挡住什么，只要你想进来，根本不会考虑到我的想法……"

"终于开始不满了？你是在准备控诉我？"秦峻宁硬生生地把那股气憋下去，她安静温柔了那么久，攒的怨气终于要爆发了。

"就事论事，我只是不了解你说的公平。"唐小爱咬咬唇，她并没有控诉什么，而是陈述事实。

也许她不该一大早就和秦峻宁争执，娱乐圈这条路，进入越深，就发现越难走。

埃斯克罗又出新闻了，唐小爱因为身价的飙高，已经不将东家主放在眼中，与秦峻宁闹翻脸，这几日所有的商业活动都取消，似乎想要离开一手将她捧上天的埃斯克罗。

“小爱姐，你还要休息几天，该不是秦总真准备要把你封杀了吧？”Kiki 不问八卦就浑身难受，她在这几个人中是发展最缓慢的人，也许就是因为她这张嘴没底线，公司想栽培她都困难。

“不知道。”好在唐小爱根本不像是娱乐圈的人，而且知道 Kiki 没坏心思，只是爱八卦而已。

“别对我们也这么守口如瓶嘛，你怎么会不知道？”Kiki 很失望，唐小爱的口风太紧，即使闺蜜也难以撬开她的嘴。

“真的不知道。”唐小爱端起汤色碧绿的茶水，送到唇边，眼神微微黯淡下来。

秦峻宁的心，比女人的心还难捉摸，昨天吼了一通，他就走了。她本来以为中午还是会安排和刘进一起吃饭，下午打高尔夫球……可是没有，秦峻宁取消了所有的活动——关她禁闭。

没错，是禁闭。直到她饿了想下楼吃点东西时，发现门从外面锁住了……

唐小爱不吵也不闹，接完电话后，她从容地整理好房间，拉上窗帘在床上闷头睡了一整天……

她也算准了秦峻宁不可能把自己饿死，只是在气头上把她反锁了，所以干脆省下体力和心力，躺在床上美美地补觉。

果不其然，下午三点半，秦峻宁就默许了助理进来看看她还活着没有。

“午餐时间到了，我们去吃点东西吧。”甜甜其实不想带着 Kiki 去公众场合，因为担心她乱问话。

唐小爱放下茶杯，她虽然不饿，可也得吃点东西。

这两天秦峻宁撤掉她身边的所有工作人员，现在的感觉和刚踏入埃斯克罗时一样——无所事事的清闲，对未来充满了不确定，想快点接到工作，完成合约回家。

三个人依旧坐在最低档的自助区，Kiki 虽然没心没肺，可这一次没闹着去 A 区吃大餐，因为唐小爱和秦峻宁闹矛盾了，她不能在这个时候惹火上身。

“最近的新人很少。”唐小爱看了眼萧条的自助餐厅，不由想到当初她在这里看到钟御卿时紧张的心情。

“现在家里有点钱的新人，谁在这里吃？ 他们去不了 A 区，也得往 B 区 C 区爬，因为那里都是有点名气的艺人了，说不准运气好点，消费数百上千的大洋，能换早点出道成名的机会，那可就赚大了。”Kiki 口无遮拦地说道。

“知不知道为什么大家都有活接了，你还在混新人区？”甜甜敲着她的脑袋问道。

“别把我的发型弄乱了……为什么？”Kiki 偏过头，她也不明白为什么小希都快成二线明星了，自己还在圈子边混。

不过 Kiki 本来就知足，就像一开始对唐小爱说的话，这里有吃有喝有玩，还有大把的帅哥美女和成名机会，她对现在的生活已经很满意，没太多要求，所以才会饱暖思八卦……

唐小爱摇头苦笑，人们常说物以类聚人以群分，她和八卦机器 Kiki、东北甜妞不知道怎么能成为好友。

现在看来，其实大大咧咧的 Kiki 有一点和她很相像，那就是很容易满足，对别人没有太多要求，就是乐观过了头。

正在几个人吵闹得正开心时，唐小爱一转脸，突然看到一个让她完全没有心理准备的人……沈墨。

唐小爱不相信地眨了眨眼睛，仿佛突然被一个巨大的旋涡卷了进去，又仿佛她被透明的结界隔绝了，空气、声音、光线……通通被挡在外面……

安静又萧条的自助餐厅，沈墨刚走进来，就看到了唐小爱。

他也愣在原地。人生如戏。沈墨都不知道该怎么去形容这短短几个月的起伏。他看上去依旧有些憔悴，但是成熟了很多，那双眼睛已经没有少年飞扬的明亮色彩。

Kiki 和甜甜也停止了笑闹，她们发现唐小爱看向沈墨的眼神有些怪。

“公司最近签了不少小帅哥嘛。”Kiki 笑嘻嘻打量着“新人”，一时没认出沈墨。

“小爱，你认识？”甜甜也记不住这个模样成熟很多的男生，当时沈墨的照片上过两次报纸，但那时大家注意的都是新出道的唐小爱。加上照片和本人还是有些区别的，她们根本没有想到，这个瘦高的年轻人，就是唐小爱在媒体面前亲口承认的唯一前任——沈墨。

唐小爱说不出话来，她只觉得许多纯真的回忆带着挡不住的酸，从心底往上涌去。

沈墨为什么会出现在这里？他也被签入公司了？这么大的八卦为什么公司竟然没有人说起？

“嗨。”

“……嗨。”

Kiki 看着坐在对面餐桌上的唐小爱和沈墨，几乎要抓狂了，嘴巴成了 O 型。

“我不是做艺人，准备做幕后。”沈墨和唐小爱单独坐在角落里，他显然也非常激动和紧张，虽然尽量抑制住狂乱的心情，可还是想哭。

半年的时间，天翻地覆。如今坐在他对面的女孩，不再是当初无人关注的读书狂，而是许多男人梦寐以求的情人……她再也不会穿着过时又土气的衣服，坐在图书馆里默默地看一整天的书，再也不会在那些花枝招展的艺术学校女生堆里，像被稻草缠起来的小白杨，丝毫也不起眼……

她现在是他仰望的星星，而不是当初想要保护的心肝。

“幕后？ 不是准备接手你母亲的生意吗？”唐小爱问道。

她想对他说很多很多话，想抱住他痛哭一次，可是看到沈墨那么真实地坐在自己面前，她却不知道该说什么该做什么。

“父亲提前退休了，母亲也不想再经营公司，他们现在只想清闲地安度晚年，所以……”沈墨也不知道该怎么说，他从高高的云端跌到深谷，现在抬头看着已经站在峰顶上的唐小爱，觉得他们之间的距离好远好远。

“哦，家里的事都解决了就好，老人家能颐养天年是福气。”唐小爱觉得他们之间的谈话，客套疏远得已经让自己难堪。

“刚好前几天埃斯克罗在招聘美术指导，我很幸运通过了……本来准备和美术指导小雾老师学习，不过因为她很忙，所以这段时间在接受一些其他训练。”沈墨看着唐小爱胸前精致的花朵装饰，今天她是素颜，模样其实并未改变，但是沈墨却不敢多看一眼。

长时间没有见到唐小爱，更觉得她被娱乐圈打磨得光彩无比。

那种气质和气场，已经有巨星的光芒，即便依旧温柔地坐在他对面喝着果汁，也让人觉得心跳加速。 埃斯克罗现在最红的女星！

“小雾老师？ 听说她是埃斯克罗最厉害的美术指导，跟她会学到很多东西。”唐小爱几乎都想结束他们之间枯燥的谈话，在她的想象里，他们见面后不该是这样的。 亲耳听到沈墨说家里一切都安好，唐小爱才算彻底松了口气。

她跟钟御卿在一起时，根本没法多问沈墨的事，一切只能求上帝保佑，希望钟御卿不要食言。

“这几天我是在当实习助理……娇纵惯了，还不太适应给别人当下手。”沈墨低下头的时候，眼圈却红了。

“你可以做更好的工作……”唐小爱也别过脸，当初是学生会会长的沈墨，并非只靠脸吃饭的，毕竟父母都是有权有势的人，他虽然娇纵了点，可也比同龄人有能力多了。原本他一毕业就会继承妈妈的企业，成为令人艳羡的年轻CEO，可现在，却成了一个实习助理……

而唐小爱却恰恰相反。本来平凡无奇的唐小爱，为自己未来做的打算，是在毕业后倚仗自己的优异成绩继续读书，或者做教授的副手，慢慢积攒几年开个小设计室，争取在二十五岁的时候，经济稳定，谈婚论嫁，结婚生子……

没等她毕业，就突然成了耀眼的明星。只不过光环来得太突然，她在舞台的中央睁不开眼睛，被周围人牵引着，一步步走着，看似风光无限，其实只是个木偶。

“没想到会在这里碰到你。”沈墨也觉得气氛压抑得让人喘不过气来，他不再聊自己，“我以为你很忙，就算用餐也不可能在这里。”

“我也没想到。”唐小爱只是喃喃重复着。

她想起夏日的午后，篮球场上的男生们挥洒着汗水，一群女生都在喊着沈墨的名字，而她抱着书匆匆经过，要去便利店打钟点工，无法去看他的比赛，只能在心里想象着他的身影……

那种默默暗恋的感觉，已经成为了回忆，她再也抓不住那种悸动的酸甜滋味。

“现在……很好吧？”沈墨的思维一片散乱，他突然想逃走，不想看到现在的自己。

“嗯……还好。”唐小爱也感觉到沈墨比自己还想快点结束这种谈话，她本想安慰他，但是沈墨现在的心理已经很别扭，安慰的话在他听来可能只是一种嘲讽。

“经常在娱乐新闻上看到你的消息，你应该很适应现在的生活吧？”沈墨勉强笑了笑，问道。

“就是有点忙，很多时候……身不由己。”唐小爱很想和他像从前那样愉快地聊着心里话，但最终语言变得晦涩不已，只能用“身不由己”这四个字来表示自己现状。

“我也以为你每天都在忙着工作，没想到能在这里遇到你。”沈墨越来越矛盾，想和她多待一会，又惧怕和她在一起。

“是……我下午还有其他事，有时间再聊。”唐小爱干脆先站起身，率先结束令人尴尬的场面，微笑着说道。

“抱歉，我耽误你的时间了。”沈墨也跟着站起来，瘦削的脸颊上，那双眼睛显得格外大，闪过落寞和悲伤。

“没有……总是要吃饭的。”唐小爱不习惯这样的谦卑小心的沈墨，她拉开椅子，依旧微笑着，“再见。”

这个世界能不能买到一种药，可以回到三年前？ 那她发誓，不会让自己陷入今天的境地……

唐小爱在音乐疗养室里，听着舒缓的钢琴曲，满脸都是泪水。

原来爱情那么忧伤。 忙得昏天暗地，忍住不去想，依旧无法躲避回忆的袭击。 曾经骄傲的、前途无量的沈墨，竟然来埃斯克罗当个实习助理，看她的眼神都变得躲躲闪闪，再也没有当初那种坚定和自信，像是被生活打击得再也站不起来的废人。

唐小爱深爱的那个阳光自信的大男孩，已经被钟御卿折磨死了……

“告诉老板，我想见他。”唐小爱捂着脸，手心都是潮湿的泪水，她拨通小昭的电话说道。

埃斯克罗大厦里的公用电话都是只能接内线，音乐疗养室里的通话设备也是只能接到工作人员的手机上。

唐小爱在这里坐了整整两个小时，舒缓悠扬的音乐不能让她开心，她想主动找秦峻宁聊聊。

原本，唐小爱不准备在秦峻宁找自己之前，主动去与他“和好”，反正她不工作，又不损失什么，秦峻宁不可能将她藏十天半个月，最多三五天就会让她继续接工作。

但是根本没想到沈墨会出现在新人区。

电话没有回过来，没过多久，门外传来礼貌的敲门声。小昭赶了过来。

“小爱，老板不在公司，他在陪艾美出席活动，可能后天才能回来。”小昭看到唐小爱拨打的号码，埃斯克罗的内部系统，能够直接定位她所在的疗养室。

“你可以亲自给他打电话。”小昭见唐小爱似乎有些失望，她将手机递过去，说道。

这次秦峻宁和唐小爱之间究竟发生了什么冲突，小昭也不清楚，只知道秦峻宁相当火大，否则也不会关“禁闭”，不准助理和周围关系要好的工作人员去接近唐小爱。

只是秦峻宁的怒火一般不会太久，等他睡一觉醒来，唐小爱第二天主动认错道歉，再哄哄他，这件事就会过去。可惜，唐小爱不是会哄人的主。她虽然不主动惹事，但对于自己认为对的事，很难会去违心地主动认错。

“不用了。”唐小爱扭过头，她想找心理医生纾解一下。

“小爱，别和老板较劲，毕竟他是……天。”小昭指了指头顶，无可奈何地说道。

如果说绿嘉国际的神是钟御卿，埃斯克罗的天就是秦峻宁，只是这老天爷是六月的天，孩子的脸，说变就变。

“你知道沈墨在埃斯克罗吗？”唐小爱揉了揉太阳穴，她很少会和身边的工作人员说私事，今天主动和小昭提到沈墨。

“前段时间老板大裁员，所以又要招不少人进埃斯克罗，沈墨来应聘过，不过没有通过第一轮考核。”小昭心里微微一惊，立刻明白唐小爱苦恼的源头。

“中午，我和他一起吃的饭。”唐小爱闭上眼睛，说道。

“他又通过考核了？”小昭很惊讶，她竟然不知道沈墨进入埃斯克罗这么大的八卦。

小昭平时都是跟着唐小爱“双宿双飞”，虽然听闻多一点，但招聘部门主任对她说，这次秦峻宁高薪招聘有三年经验以上的人，而沈墨没有达到专业要求，连第一轮考核都没有通过，就被刷下去。

“说正在做实习助理，我以为你知道。”唐小爱尽量用带着陌生距离的口吻说沈墨的事，仿佛两个人只是曾经普通的校友。

“我一直在处理和你有关的事情，不知道他被破格录取了。”小昭一进来就觉得唐小爱好像哭过，眼圈和鼻尖都红红的，说话的声音也有些沙哑，现在听到她说沈墨，立刻知道她现在心情一定很难受。

听说沈墨是她的初恋，虽然从没有在唐小爱的口中听过这段恋情，但初恋总是刻骨铭心的，尤其对不爱表达内心世界的女生来说，更无法忘记。

“小爱，是不是有些……物是人非的感觉？”小昭顿了顿，她不知道该怎么安慰，轻声问道。

“我不知道……该怎么帮他，才能让他回到以前……”唐小爱摇头，好不容易忍住的泪水又想流下，“你没有看到他现在的模样……向命运屈服的模样，没有以前的意气风发，也没有半点自信，和我说话的时候，一直不敢看我的眼睛，好像他变得低人一等……”

“生活总会让人改变……”小昭无法安慰唐小爱，只能拍拍她的肩膀，像个可以信任的大姐姐，温柔地问道：“要不要给鱼鱼打个电话？或许她会让你心情好一点。”

“每个人的心理承受能力不同，每个人面对人生的态度也不同，也许你觉得可悲的事情，在另一个人眼中，是可喜的事……”海鱼鱼坐在人工湖边，不紧不慢地说着。

“都变成那样了，还有什么好欢喜的。”唐小爱伸手扔了个小石子，看着湖面的涟漪一层层荡开，再渐渐消失，闷闷地说道，“习惯了锦衣玉食的生活，怎么能忍受现在的灰暗？”

“你希望他一辈子都过着那种贵公子的生活？”海鱼鱼反问。

“我只希望……他永远都能笑得开心。”唐小爱更希望时光能停留在大二的那年夏天，她可以在去做家教或图书馆的路上，从篮球场边经过，看一眼沈墨阳光灿烂的笑脸。沈墨现在不知道背负着多沉重的心理压力，从今天略带自卑的谈话中，她听出了他还不能适应这种落差。

“唐小姐？”略带惊讶的磁性声音在后面响起，称呼带着某种微妙的暧昧的距离感。

唐小爱听到那悦耳性感的声线，登时身子一僵。

钟御卿。他故意称呼得那么客气礼貌，可唐小爱还是听出了里面的调侃。

“钟先生，真巧。”唐小爱站起身，回过身，看向英俊高大的男人，也礼貌客套地说道。

钟御卿笑了，唇边明媚的弧度，比阳光还暖。他不笑的时候有种生人勿近的冷酷和拒绝感，可是一笑，立刻春花绽放，温暖如天使，有种迷幻的美好，让人忘了他的危险。

“难得见你休息，请你喝杯咖啡？”钟御卿是在征询，但是口吻里更多的是命令，让人无法拒绝。

“我五点之前得回公司……”唐小爱心里也清楚不可能拒绝他，可是一看见他的脸，她就会乱了分寸。

“现在才三点二十。”钟御卿抬起手腕，看了眼设计沉稳的D. O手表，笑着说道。

很快，她会成为这个顶级奢侈品牌的亚洲代言人。

“走吧。”钟御卿的笑容越发明媚温暖，无害得像是美丽优雅的狐狸。海鱼鱼只好识趣地告辞了。

刚才她说“钟先生，真巧”的时候，实在太有趣了。

钟御卿想到在非洲、飞机上等等的“巧遇”，每一次都是他先开口说这句话，现在从她嘴里先说出来，感觉很奇怪。

“用得着还这么紧张吗？ 这里很安全，没有狗仔，也没有你的老板。”在绿嘉国际内部装潢雅致的茶室里，钟御卿见她紧张不安的模样，为她斟上茶，唇边的笑容带着令人心慌的邪恶，问道。

唐小爱在外面总是一副跟他只是工作来往的普通关系，私底下带着一点抗拒感，像是没有养熟的宠物。

“谢谢，我自己来。”唐小爱和他一到密封空间里，紧张已经成了习惯，怎么都无法克服。

她拿过茶壶，为自己洗杯沏茶，不用钟御卿帮忙，也以此分散心神，将紧张的情绪转移开。 那双乌黑纯净的眼睛，随着茶水的注入流转，手指修长洁净，让他感觉在观赏现场的优秀茶道表演。

“嗯……你这几天不忙？”唐小爱端起茶，等了好久，钟御卿也不主动牵引话题，她只好打破令人尴尬的沉寂，像是问候一个普通朋友。

比起中午和沈墨尴尬的聊天，此刻才是真正煎熬的时刻。 和钟御卿在一起，无论想怎么转移注意力，都会被一种奇异的磁场侵扰，让她既无法将注意力完全转移到其他地方，又无法专心致志和他聊天。

总觉得进入了一种充满电流和能量的密闭空间，她找不到躲藏的地方，只能忍受电流通过身体的酷刑感。 “不如我们下棋？”钟御卿提议。

茶室里琴棋书画一应俱全，唐小爱坐到棋桌边后，那微小的喜悦彻底消失了。 相比对面男人的轻松自若，她显然太过紧张，整个人都绷紧着，随时会断裂开。

“这一步走得可不明智，故意让我吃掉你？”钟御卿见她又红了脸，好整以暇地转了话题，依旧像个绅士。

唐小爱反正不准备再赢他。 现在她更明白什么叫木秀于林风必摧之，在娱乐圈走了几个月，就像成长了十年，该学到的，不该学到的，她都记在了心里。

“难怪峻宁会经常对你发火。”钟御卿见她不说话，只是轻轻摩挲着棋子。

“为什么这么说？ 老板……不是很经常发火。”唐小爱为自己老板辩护。

“那这次，你为什么又被取消了工作？ 听说还被禁足。”钟御卿果然消息灵通，什么事都瞒不过他。

“不是禁足……是休息。”唐小爱想解释，“前段时间工作太累……”

“为什么要辩解？”钟御卿抬眸看着她，他不喜欢听拙劣的谎言。

“他只是偶尔心情不好。”唐小爱落下棋子，不去看钟御卿的眼睛。

“真是个尽职的好演员。”钟御卿笑了起来，像是在称赞她，随即落下黑子，又说道，“有没有想过，像你这么认真工作的好员工，为什么秦峻宁还会对你不满？”

“没有什么不满。”唐小爱觉得很多时候，都是因为秦峻宁本来性格就暴躁，和她没有关系。

“他最讨厌的，应该就是你这种三棍子打不出闷哼的人。”钟御卿托着腮，看着她娴静地拈着白子的模样，像是古代画卷里走出的温婉红颜，“即使你听话、任劳任怨，可在秦峻宁的眼里，都是个让人提不起激情的木头。”

“要迎合别人改变自己性格，是需要时间的事情。”唐小爱苦笑，她本来就不太爱说话，寡言少语的闷性格，加上现在的工作环境又是娱乐圈，言多必失，沉默是金。

“真是委屈你了，现在要迎合我。”钟御卿总是会冷不防地射冷箭。

“还好……”唐小爱接不上钟御卿的话了，半晌才挤出几个字来。

“说的真勉强。”钟御卿都不忍心逼她了，看她可怜的模样，勉强看着自己的眼神随时会折断，“我们真的很好吗？”

唐小爱和钟御卿对视不过几秒，她已经看到了沈墨，也知道钟御卿没有食言，虽然沈墨的现状很不好，可总比面对父母的牢狱之灾要幸福：“关于我和你，我不能接受你直白的要求，我希望是有正当的过程……”

“正当的过程？第一步，认识？第二步，了解？不管中间的过程有多不同，最终的结果都是——上床。”钟御卿放下最后一颗棋子，说道。

“最后的结果……也可以是其他。”唐小爱无力地辩驳，将白子放在黑子的中间，“而且，中间的过程才是最重要的。”

“我只要结果，至于过程……”钟御卿将她的白子拣掉，微笑着说道，“那是浪费时间和精力。”

唐小爱沉默下来。她不该试图和钟御卿去辩论有关感情的事，她应该也像个商人，在公平交易下面，狡黠地计算着自己如何才能多占些便宜。

“因为什么心情不好？竟然到了找心理医生的程度。”钟御卿见她不说话，结束了之前的话题。

“难得空闲，就想到了老朋友。”唐小爱不想和钟御卿说起沈墨，她看着棋盘，自己已经被围攻得没有招架之力。

“唔，难得空闲，竟然找海医生，却没有想到我。”钟御卿将她的白子全部提走，她这局输得彻彻底底，他却没有赢的喜悦。

“因为你很忙，我怕打搅到你。”唐小爱就知道他不会那么轻易放过自己。

“可以出来见海医生，就不可以见我？”钟御卿打断她的话。

“你和海医生不一样。”唐小爱面对咄咄逼人的钟御卿，有些后悔今天跑出来。

“秦峻宁教会你不少东西嘛。”钟御卿依旧微笑着看着她，这女人竟然学会了对付自己。

“他没有教会我什么，自始至终，他都将我保护得很好，否则现在我也不会还保持这样的状态。”唐小爱努力地去抓主动权，不想再那么被动地任他摆布。

“所以，你很感激他？即便他的脾气那么差，你也没有想过在合同期内离开他，是不是？”

唐小爱沉默下来，和钟御卿谈话，每一次都会陷入怪异的气氛里，因为他太会主导话题的方向，总是举重若轻地将谈话引到其他的地方。

“不过峻宁对你的确很好，难得他第一次这么坚持原则没把你给卖了。”钟御卿轻轻抚着她的长发，声音低柔又性感，“还因为你，不惜与我翻脸……我记得你曾经对我说过，想要摆脱这样霸王的条约，有三种办法，第一是等他公司倒闭，第二是以后比他厉害，还有最后一种方法，就像电视里放的那样，让自己的顶头上司喜欢自己，没错吧？”

“是，你记得真清楚。”唐小爱露出一丝苦笑，她原来和钟御卿说过那么多的心里话。

只是现在为什么变成了这样？两个人面对面坐着，她根本不敢和他敞开心扉，每说一句话都经过反复斟酌，整个人像绷紧的弦，累到极点也不敢放松。现在很难想象在非洲的时候，她会对这么危险的男人完全放松，竟然还会和他说自己的成长史，分享成长的点点滴滴……

“如今你就要达到自己的目的了。”钟御卿微笑着说道，“秦峻宁为了你，把埃斯克罗折腾得只剩下一口气，只要你在这时候出点状况，他就会完全倒下。”

唐小爱澄澈的眼神变得复杂起来，她用不可思议的眼神看着钟御卿，她真的越来越看不懂眼前高深莫测的男人了。

他和秦峻宁不是最好的朋友吗？为什么秦峻宁的公司出现问题，钟御卿会那样冷淡漠然？甚至刚才的语气里还带着唯恐天下不乱的幸灾乐祸？

“小爱，跟我在一起的时候，是不是想过利用我的能力，让自己彻底离开娱乐圈，摆脱人在江湖身不由己的烦恼？”钟御卿的手穿过她的长发，来到她柔嫩的脖子后，轻轻摩挲着，问道。

唐小爱一直平静的脸色终于变了，这种不知道什么时候被完全看穿的恐惧感太可怕了。他怎么会知道自己内心深处偶尔掠过的那个念头？

他好像是住在自己身体的魔鬼，什么都瞒不过他的眼睛，被牢牢掌控的感觉糟糕透了。

她害怕，根本不敢再幻想自己的未来，也让她不得不重新估算对面的男人，即便毫无胜算，也不想自己跌得太彻底。

“现在我可以帮你退出娱乐圈，你什么都不用管，只要每天在家里乖乖等我回来就行。”钟御卿轻声笑着吻上她光洁的额头，薄唇沿着她秀挺的鼻梁往下滑，“做个衣食无忧的小宠物，不用工作，不用被别人欺负，也不用操心自己的未来，我都帮你安排好……这样，你还会去在意所谓的感情‘过程’吗？”

唐小爱只觉得浑身的血液都麻木了。她说的每句话，钟御卿都放在了心里，就像刚才结束的那个“恋爱过程”的辩论。

“怎么样？把一切都交给我，比交给秦峻宁那个冒失鬼要稳妥得多。”钟御卿的唇，来到她柔嫩的唇上，继续诱哄，“三年后，你退出娱乐圈，只会被盛名所累，而你跟了我，三年后你得到的，会是一家拥有千万资产的设计公司。”

“不……”唐小爱不能将自己所有的一切都给他，即使她前不久还想过离开娱乐圈。

但现在，在娱乐圈只不过打拼三年，可是跟了钟御卿，那就不再是三年，也许这一辈子都赔上了，她不想让自己完全被吞噬。

唐小爱一直都想离开娱乐圈。可现在猛然明白，钟御卿是比娱乐圈还可怕的东西，因为他毫无感情。从他对秦峻宁的“落井下石”就能看出。

虽然唐小爱不了解钟御卿究竟在想什么，也不清楚秦峻宁和他之间到底发生了什么事。但秦峻宁为她和钟御卿闹翻，钟御卿就要用这种手段来“报复”的话，她无论如何都不能丢下秦峻宁离开。

她不要信任任何男人，在彻底摸清钟御卿之前，她不要这么鲁莽地去依附别人。钟御卿实在太危险，像毒药，唐小爱开始害怕如果彻底成为他的宠物，没有自己的空间。

至少在娱乐圈，还有秦峻宁和她共进退。虽然秦峻宁的性格太火辣，但相比根本摸不清心里想法的钟御卿，至少可以信赖。

“我……还是希望能够有自己的工作。”唐小爱的笑容有些不稳，她的演技没有练到炉火纯青的地步，“而且已经习惯现在这份工作，要是突然闲下来，可能会不适应。”

“那就是在拒绝我？”钟御卿的唇离开她莹白的肌肤，脸上依旧看不出不悦，还是像天使般的温暖，只是口气里似乎多出了一份压迫，让人不觉难以呼吸。

“我习惯了现在忙碌的生活。”唐小爱咬咬唇，觉得他身上的气息似乎越来越阴冷，她攥紧拳头，坚持自己的选择。

第二章

唐小爱被邀请到了绿嘉国际，据说有人要见她。

门打开了。钟御卿的专人司机兼贴身保镖蓝逸身后，站着一对少男少女。

唐小爱转过头，一直如同死水的脸上荡漾起惊喜的波纹：“文正？”

没错，站在门口的男生就是她的弟弟，唐文正。而他身边长相甜美可人的女孩，就是上次对她说的赵格宝。

“姐！”唐文正下午正和赵格宝准备五一期间的学生会活动，突然接到陌生的电话，说是唐小爱要见他，接他的车就停在校门口。

钟御卿果然是细心体贴的男人，虽然是恶魔，可无论什么时候，都披着天使的羽衣，完美细致。他让蓝逸去把唐文正接过来，反正他要很晚才回来，这段时间唐小爱有弟弟陪着，也不会寂寞。

“我是赵格宝，非常喜欢你。”赵格宝笑起来有可爱的酒窝，还是单纯的大学女生，声音甜甜的，透着书卷气。

唐小爱想到自己的学生时代，虽然她才告别了学校不到半年，可已经感觉自己和赵格宝的差距好大。她没有那么单纯可爱的笑容了，虽然在娱乐圈，常常有人夸她“干净”，甚至被冠上新一代玉女的称号，可总觉得是嘲讽。

“你好，我是……”唐小爱看了眼唐文正，这孩子自从当了学生会长之后，似乎就很有魄力起来，和以前那个柔弱的被欺负的小男孩截然相反。

“你是我们的偶像。”赵格宝咯咯笑了起来，抓住唐小爱伸过来的手就不放，“我们寝室的女生可喜欢你了，到处都贴着你的海报，当然，男寝室更多。”

“谢谢。”唐小爱脸微微一红，她被埃斯克罗包装出来之后，虽然常常看到自己的粉丝，但因为赵格宝是弟弟喜欢的女孩，总觉得是亲密的家人朋友，所以觉得有点怪怪的，有被疏远的感觉。

“你素颜的样子更可亲。”赵格宝见大明星竟然会脸红，她也觉得有些惊奇。

“宝宝，你喝点水。”唐文正把赵格宝拉到一边，神态举止中，俨然已经是成熟的男人，带着宠爱。

唐小爱看着越发成熟儒雅的弟弟，心里突然酸了起来。从小到大都是她保护着弟弟，一转眼，弟弟就长大了，知道照顾喜欢的女生，也在爱情的滋养下，像个大男人了。

“你姐果然不爱说话。”赵格宝抱着水杯走到一边，对唐文正吐吐舌头，做个可爱的鬼脸，“和以前的你一样，礼貌刻板得像古代人，一点也不像大明星。”

唐文正拍拍她的头，满眼的宠溺。他刚进入学校的时候，也沉默寡言，只做事不说话，赵格宝则是风头正劲的系花，活泼外向，偏偏看上了他。

唐文正现在也很儒雅，清秀斯文，像个饱读诗书的儒生，只是渐渐锋利起来，不再像小时候那样软弱。

“姐，你休假了？什么时候能回家？爸爸妈妈都很想你。”唐文正坐到姐姐身边，举手投足间，青涩的稚气几乎完全消失。

爱情也能让一个男生迅速变成男人。唐小爱想到自己和沈墨的那些过往，唐文正和家世良好的赵格宝……会不会重蹈覆辙？ 可是看见那个女生那么可爱阳光，唐小爱不忍再说出打击弟弟的话来。

“虽然有时候可以休息，但是不能离开公司。”唐小爱和弟弟的话多一点，她看向那边的女生，低低说道，“文正，现在你还年轻，你能确定……”

“姐，我已经见过她的家人。”唐文正打断姐姐的话，说道，“是个传统又开明的家庭，没有阻止我和她的交往，如果这几年的感情稳定，我事业也可以，毕业后就让我们结婚。”

“什么？ 你才二十岁……”唐小爱没想到弟弟的动作竟然这么快，看来男大也十八变，曾经害羞内向的小男孩已经知道怎么争取自己的幸福了。

“因为她喜欢我。”唐文正笑了起来，“她只喜欢我，她的父母也只希望她幸福。”

“你确定？”唐小爱皱了皱眉头。

“姐姐，我上次不是和你说，我参与了一个产品研发推广的事情吗？”唐文正如果没有强大的后援，他也不敢去赵格宝的家里，对着长辈承诺会对她好。

唐小爱听着弟弟描述着他已经起步的小工作室，听着他神采飞扬说着学习和生活，她还是有些疑惑。 不知道是谁那么无条件支持唐文正做研发，也担心他会上当受骗。

可想一想自己的成名史更离奇，唐小爱对唐文正现在的人生，更多的还是欣慰。 至少，唐文正是个男人，即便事业不那么如意，他还年轻，只当是磨练。

上帝像是终于怜惜了唐家这一支血脉，让从小吃尽苦头的唐文正，苦尽甘来，现在顺利地遇到自己的爱情和事业。

超大的餐桌上，只坐着三个人，上面的水晶吊灯闪着华美的光芒，映照着高脚杯晶莹剔透。

没有想到钟御卿考虑那么周到，竟然连晚餐都让专人伺候好。

一顿丰盛的晚餐，唐小爱都觉得羞愧。因为和弟弟从小俭朴惯了，看到这么豪华的晚宴，她就像穿着百万美金的礼服，心里永远都不踏实，因为知道那不是永远属于自己的东西。

唐文正也觉得太过奢侈，回忆自己的童年生活，更觉得现在像暴发户，简直难以下筷。

“上流社会就是这样吧？”赵格宝感叹，“要是我爸爸妈妈看到这么贵的红酒，一定会教育我三天三夜。”

“文正说过你的家庭是书香门第，家世良好，听说父母都高校名师。”唐小爱趁势说道。

“那也没吃过这样的饕餮美食，我的爷爷是老古董，从小吃饭的时候就得背着‘谁知盘中餐，粒粒皆辛苦’，一点也不准浪费。”赵格宝的家庭是很好，比起小镇家庭，不知道要好多少倍，但和钟御卿亲自安排的这些相比，简直是小巫见大巫。

“真好。”唐小爱看了眼唐文正，难怪弟弟说见了这个女孩就会喜欢，她的家庭的确和沈墨的家庭不一样。

弟弟要比自己幸运，可以这么快找到幸福。

“好什么？”冷冷的压抑着怒气的声音破门而入，“唐小爱，你是嫌我喂不饱你吗？”

三个人不约而同看向门口。赵格宝第一个叫了出来：“秦……秦峻宁！”

大名鼎鼎的新锐导演秦峻宁，因为媲美男明星的面孔和花边新闻，让他比一线明星还要红。

“埃斯克罗的晚餐不好？还是我虐待你了？”秦峻宁无视其他的人，径直走到唐小爱身边，眼里能射出怒火来，死死盯着素面朝天的女人。他刚刚包机回来，就是因为下午的时候，接到唐小爱到绿嘉国际用餐的消息。

“怎么不会说话了？”秦峻宁伸手拿起一边的红酒。

“我能先送我弟弟回去吗？”唐小爱适时开口，她知道秦峻宁的性格，不想让唐文正看到自己接下来狼狈的处境，让他担心。

“会有人送他们出去。”秦峻宁硬生生忍住想拿酒瓶砸她的冲动，咬牙切齿地给自己倒了一杯酒，要把怒气给压下去。

果然，紫元走进来了，礼貌温和地请唐文正和赵格宝先回去。

“文正，回去好好学习，我的假期可能到此结束，有时间再找你。”唐小爱果断地逃离秦峻宁身边，佯装送唐文正走，站在门口还保持着笑容，“宝宝也是，你们好好照顾自己。”

赵格宝觉得气氛很古怪，秦峻宁果然名不虚传，媒体上刊登的可能还会美化一点，现实中他的脾气似乎更大。唐小爱现在的身份不该是他小心捧着的吗？

唐文正倒是很干脆，立刻点头，拉着赵格宝就走。他也嗅到了那丝怒气，知道姐姐不想让自己看到太多难堪，所以带着心爱的女友先离开。

“对不起。”小爱看着紫元带走弟弟，这才转过身。

“我永远都不想听到这三个字！”秦峻宁端起酒杯，没有砸到她脑袋上，而是仰头狠狠灌了一口，然后将酒瓶摔在墙上，看着紫红色的汁液慢慢流淌下来，“唐小爱，你想怎么折磨我才开心？我对你到底哪点不好，让你这么讨厌我，跑到钟御卿这里来讨好他？你不知道我现在和他势不两立？你不知道因为你这个笨蛋，我多辛苦？”

唐小爱愣在原地，她被一阵数落，感觉自己好像是负心人。似乎有什么东西变了味。虽然她很迟钝，也能闻得到。

他最多的，就是骂自己。骂自己笨，骂自己不会拒绝人，骂自己像个木头……

“我……没有讨厌你……”唐小爱半天才挤出几个字来。

“是，你是不讨厌我，你对我连讨厌的感觉都没有！”秦峻宁大步流星走到她面前，狠狠盯着她，那眼神像是要把她生吞活剥了。

“不……不是……”唐小爱已经不知道该怎么说，她本来就是不善言辞的人，加上秦峻宁那么近盯着她，心里难免会有压迫感。

“唐小爱，我真是看错你了！”秦峻宁在飞机上就快被气爆炸了，看到她之后，更是怒不可遏，“当初以为你单纯，处处保护你，可现在，你名利双收，搭上了钟御卿，就不把我放在眼里了！”

已经找不到词来文艺地骂她，秦峻宁干脆用最恶毒的字眼攻击她：“我太小看你了，你知道自己怎么卖个高价钱，你的手段可真高明！泥巴堆里滚出来的麻雀，以为真成了凤凰？”

“秦总。”唐小爱现在很少称呼他“秦总”，她和那群工作人员一样，可现在，她被狗血淋头大骂一顿，还上升到人身攻击，她忍无可忍。

“告诉你，唐小爱，我能让你红得让人疯狂迷恋，就能让你黑得让人憎恨讨厌！”秦峻宁伸手拽住她的衣领，将她重重推到墙上，“别挑战我的底线，否则……我会亲手毁了你！”

她是自己最得意的作品，秦峻宁一直舍不得对她“下手”，而现在，从未有过的沮丧、伤心、愤怒、怨恨……种种感情都交缠在心中，让秦峻宁恨不得把她推进地狱的烈火里，将她烧成灰烬。

“秦总，你先松手。”唐小爱冷静地面对着，“我跟你回去……回去说行吗？”

“不行！你现在就要给我说清楚！”秦峻宁死死盯着她，“我和钟御卿，你只能选择一个！”

“我不想在别人的地方，丢你的脸。”唐小爱不卑不亢地说道，“如果你喜欢在别人的家里和自己人吵架……”

“什么‘别人家’‘自己人’？”秦峻宁暴躁地打断唐小爱的话，却猛然想到她话里的意思，不由松开手，“你是说，和我在一起？”

“我是埃斯克罗的艺人，当然应该站在自己东家这边。”唐小爱平静下来，脸上恢复了静定从容的神色，淡淡说道，“除非你觉得我没有利用价值。”

她没有答应钟御卿离开娱乐圈，就已经做了抉择，不会丢弃秦峻宁一个人逃走。

秦峻宁用复杂的眼神盯着唐小爱，整整盯着她半分钟，才从牙缝里挤出几个字来：“算你聪明！”

他在和唐小爱没有侵略的安静眼神对峙时，怒气就不知不觉散了一大半，尤其是听到她要和自己“回家”的话。

唐小爱有种安定人心的力量。那种力量很缓慢，很细小，很难察觉，可是却能让秦峻宁烦躁的心渐渐平和下来。

“你真的只是想和海医生聊聊？找她是因为这件事？”秦峻宁听唐小爱解释完，阴沉着脸问道。他可没那么好骗，可脸色明显缓和了很多，看来即使是谎言，他也很受用。

“是，我想找心理医生调解压力。”唐小爱端坐在沙发上，感觉被刑讯。

“你这两天休假，还能有什么压力？”秦峻宁眯起双眸，其实他不介意唐小爱主动找心理医生纾解，她那么闷的性格，愿意和别人多聊聊天放松，他都会很高兴。但是结果很严重——她和钟御卿在一起。

“我……想不通怎么惹你生气了。”唐小爱的话刚说出口：“还有……我中午看见了沈墨。”

“你看见了沈墨？”秦峻宁原本缓和的脸色瞬间难看起来。

“是，中午我和他一起用餐。”唐小爱恢复了平静镇定，因为秦峻宁现在说话也不正常起来。

“然后？”秦峻宁面色很不爽，有种想要严刑逼供的冲动，“你看见初恋旧情复燃？”

“没有，埃斯克罗不允许艺人私下有感情生活。”唐小爱依旧很淡定，补充说道，“就算合同没有规定，我也知道和他不可能还有以后。”

“知道违反合同，那你还去偷会钟御卿！”

至于沈墨，秦峻宁没有放在心里，因为沈墨是他亲自选进来的人……秦峻宁前几天解雇了很多和绿嘉国际有关的人，却挖来了绿嘉国际的一个普通的新员工——沈墨。

“那是意外，我没有想到会碰到他。”唐小爱知道当秦峻宁生气的时候，自己要用什么办法去应对。秦峻宁很容易会没有理智，所以她只要保持冷静和理智，再努力拉回他暴走的情绪就行了。

“你完全可以避免这种‘意外’！可你最后还是到了绿嘉国际，他甚至还把你弟弟接过来……他以为他是谁？他凭什么安排你的时间？凭什么安排你的弟弟？凭什么？！”秦峻宁说道钟御卿就无法淡定，他恨不得把手边的文件全都砸了。

“如果是老板你，该怎么拒绝他？”

“直接让他滚蛋！”秦峻宁被她反问，愣了愣，设身处地站在她的角度想，他更清楚钟御卿的性格，的确没法拒绝。唐小爱还是绿嘉国际的代言人，这份关系是无法抹杀的。

“如果我能成为老板你这样的人就好了。”唐小爱的话很认真，不会夹带任何恭维和示弱。

钟御卿听到墨阳带来的消息，一点也不意外，继续与漂亮风情的江小姐聊着合作计划，谈笑风生，根本没有将唐小爱的事放在心里。

唐小爱禁闭了两天后，又开始忙碌工作起来。要补上两天落下的工作，还要准备电影的开拍和事前宣传。

秦峻宁的电影终于可以开拍了，不过演员有些变动，其中一个重要的角色，变成了刘进。

唐小爱在开机仪式前，又和刘进见面了。在这种明星云集的宴会上，她确实不像青涩的小明星，在如云的美女中，清雅醇香的气质让人过目不忘。

越来越像个有范儿的大腕，即使她少言寡语坐在角落，也散发着耀眼的光芒，让人忍不住往她身上看。

“真没想到这部电影最后的杀手锏是刘哥的加入……”众人在开着玩笑，都围在刘进的身边。

“这次大牌云集，都是老戏骨啊。”七嘴八舌的声音，其实大家都知道，这些大牌和老戏骨，全是绿叶，都只为了衬托一朵红花。

埃斯克罗力捧的新人……不，已经不算是新人了，虽然才出道几个月，可一夜成名后飙红的速度，让唐小爱成为了快餐文化时代的一种奇怪的标志，像是要预兆着复古潮流的回归。

因为她的走红，在当今整容变性的风潮里，掀起了一股六七十年代老牌女艺人所拥有的自然优雅的传统风潮。

人们厌倦了千篇一律的锥子脸和硅胶胸，小清新的女星渐渐也让人感觉矫情，而唐小爱，让大家想到最质朴的年代，那种略施脂粉的封面女郎，有春花的笑和沉静的眼睛。娱乐圈终于不那么浮躁，仿佛名利都只是身外之物，她展现的不过是一个传统的东方女子该有的含蓄美丽。

没有任何的尖锐和侵略，那样的秀美如同从古诗里走出的隽永。秦峻宁端着香槟，扭头看向唐小爱。

唐小爱端着高脚杯，正在和金牌制作人也是这部电影的策划人M姐聊天。她现在已经会主动去融入这样的气氛，虽然很多时候都是在听别人闲聊。剧本她已经看过，她不怕背冗长的台词，也不怕感情戏。

和邵坤玄演过情侣，加上她后面做的功课多，勤奋学习表演，对镜头已有了感觉。

秦峻宁以前常走文艺风，偏偏这次要拍武侠电影。武术指导还真的是刘进，想想就觉得和老虎演戏……

“觉得剧本怎么样？”M姐问道。

“打戏很多。”唐小爱是个很好的倾听者，但让她倾诉却很难。

“是不是有点怕？”M姐晃着高脚杯，现在的艺人幸福很多，不像以前拍打戏，动不动就受伤。

“没接触过，所以有些担心做不好。”唐小爱每次在这种明星云集的场合，总会找一些资深的老前辈聊天，而且一定要是女人，这样助理不在身边，也能拉开一点和男人的距离。

在场都是重量级的明星，庞大的演员阵容已经让人无比期待这个电影。秦峻宁不知道怎么搜集来这么多大牌艺人，这些大明星们都是为了陪衬埃斯克罗的两颗新星——唐小爱和艾美。梁菲菲在里面也有个角色，可只有三五个镜头。

秦峻宁很会推销自己的人，这部电影里除了主要的演员全是辉煌一时的电影明星之外，所有能在镜头里露脸的群众演员，都是埃斯克罗自己人。

能安排档期穿插进来的，秦峻宁一个也没放过让他们在大屏幕出镜的机会，甚至还有小希。

唐小爱放下演员名单，现在的新人想出头果然很难，像这种全明星阵容的大制作电影，就算小希当个小小的龙套，也未必会给他一个清晰的正脸。

她何其幸运，又多么不幸……总觉得做了一个漫长的光怪陆离的梦。直到现在，她还无法从梦里挣扎出来。

“小昭跟你说过好消息吗？”秦峻宁举着高脚杯走到她的身边来，他咳了一声，决定说些好消息：“你的写真集卖得很好，已经超过了预期数，现在各大榜单上都是第一，作为奖赏，你可以对我提一个条件。”

“我没什么要求，如果你真的体恤下属，不要给我安排太多的工作就好，我想抽时间回家看看父母……”

“唐小爱，你给我好好提一个条件，要是满足不了你，我就不姓秦！”秦峻宁说道：“除了合同以外的事，你说什么我都能满足。”

“我想……你能多多照顾沈墨。”唐小爱平静认真地说道。

她的要求显然出乎秦峻宁的意外，他从愕然到惊讶，再到愤怒，最后甚至带着嫉恨松开手，似乎在用力平静着心情。

“好。”半晌，秦峻宁才吐出一个字来。

“多谢老板。”唐小爱一直在找机会，想和秦峻宁聊聊沈墨的事，可最近他那么忙，每天都是跟制作人一起准备新片的事，她没有机会说。

“你可真痴情，现在的身份都已经是万人钦慕的大明星，可还是忘不掉自己的初恋情人。”秦峻宁狠狠压住不爽，嘲讽地说道。

唐小爱平时不会和异性多说话，行为端正得像封建礼教下的女人，所以秦峻宁难得有这么不舒服的时候。原来，除了钟御卿让他不爽，沈墨也让他愤怒。

“朋友一场，难得当初彼此欣赏，现在看见他落难，能帮当然想帮他。”唐小爱想到那天沈墨看自己的眼神，就像那些同台的小明星偷偷看过来的视线一样，让她觉得很难过。

如今自己在所有人的眼中都是春风得意，而曾经春风得意的少年，却落魄到这样的地步……

“欣赏？”秦峻宁冷笑起来，“你现在可真是越来越会说话了，你们之间不叫欣赏吧？也不是普通朋友吧？”

“的确，现在连普通朋友都不算。”唐小爱有些落寞地说。

“唐小爱，告诉我，你是不是还喜欢他？”秦峻宁看着她的侧脸，安静柔和，有圣洁的美，仿佛她不该有人类任何情爱和私欲，只是一种美丽的植物，开着芬芳的花朵，没有欲望。

“……无论我怎么说，你都不相信我。”唐小爱知道秦峻宁多疑的性格，她时常想对这个男人掏心掏肺真心相待，可每次都被他嘲笑。

唐小爱知道，也许是因为身份的差距，也许是因为秦峻宁的性格，他只是把她当成了赚钱工具，即便有时候会温柔小心呵护，可终究不会把她当成平等位置上的朋友。

秦峻宁从来不会把女人当成兄弟般的朋友。他的眼里，女人只有两种——令他有欲望的美女，令他没欲望的女人。还有极少数的第三种——让他当作自己杰出作品的女人，可以为他赚钱，可以给他带来事业的满足感，却不能让他身体欲望满足。

“我想听你心底的想法。”而这一次，秦峻宁一反常态，压着嫉恨，尽量用平静的口吻说道。

“说不喜欢……那是骗你的。”唐小爱有种白驹过隙的无奈感觉，昨天好像还在青葱单纯的校园里。

“谁都会怀念最年轻美好的岁月，因为知道以后永远不会再有那样单纯的情怀……”唐小爱转过头，看向秦峻宁：“你拍过那么多的电影，知道怀念就像一组长镜头，只能拉回记忆，却拉不回流逝的时光。”

“人生最让人痛苦难忘的，不就是‘已失去’和‘得不到’？”唐小爱看着他的眼睛，露出一抹青翠的笑容，“所以，我对他的感情，止步于‘已失去’，而不是‘得不到’。”

“我知道了……”秦峻宁明锐的双眸里，映着她青翠却荒凉的笑容，仿佛一望无际的大草原，明明郁郁苍苍，却无人能够到达。

“老板你放心，我不会和他再有什么纠缠，只是希望你能多多照顾他，毕竟喜欢过的人……不想看到他活得太狼狈。”唐小爱垂下眼睛，她不知道沈墨为什么还要来埃斯克罗，他们之间的距离已经远得无法用任何方式拉回最初。

“你是不是恨我？”秦峻宁不再提沈墨的事，突然问道。

“没有。你对我已经很好了，虽然喜怒无常，但至少没有伤害过我，只是工作压迫了点而已。”唐小爱实话实说，做好了秦峻宁发飙的心理准备。

“你真是个……傻瓜。”秦峻宁居然没有发火，反而莫名其妙地柔情起来，“我把你带进这个你不喜欢的圈子，断了你所有的路，让你只能被我牵着走，失去了那么多的自由，还不恨吗？”

“比起我们家以前的那些债主，你是最好最仁慈的一个。”唐小爱摇摇头，又笑了，说道。

秦峻宁微微一愣，没有想到，她竟然会说自己是“最好”“最仁慈”的债主……果然是个傻瓜！让他舍不得伤害的笨女人，说着回不到纯真青葱的岁月，却依旧有少女笑容的傻瓜啊……

唐小爱这次穿的礼服依旧是巴黎订制，在名流齐聚的地方，秦峻宁让设计师为她订制的礼服优雅大气，没有任何名贵珠宝的妆点。

不仅是各界企业家，还有上流社会的社交名媛、政界要人、学者明星……这里简直就是活生生的名利场，已经超过了娱乐圈的范畴。

唐小爱在不停闪烁的镁光灯下浅浅微笑，挽着秦峻宁的手臂往前走去。

她穿的礼服是纯白色长裙，剪裁得简约合身，没有爆乳也没有露背，款式带着复古的保守，衬托了她那独特的干净古典的气质。

而那种隽永的含蓄的性感，从保守的礼服中，一点点散发出来，像是一种花，被帘幔遮挡着，可那令人愉悦的香味却无法挡住，让人浮想帘幔里究竟开着多美的花朵。

秦峻宁无疑是了解女人的，他可以挖掘出任何女人身上的闪光点，加以打磨，最终成为漂亮的艺术品。

“小昭什么时候过来？”唐小爱在媒体的镜头前微笑，转身时低低问道。

“她还处理很多事情，你现在怎么这么依赖自己的助理？”秦峻宁在有镜头和媒体的地方，也是尽量保持微笑。

“因为今天……我没来得及看有关资料，所以怕说错话。”唐小爱听出了秦峻宁口吻里的不耐烦，立刻说道。

“都是些企业家和上层名流，还有政界要人，你只要跟在我身边就不用担心，我会给你一一介绍。”秦峻宁带着她走到媒体较少的角落，从侍应生手里的托盘上端过两杯饮料，递给唐小爱一杯果汁，自己则端着香槟，“那边戴眼镜的斯文秃子，是绿宇的负责人，绿宇自成立开始，每一年都会换负责人，后台老板还没露过面，不过这么快能成为政府扶持的门面工程，应该也不是普通的商人。”

“九点钟方向挺着将军肚的中年人，是省长秘书刘云峰，那边短发女人，穿着白色西装裙的，是政府要员葛青，政界女强人，手腕比男人还要狠，性格笑里藏刀……尽量不要惹到他们。七点钟方向拿着限量版爱马仕包包的女人，就是承安集团的千金李萱，在她身边的那群女人，就是所谓的‘名媛帮’，那群千金小姐都是伪名媛，你也别去招惹……准备过来搭讪的那个西装男，是房地产大亨张永强。”秦峻宁抿着香槟，对唐小爱低声介绍着他们的背景，直到瞥见几个人往这边走过来，才停止介绍，立刻迎上去，“张老板，好久不见，又年轻不少。”

唐小爱跟在秦峻宁的身后，她看得出，秦峻宁其实不喜欢这种各界混杂的地方，尤其对政府官员和那些企业的龙头老大。

如果这一次只是纯粹的娱乐圈明星聚会，他会如鱼得水，乐在其中。

可现在这种场合，秦峻宁只能和那群西装革履、肠肥脑满的大老板一样，敛了自己不羁的性子。

“这不是唐小姐吗？ 真是闻名不如见面，唐小姐比电视里还漂亮呢。”张永强看着秦峻宁身边柔静的女人，她身上有种少女的气质，眼神却少了几分活泼多了几分温婉沉静，一看就想到古代画卷里的女子。

“我说秦总，上次我有个楼盘想让唐小姐代言，你怎么到现在还不回话？”张永强见唐小爱只是微笑，也不接自己的话，立刻问向秦峻宁，“该不是嫌代言费少了吧？”

“张老板怎么能这么说？ 别说你一向大手笔，就算没有代言费，我也不会拒绝……”

“那就这么说定了，就知道秦总豪气。”张永强立刻笑着说道。

“只不过最近她的档期都排满了。”秦峻宁笑着加了一句，“张老板如果真的很着急，我会尽量安排一下时间，也许下个月中旬可以拍组宣传照。”

“我很急，等不到下个月，这种事都得事先宣传，越早越好。”张永强看了唐小爱一眼，“代言费不是问题，秦总只管开口。”

“好像上次说要代言的是别墅洋房？ 张老板这么着急，我刚好有个更好的人选可以推荐给你。”秦峻宁不急不忙做着生意，有意要把艾美给推荐出去，“我刚重金挖过来一个混血名模，火辣得很，做过奢侈品的代言人，代言这种高档楼盘最好不过……至于代言费嘛，真的没问题。”

“艾美，过来，见见张老板。”秦峻宁这次带艾美来了，只是下车后，艾美看见了熟悉的人，没有跟在他身边。

艾美穿的和唐小爱截然相反，她是性感的真空装，站在秦峻宁的身边，两个人像是火辣的红玫瑰和纯白的小百合。

“秦总，你今天可带了不少美女过来呀。”

艾美刚刚把张永强缠住，立刻又有人看到秦峻宁，走了过来。

唐小爱一直保持着笑容，认真聆听他们的客套话，好在这里的媒体都很懂规矩，只是尽职地拍照而已，不会蜂拥而至地围堵。

唐小爱在秦峻宁耳边见缝插针地说道：“老板，我去那边休息一会。”

她站得腿发酸，今天一整天都浑身不自在，坐久了腰疼，站着又腿酸，心里还一阵阵发慌，只想躲到清净点的地方去。

“要在我的视线范围之内。”秦峻宁见她好像很疲惫的样子，难得尽责地说道。

平时他一有应酬，或者看见美女，根本就不会管唐小爱在哪里。今天的场合不同，各行各业的人都有，秦峻宁怕她傻乎乎地被拐走。

“嗯。”唐小爱刚才就看中了一个安静的角落，那边的灯光稍微暗了点，只有三五个人聊天。

她走了过去，坐在弧形的沙发上，背对着热闹的大厅，看着玻璃窗外的超大游泳池。这是私人会场，更像个独立的大别墅，外面的游泳池边人更多，因为有比基尼美女侍应端着各色的酒水饮料和水果点心，在人群中穿梭。

“咔嚓！”外面的闪光灯亮起，显然有媒体记者看到了唐小爱，隔着透明的玻璃，给她来了许多特写。

唐小爱现在对镜头不会下意识地躲避，她只是侧过头，看向另一边，掩去脸上的心事，不希望明天被媒体爆出什么“失宠”“郁郁寡欢”这种新闻来。

“嗨！”有点熟悉的声音飘进了唐小爱的耳里，随即她被一双热情的手按住了肩膀，“唐小姐，我们又见面了！”

唐小爱正看着外面的热闹的场景，找不到可以溜出去的办法，被热情的声音打断了心事，她扭过头，看见一张阳光英俊的脸——乔离思。

“是你？”真没想到他也会出现在这里。

虽然室内禁止开闪光灯，可是屋子外，隔着透明的玻璃，还是有闪光灯不停亮起。明天又有新闻上头条了，唐小爱看着坐在自己对面的意大利男人，无奈地想着。

“在这里能看到你，实在太幸运了。”乔离思笑着说道，那股热情和精神气，根本不像是已到而立之年的人，“知不知道自从你成了大明星之后，想要看到你只有在电视和广告牌，或者报纸上？”

“是吗？”唐小爱尽量专心地和他聊天，不想让自己看上去神游太空。

“我试着和你的经纪人联系，希望有机会可以请你吃饭或者旅游，可惜你的经纪人助理根本不给面子。”乔离思的中文越发熟练，他无奈地摊开手说道，幽默地说道，“如果需要出场费，我还可以支付得起半天的价钱。”

“不是经纪人的问题，是我的档期排得太满，连睡觉的时间都没多少。”唐小爱笑了起来，她没想到乔离思还记挂过自己。

“那就是在压迫员工超负荷工作，你可以提出上诉。”乔离思笑着说道，“我帮你请最好的律师。”

“我没想到你也会在这里。”唐小爱的眼里溢出笑来，中止那个半玩笑半认真的话题，乔离思可真幽默可爱。

“你们东方人要面子，所以为了面子，我只好代表公司来参加，用钱镀金嘛。”乔离思眨眨眼睛说道。

“哈……”唐小爱笑出声来，这个意大利男人太有趣了。

窗外，一双锐利的鹰眸紧紧盯着唐小爱的笑脸。许多媒体往泳池边涌了上去，纷纷喊道：“钟总，请看这边！”

而唐小爱坐在里面，在热闹的喧嚣的里屋，根本听不到外面疯狂的声音。

钟御卿的身边跟着张墨阳和蓝逸，他们笑着将媒体都打点走，跟着钟御卿来到华美的大厅。

唐小爱一直背对着大厅，与乔离思聊着天，身后躁动喧嚣的人群，没能让她的注意力分散。

“噢，钟总终于到了。”乔离思看到了往这边走来的强大气场的俊美男人。

唐小爱听到那个姓，放松的身体从骨骼深处僵硬起来。

钟御卿一直在暗中观察唐小爱，看见乔离思看到自己时，唐小爱放在桌子上的手缩成了拳，他笑了起来。能让一块坚硬的木头听到自己的名字都会有反应，多成功啊。

“这不是唐小姐吗？”钟御卿像是刚发现背对着自己的女人是唐小爱，“早知道就一起包机过来了，看着美人，旅途也不会寂寞。”

他说得认真又一本正经，那双漆黑的瞳仁含着温柔的笑意，专注地盯着唐小爱妆容清淡的脸。

“我也不知道你会过来……”唐小爱非常不情愿地开口。

她今天从起床开始就一直恍惚，想到这种场合绿嘉国际也一定会派代表来。

“不该拥抱或者握个手吗？毕竟你现在还是绿嘉国际的代言人，这么多媒体面前，是不是应该有点专业素质？”钟御卿微笑，微微俯身，在她耳边低声说道。

他的身后确实有媒体正在狂拍，只不过被保安人员拦着，不希望媒体太近，打搅到贵客。

乔离思皱了皱眉，不知道是没听清楚还是没听懂，在外人眼中，钟御卿的语气和神情很温柔，与唐小爱似乎像是亲密的老友。

唐小爱紧了紧拳头，随即站了起来，对钟御卿伸出素白的手，客客气气地喊道：“钟先生……”

最后一个字还没吐出来，她就被钟御卿攥住手，扯到怀中。如同亲密的老朋友很久不见，所以忍不住热情的拥抱。

在媒体眼中，更像是唐小爱主动和大老板亲近。唐小爱惊呼声硬生生卡在喉咙里，她在刚才那一瞬间，看见媒体的镜头和众人的眼光全部投向这里。

僵硬地伸手扶着钟御卿的腰，唐小爱现在也只能像是和老朋友来个热情的拥抱，暗暗希望不要被媒体抓拍到任何不自然的表情，如果明天的头条出现不该有的八卦，秦峻宁会生气。

“够了！”拥抱了三秒，唐小爱发现自己挣脱不了，尴尬地低声说道，“公共场合，你不要……不要太过分。”

“我喜欢今天的礼服，很清雅。”钟御卿非常自然地松开手，他喜欢这样保守的款式。

唐小爱还没恢复正常的站姿，听到他这句话，见鬼般地抬头看着他的眼睛。她从没有在媒体面前和哪个男人这么亲密过，最多也只是牵手或者挽着胳膊走红地毯而已……

“不可以吗？”钟御卿始终保持着微笑，性感的薄唇勾出更迷人的笑容，眼神比笑容更性感。

唐小爱看到越来越多的人看向这边，媒体都在找最好的角度想拍下这一幕。她突然想到秦峻宁和钟御卿关系破裂的新闻，这条新闻沸沸扬扬，已经不只是娱乐版的头条了，甚至还闹到财经版面。

钟御卿在美国有上市公司，据说因为撤股的新闻，还影响了股票。

“你知道我不可能拒绝你，只是……”唐小爱在闪光灯中，尽量自然探过脸去，脸上也带着温婉可人的笑容，在媒体面前完全是大家风范，没有任何破绽，水润的红唇轻轻开启，用只有钟御卿才能听到的耳语低声说道，“请你对我负责，不要让我承担被非议的风险。”

“唔，当然。”钟御卿一面微笑，一面冷语说着。

“先生，我不是在开玩笑。”唐小爱的笑容开始抖动，如果不是大庭广众之下，她这一次可能会对钟御卿明确表达自己的生气。

“小姐，我更不会开玩笑。”钟御卿抬眼瞥见玻璃倒映的人群，那些男人和女人都目瞪口呆地看向这边。

“钟先生，乔先生，不打搅你们聊天了。”唐小爱按住愤懑的怒气，微笑站直了身体，对两个男人说道。

她怕自己再多站一秒，就会暴走，破坏了秦峻宁辛苦打造出来的完美形象。

“唐小姐不用这么急着走，反正现在都有时间，不如坐下来一起聊。”钟御卿笑吟吟地说道。

“不，谢谢，我还有其他事。”唐小爱的语气开始僵硬，这表示一向柔顺的她快到了忍耐极限。

“小爱，刚才不是说没其他事吗？ 坐下吧，反正哪里都是人。”乔离思虽然站在两个人的旁边，可是在喧杂热闹的环境里，也没有听出他们私密的对话。

他只是觉得唐小爱拥抱钟御卿的时候有些僵硬，不太像她平时自然雅静的风格。 可钟御卿表现那么正常，和她亲热低语，像是很久不见的老朋友。

唐小爱还想拒绝，但被钟御卿“热情”地强迫按在了座位上，然后两个男人一左一右也坐了下来，三个人像是个稳固的三角形，被媒体包围着。

“唐小姐看上去好疲惫，这几天是不是又被秦大老板压榨，没休息好呢？”钟御卿轻笑着问道。

“钟先生应该清楚为什么。”唐小爱咬了咬唇，她尽量想让自己看上去很放松，可就是没法松弛下来。

“对，大家都知道，工作太累了，小爱说睡觉都没时间。”乔离思这一次清楚地听见唐小爱语气里的不耐烦，立刻接话圆场。

“唔，那还真累。”钟御卿双手交叉在胸前，似笑非笑地看了眼唐小爱，那眼神在其他人眼中看来只是性感迷人，可对唐小爱来说，像毒蛇吐信。

“没办法，艺人这种行业，和我们不一样。”乔离思见唐小爱把头扭了过去，似乎不太想和钟御卿说话，他又说道。

乔离思清楚钟御卿的身份，他虽然和唐小爱见面次数不多，但从小爱正式出道开始，他就一直关注着她，如今的唐小爱和那晚刚刚出道时完全不同。

并不是因为她现在被磨砺出来的气场和越发迷人的气质，她成为绿嘉国际代言人那晚，如出水芙蓉，只不过那时，她站在钟御卿的身边，总让人觉得像柔弱的小动物。如今短短的时间，唐小爱却像有了锋刃利爪的动物，对钟御卿居然也敢摆谱……

“所以只要不在这个圈子里，就不会那么累了。”钟御卿微笑说道，“只是唐小爱一向敬业，即便这条路再艰苦，恐怕也不会回头了。”

“你们聊，我还是……”唐小爱觉得自己脸上的笑肌快要失去控制了，她又想起身离开。

“听说刘进也加入了，还担任武术指导，到时候可以手把手教你，很踏实吧？”钟御卿云淡风轻地问道。

“不要在任何场合都见缝插针。”蓦然，让唐小爱格外想念的声音响起，秦峻宁终于来了，“否则我会以为你在挑唆。”

“老板。”唐小爱快维持不住的笑容蓦然灿烂，她满心高兴扭过头，看向秦峻宁。

钟御卿依旧含笑，只是眼眸微微暗沉下来。

“让你别离开我的视线，才几分钟而已，你就给我引来这么多媒体！”秦峻宁皱着眉头，当着这么多外人的面，忍住了怒气，只是语气很差，仿佛唐小爱根本不是红得发紫的摇钱树，只是他的下属。

“那不正是你所想的？明天的曝光中，埃斯克罗一定得抢到头版才行。”钟御卿微笑着开口。

“不劳钟先生费心，要是头版是钟先生和埃斯克罗红星亲热交谈，打破不和传言，到底是让谁受益，你心里最清楚。”秦峻宁冷冰冰地说道。

媒体无法接近这几个人，从他们的距离和角度来看仿佛在很和谐地聊天。尤其是正面镜头的钟御卿，始终带着笑容，神态从容自若，毫无破绽。

“你还傻坐着干嘛？快点跟我走。”秦峻宁也不想在这么多媒体和各种有身份的人面前失态，让人看笑话。他尽量压低声音，对唐小爱伸出手，用眼神示意她快点离开。

唐小爱轻轻看了眼始终微笑的钟御卿，几秒后，把手放在秦峻宁的掌心，提着长裙优雅起身，微微颔首：“你们慢聊，失陪了。”

秦峻宁冰寒的脸色这才缓和了几分，牵着她转过身时，对着各种镜头和其他人的眼神，将唐小爱牵出了钟御卿的视线。

今天会场有规定，记者不可以采访任何与主题无关的事情，否则他们一定会围上来问很多八卦问题。

“抱歉，以后如果有他出现的地方，你不要让我来你，这样总可以了吧？”唐小爱的心情也不好，她从昨天晚上开始就憋着一肚子的怨气。

“唐小爱，你真的在和我发脾气？”秦峻宁仔细研究着唐小爱的表情，她是出了名的没火气的泥人，任人拿捏，总不吭声，现在居然会威胁，俨然一个大牌。

“老板，我只是希望你能考虑一下客观环境。”唐小爱抿抿唇，看着繁闹的场面，强行压下复杂的心情说道。

“好，都是我的错！”秦峻宁竟然像个小孩子，怒气冲冲发起火来，原本压低的声音蓦然拔高几度，“是我不对，我一开始就不该做烂好人，答应钟御卿把你带进娱乐圈！ 更不应该……”

唐小爱怎么都不会没想到，如果秦峻宁继续说下去，会让她知道一个令人震惊的“真相”。

至少会让她震惊。 她今天本就心神不宁，加上刚才看到钟御卿还有这么多乱糟糟的人群，让她失去了往日的敏锐，没有察觉出秦峻宁话中有话，只希望他不要把媒体的视线吸引过来。

“既然你怪我带你来这里，那现在就给我回去。”秦峻宁深吸了口气，他如果现在和唐小爱吵一架，明天的头条绝对从钟御卿身上抢回来了，可是他不希望因为这种事上头条。

“好。”唐小爱听到这句话，她早就想走了：“那我先回酒店，等小昭帮我安排明天的行程。”

秦峻宁咬了咬唇，抬眼看见对面的玻璃映着满屋子的红男绿女，其间有一道充满力量的眼神，穿过人群，落在他的后背。 那是钟御卿。

唐小爱在被小昭喊醒的时候，还以为自己重复做了同样的梦……

“小爱，早餐已经准备好咯，快点起来吃饭吧。”小昭拉开厚重的窗帘，阳光扑到唐小爱的脸上。

今天早上唯一不同的是，唐小爱没有说梦话——她今天比昨天还累，根本发不出声音来。 但是，今天她要出席一个慈善晚会。

“用完餐要准备去会场，娱记们都已经蹲点好了，就准备记录这场盛事啦。”小昭没发觉唐小爱爬不起床，她依旧轻快地为她准备着衣服。

“小昭……你要帮我去买药……”唐小爱一出声，发现自己声音嘶哑得不像话，每个字都像是经历了千辛万苦才逃出来。

“天啊，小爱你生病了吗？”小昭听到这么嘶哑的声音也吓了一跳，急忙冲过来，伸手摸向还满脸睡意的唐小爱。

“怎么还没起来？”就在唐小爱摇头想说话时，秦峻宁的声音恼火地传了进来。秦峻宁昨天晚上和一群朋友玩到半夜，四点多才睡，七点就起来了，特意来酒店接唐小爱，谁知道她竟然还没起床。

“老板，小爱身体不舒服，好像生病了。”小昭有些着急地说道。

“昨天着凉了？”秦峻宁皱起眉头，唐小爱刚睡醒的样子还带着迷糊和娇憨，脸色红扑扑的，怎么看都像是刚被滋润过的花朵：“这种关键时候你给我生病！唐小爱，知不知道你有多麻烦？”

“对不起，我不是有意……”唐小爱的声音沙哑得可怜。

“是啊，反正只是走走红地毯，让记者拍照而已，小爱也不用接受访问，就算有什么需要，我帮她开口就好。”小昭看见老板发飙，急忙说道。

“你知道什么？！”秦峻宁走到床边，怒气冲冲盯着唐小爱，像是想从她脸上搞清楚到底这女人到底为什么嗓子这么哑，“我昨夜辛辛苦苦陪酒陪笑，好不容易给你争取到一个机会，就这么被你白白浪费！”

“老板先别生气，我去找医生来……”

“不用了，到时候换人，把梁菲菲喊过来，把这份资料传过去，让她在晚上八点之前给我练熟了，到时候上场演唱。”

小昭一看见秦峻宁递过来的文件，眼里闪过一道光芒，立刻拉住气的要走的秦峻宁：“老板，晚上之前，我保证小爱的喉咙会好，拜托不要换人了，菲菲姐现在三亚剧组里面赶戏，如果耽误了她拍戏时间，到时候您的新电影里的档期也要重新安排。”

小昭看到了文件上面的几个字，作为唐小爱的专人助理，她决不能让这么好的机会被其他人夺走。

虽然唐小爱可能不在乎这些。但是作为一个资深助理，她知道这有多重要，如果唐小爱错过这么好的机会，让公司其他艺人抢去，小昭都会恨自己没能力。

“我不要晚上！”秦峻宁像个小孩子在发脾气，怒冲冲踢了一脚床腿，说道。

“那就下午，下午小爱肯定恢复得差不多了。”小昭努力平息秦峻宁的怒气，哄着小孩一样说道。

“下午也不行！”秦峻宁阴沉着脸，依旧不高兴，“我也不要差不多，我要一定。”

“中午，中午小爱一定能练习好这首歌。”小昭说着，给唐小爱使眼色，示意她也说点好话。

今年慈善基金会的主题歌啊！ 如果能成为这首歌的主唱，那就意味着唐小爱也许能成为绿宇慈善基金的形象大使。

要知道这不是有钱就能买到的位置，也不是代言费的问题。 绿宇从不找明星代言宣传，而且又是政府的门面工程，就算明星的经纪公司倒贴代言费进去打广告都找不到门路。

艺人如果能做慈善大使，比什么镀金都要闪亮，尤其是和政府有关的慈善大使，这不仅和知名度挂边，还有更多的是买不到的荣誉和正面影响力。

“还不去快点去找医生！”秦峻宁恨不能把这难得的机会丢给梁菲菲，如果艾美不是洋妞的话，他直接就让艾美顶替上去。

“我喝点水就好了。”唐小爱不想让医生来。 原本她的声音很安静轻柔，现在可好，沙哑得跟声带受伤一样。

傍晚，慈善会现场。 很多媒体早就等待在红地毯边，今天慈善基金除了要吸引更多慈善家的加入，还要通过社会各界的知名人士来做更多的宣传，所以红地毯里不止是娱乐界的明星，更多的还有政界和商界各路名流。

唐小爱一直坐在秦峻宁身边，看着手里的五线谱。

虽然小昭很拼命帮她争取机会，可唐小爱宁愿自己嗓子没好，她在唱歌领域又不是那么专业，新专辑也不过是请的音乐团队帮忙打造，还在后期制作，没开始正式发行。让她这种非音乐专业的人，在几个小时里背下歌词，熟记旋律，没有任何排演，就直接上场开唱……

只能说，娱乐圈里，也只有秦峻宁敢这么做！

唐小爱真不想糟蹋了这么一首好歌，看看作词人和作曲人，都是心仪已久的老前辈，曾经留下无数经典的音乐教父……

“哟，唐小姐敬业，这种时候还抽空学习？”熟悉的声音带着点慵懒，暖暖得像是冬日午后明媚的阳光，传到唐小爱的耳里。

她还没抬头，手中的五线谱就被秦峻宁按住：“钟老板，拜托没事不要和我的人套近乎，不然媒体又会以为我们关系有多好。”

“本来就很好，唐小姐还是我们公司的形象代言人，合约关系还没解除呢。”钟御卿坐到唐小爱的另一侧。

“如果你想解除，明天就可以开新闻发布会。”秦峻宁像小孩子怄气，冷冷说道。

“没问题，只要你今晚就能准备好违约金。”钟御卿坐好，等着开场。

“钟御卿，你是不是跟我玩真的？”秦峻宁要动怒，被唐小爱轻轻碰了碰衣角，他深呼吸，用力压住怒气，也不想在这种场合太失态，“那好，你先把当初签下的代言费付清。”

“不是已经送给你了吗？那辆车。”钟御卿笑着说道。

当初的天价签约费只不过是炒作手段之一，唐小爱新人的身份出道，多亏了绿嘉国际的“抬价”，她以后的星路才那么顺畅，无论代言什么，代言费比一线女星还高，羡煞多少娱乐圈打拼的艺人。

“那是你心甘情愿送给我的生日礼物，埃斯克罗的户头，可没收到绿嘉国际一分钱。”秦峻宁冷哼。

唐小爱夹在中间，她现在作为公众人物，每天都要面对很多媒体和镜头，根本没有私人空间，只要钟御卿这么跟着，媒体肯定会爆出火辣的料来。

“但是你的户头，可收过不少我的钱。”钟御卿依旧温柔微笑。

“钟御卿，你什么意思？ 想翻旧账吗？ 那我奉陪到底！ 来，从第一笔开始算……”秦峻宁火大，钟御卿口头应承过撤股，可是到现在都不给他签字，绿嘉国际根本不愿撤股，本就让他满心不爽，现在竟然还敢翻旧账！

虽然埃斯克罗受过绿嘉国际不少恩惠，尤其是刚开始阶段，几乎钟御卿就是他的提款机，但钟御卿一开始是个穷困潦倒的下里巴人，是秦峻宁给他的第一桶金！ 在上学期间，秦峻宁从来就没有对钟御卿小气过，知道当时钟御卿的家境不好，他甚至还给钟家父母寄过钱。

这种兄弟间手足感情，却因为一个女人分裂了。 秦峻宁突然很想和钟御卿再打一架。

“老板，拜托不要在这里吵架，消消气好不好？”唐小爱快精神分裂了，她始终觉得自己被夹在两块冰炭的中间。

在众多镜头面前，唐小爱直视着钟御卿含笑的眼眸，隐约想到刚出道时候的巴黎之行。

她和钟御卿观看时装秀，两个人的位置和现在差不多，当时钟御卿对她说真巧，还如同天使。

那时候的她，以为自己很成熟，可在钟御卿的面前，却依旧年轻稚嫩，像个能被随便安排的小孩。

可是现在，那张盈盈笑脸，藏着无数可怕得让她看不清楚的利刃。

“你别这样……好吗？”唐小爱不知道自己是想让他别对自己这样，还是想让他别再欺负秦峻宁，她的声音依旧沙哑，像是风吹过绿叶的声音，带着一丝无助。

“唐小姐生病了？ 嗓子怎么了？”钟御卿惊讶地问道。

“唐小爱，谁让你和他说话？”秦峻宁打断唐小爱的话，将她的手抓过来，“快点继续背谱。”

秦峻宁也知道自己很容易被钟御卿这么腹黑的狐狸激怒，今天这么多有头有脸的人物，还有一干媒体，他也不想因为控制不住怒气出糗。

“老板，很多人在拍，你注意形象。”唐小爱心里一惊，这么正式隆重的场合，勾肩搭背可不好。

“我都不怕，你怕什么？”秦峻宁将五线谱放在腿上，逼着唐小爱看。

“老板，这样很丢身份。”如果不是钟御卿坐在身边，唐小爱对秦峻宁这种举动，也许会忍下去。

“你竟然知道身份？”秦峻宁抬起头，看见对面的媒体在一通狂拍，他也就很自然地收回了手，反正报纸上明天会说唐小爱和自己关系密切就行了。

“是你教我的。”唐小爱哑着声音回答。

“孺子可教。”秦峻宁又瞥了眼钟御卿，“专心背谱，别出状况。”

唐小爱努力集中视线在手中的那几张纸上，她的心，却敏锐感觉到钟御卿的味道在悄然包裹着自己，让她心慌意乱。

“唐小姐根本看不下去吧？”钟御卿在秦峻宁离位接电话时，微笑着问道。

唐小爱磨牙，他真可恶。秦峻宁虽然对她很好，可唐小爱始终觉得他也不能和钟御卿抗衡。现在秦峻宁和钟御卿的关系又这么差，她真的不想再火上浇油，让秦峻宁彻底惹火钟御卿。

如果钟御卿有意针对埃斯克罗，只要同意撤股，然后随便让某家经纪公司来恶意竞争，秦峻宁的处境就会很危险。

“你真的把秦峻宁当成救世主了。”钟御卿伸手将她的五线谱拿过来，看着上面的歌词，轻笑，“峻宁这辈子伤了那么多女人的心，最后竟然还有女人敢相信他，不知道是他的幸运，还是那个笨女人的不幸……”

“钟先生，我已经做到这种程度，你能不能站在我的角度想一想？”

“所以，你就一直忍受这种不能哭只能笑的生活，更深刻体会人生的痛苦和无奈，对现在成了大明星的你来说，说不准是件好事。”

钟御卿很少对她直接露出魔鬼的面目，可有时候会突然变脸。

“小丫，帮她补妆。”秦峻宁回来说道。

钟御卿见秦峻宁放开了唐小爱，吐出一口烟圈，转过身走了出去。

“钟御卿，你这个混蛋，有本事冲着我来，欺负一个女人算什么英雄好汉？”秦峻宁把他撞进一间休息室里，也不管里面正在做例行保洁消毒的服务生，狠狠一脚往钟御卿踢去，“来啊，我陪你玩到底……”

“可惜我对你没兴趣。”钟御卿按住他飞来的腿，对着他的脸喷了口烟，“我只喜欢欺负她，你说怎么办？”

“我不许！”

“那就给我出息点，别让我得手。”钟御卿的烟头往他的手上轻轻一晃，秦峻宁立刻吃痛地缩回手。

“真的要因为她，让我恨你？”秦峻宁的脸色是前所未有的冰寒，他捂着手，问道。

“这句话应该我来问你。”钟御卿想到自己刚才看的那一幕就不爽，“是你先因为她，和我恩断义绝。”

“那也是因为你故意和我作对。”秦峻宁想找到一个顺手点的武器，和钟御卿决一死战。

“我不会因为一个女人，做出那么不理智的事情来。”钟御卿看见秦峻宁开始抽皮带，眯起双眸说道。

“不理智？ 像你这种没感情的人，不要和我说理智，你在侮辱这两个字。”秦峻宁抽出皮带，在空气中挥了挥，听到划破气流的声音。

钟御卿是个冷血的人，所以他在任何时候都不会感情用事，这也让他在商界能所向无敌，同时也没有真正爱的人……

“峻宁，我错了。当初真不该让她进娱乐圈……这也许是我迄今为止做过的最错误的决定。”钟御卿很后悔那时候因为工作太忙，把唐小爱丢给了秦峻宁培养。

“没有最错误，只有更错误。”秦峻宁一挥皮带，往钟御卿身上抽去，“你最错误的是，把一块石头扔给了我，等我磨成美玉时，又想霸占回去！”

会场已经进入了正式环节，前排有三个位置还是空着，唐小爱、钟御卿、秦峻宁三个人在最重要的时刻缺席了。

等秦峻宁鼻青脸肿地打开房门时，看见走廊上静静靠着墙等他的唐小爱。

对她露出一个顽劣的笑容，秦峻宁走到唐小爱的面前，摸了摸她的脸：“我说过，你不用怕任何人，尤其是那家伙……因为这个世界上，只有我能替你揍他。”

这些话好熟悉，这一幕也好熟悉，只是看到他伤痕累累的脸，唐小爱别过脸，想哭。

“看来今天你是没法出席节目了，算了，给你放半天假，我们去江里游玩一次。”其实是秦峻宁无法出席后面的节目了，他这么帅气的脸被揍成这样，怎么陪唐小爱出席？

唐小爱没有说话，伸手轻轻抚摸上他受伤的脸，如同被雨水洗刷过的眼睛，清澈得没有半丝灰尘。

“不行，我改变主意了，你还是回酒店给我敷鸡蛋！”秦峻宁痛得龇牙咧嘴，伸手攥住唐小爱的手腕。

第三章

唐小爱进了新的剧组——埃斯克罗自己的剧组。她没有拍戏，而是做着一项非常郁闷的工作——给秦峻宁当丫鬟。秦峻宁昨天和钟御卿打完架，就带她离开了那座城市。

本来还想带她游江，可秦峻宁那么善变，说出去的话就像泼出去的水……回酒店后，让助理订好当天下午去剧组的机票，他们直接去了风景如画四季如春的一个尚未开发完全的风景区。

这将是秦峻宁新剧重要的拍摄地之一，因为有将近一半的打戏都要在这里完成。数天前，所有的设备和人员都已经到位准备，就等着秦峻宁一声令下，开始工作。

像是先准备热身，前面几个镜头全部是安排老戏骨上场，让他们用精湛的演技，将其他演员游离的状态尽快拉到这部剧里。

“你怎么笨手笨脚到这种程度？烫死我了！”秦峻宁一边喝着咖啡一边发火，左眼角的青肿已经下去了很多。

抹了药膏的秦峻宁，依旧要享受美女柔若无骨的小手服务，他好不容易受了这么明显的伤，一定要捞够本才能放过唐小爱。

“对不起，你别大声，影响那边拍戏。”唐小爱依旧好脾气，她看了眼远处搭景拍摄的剧组，生怕秦峻宁的怒火延烧到那边。

“我的声音怎么可能飘那么远？你以为我会狮子吼啊？”秦峻宁不

爽地将鸡蛋从她手里拿过来，剥了壳自己吃了。

“好好看着那边，学着点，别一开拍就给我受伤。”秦峻宁一向是乌鸦嘴，只是这次打戏很多，他不得不担心唐小爱受伤。

那边由副导，也就是兼职制片人的 M 姐监督，暂时秦峻宁可以欣赏一会山清水秀的风景和美女。

“水。”秦峻宁吃完一个鸡蛋，突然伸出手说道。

唐小爱立刻将他的水杯递过去。

“那天说的话是真的吗？”秦峻宁灌了几口水，突然问道：“你说，和沈墨之间不可能的话。”

“是真的。”唐小爱简洁地回答，将水杯盖好，放在一边。

“唔，你知道最近因为很多员工的工作调动，人手有点紧张，所以小昭这段时间非常忙，在公司给你做专辑策划，而微微又暂时分配给别的艺人了。”秦峻宁依旧是慢悠悠的语调，和天上慢悠悠的白云差不多懒散。

哪有很多员工调动？ 明明就是秦峻宁自己乱裁员，把和绿嘉国际稍微沾点边的人都给辞了，所以才人手不够，新招的员工又要培训，不能立刻开始工作。

“而且这次进山拍摄很累，公司也尽量照顾到女员工的身体娇弱的问题，所以随行的工作人员男性居多。”秦峻宁不知道想说什么，盯着天上的云，眼里亮晶晶反射着光芒，说的话似乎很漫无边际：“我帮你配了一个新助理……临时的，可能只负责在山里的这几天。”

“谁？”唐小爱突然敏感起来，虽然她表情没有多少波动，可是心脏蜷缩着，已经闪过一个人的笑容——沈墨。

“你不是应该说‘好’才对吗？”秦峻宁微微挑眉，唐小爱对自己的任何安排都只会面无表情地说“好”或者“知道了”，不会多问一句。

“好。”唐小爱很淡定地吐出一个字来，随即又全神贯注看着那边的拍摄。

“唐小爱，你真够讨厌。”秦峻宁咬牙切齿地说道。

唐小爱只是微微一笑，反正被秦峻宁讨厌，不是什么坏事。这种距离的亲近，唐小爱很适应，甚至很享受。她为秦峻宁好好工作赚钱，而秦峻宁对她有情有义，两个人有安全又温暖的距离，除了自己的弟弟，其他男人从没有给过她这种安全感。

没错，唐小爱对男人，已经失去了安全感。哪怕是沈墨，当初两人交往的时候，她都不敢完全把自己交出去，总是怕受到伤害，又带着强烈的自卑感。

踏入这个冷漠复杂的圈子，唐小爱每一步都胆战心惊，好在有秦峻宁一直扶着她，否则她不知道自己会在什么地方跌得粉身碎骨……

第一组镜头拍完，唐小爱还没有正式上阵，因为她没有接触过古装戏，尤其是打戏，一直就在一边观摩。刘进虽然挂名武术指导，但现场指导武术的是另一个人，刘进还没有上山，他不知道每天在忙什么，在剧组出发前神秘失踪。

唐小爱在换衣服，她的妆容很容易搞定，发髻也是很简单的束发，所以上场前半个小时就能准备好。武术指导的两个助手正在前面给她讲解打戏，两人对招拆招，速度放慢，好让唐小爱看清楚点。

而唐小爱的记性一直很好，她在做发型的时候，盯着看了几次，就熟记于心。

唐小爱记得定妆照时，秦峻宁盯着她看了很久，然后有些神经质地大笑起来，她当时很担心自己不适合古装戏，但是没想到定妆照出来之后，各大网站都是一片赞誉。

她的五官和气质，太像古时候对镜画眉、临风赏花的大家闺秀，即便演的是侠女，也依旧带着仁和的温婉侠骨柔情，还有一种说不出的洁净，未被污染的净，未被惊扰的静。

“A 机、B 机准备。”秦峻宁拿着对讲器，坐在临时搭建的棚子下面，发出指令。

沈墨站在很远的地方，看着唐小爱。他刚刚赶过来，真的是“临时”调动。他已经忘记了小昭姐是怎么把所有的工作安排给他，他的耳中一直萦绕着秦峻宁电话里那句简单的话：“做小爱的助理。”

沈墨觉得自己已经是个失去了悲喜的人，在短短时间里经历了太多的事，他唯一庆幸的是，自己并没有想象中那么软弱，没有被命运之手打倒。

可是，当他知道要成为唐小爱的助理时，隐藏在心底对命运怨恨和不服，刹时天崩地裂。他不知道应该要感谢命运的安排，还是更憎恨这样的人生。

当看见唐小爱站在摄像机前，一身雪白衣袍，干净利落的束发，一张巴掌大的脸，完全呈现出来，他的心再次颤抖起来，只剩下绝望的希望。

唐小爱正侧着头，认真看着秦峻宁给她说戏，因为第一个镜头被卡住了，她不适应这种拍摄的方法，不像上次青春剧按着顺序从头拍摄，感情戏容易代入些，上来就是武戏，让她有点无所适从。

“张群，刚才你完全挡住小爱了，你又不是新人，下次注意点！”

“小爱，你要也照顾到镜头，在做这些动作时，一定要给一台机正脸……”

“刚才没有打上光，镜头闪得太快，效果不好，重来一次，你们都给我跟上！”

秦峻宁上一次在青春戏里只是个挂名的监制，这次总算是唐小爱的正牌导演，原本以为他会更严格凶狠，没想到反而变温柔起来，竟然连续 NG 了三次也没有骂人。

“小丫，给小爱整理下头发和服装。”秦峻宁伸手将唐小爱发梢的枯叶捡走，他只希望这些镜头能一次通过，因为唐小爱要是再这么NG两次，还没入戏就受伤了。

沈墨跟在一个工作人员后面，离片场越近，他的心跳得就越快。曾经羞涩文静暗恋着他的女生，已经成了耀眼的明星，而他呢？从球场王子、女生的梦中情人，变成了小小的助理，来伺候唐小爱……

命运真令人感叹。

“小心！”秦峻宁连“卡”都没来得及说，唐小爱就被踹飞了。

对方果然有真功夫，曾经的武术冠军名不虚传，唐小爱真的离地飞出，半天也没爬起来。

M姐站在A机边，也没有喊“卡”，让镜头继续拉近，唐小爱这一摔，整个人都面对着A机的镜头，脸上忍痛的表情正好清清楚楚地拍摄下来。

“你怎么搞的？记不住要躲开吗？”秦峻宁冲到镜头里，半跪在唐小爱的身边，脸上有着愠怒和担心，刚才招式都已经练习了很多遍，最后的飞脚得侧避开，可唐小爱不知道是紧张还是其他原因竟然没有躲开。

幸好这不是拿着兵器打斗，否则就像之前那个新人，一愣神，眼睛差点就被道具戳瞎了。

“对不起……”唐小爱被踢了半天才吐出三个字来，她刚才那一瞬间，看见了沈墨。

“小爱。”沈墨心里也一惊，他急忙跑过来，可站在唐小爱身边，又不敢伸出手，那个熟悉的名字卡在喉咙里，吐出来的时候轻如云烟。

刚才远远地看，她穿着戏服，已经像是另一个世界的仙女，现在离这么近，可以清晰地看见她光洁的额头，纤长的睫毛和盈盈的眼神，沈墨更觉得遥不可及。

秦峻宁和其他工作人员将唐小爱扶到椅子上休息，秦峻宁轻轻按着唐小爱的小腹，脸色带着怒气，语气却难得温柔地问着：“疼不疼？”

“嗯。”唐小爱有些痛苦地皱起眉，她第一次被这么“专业”的对手踹飞，不疼才怪。

最疼的是腰，后面可没有铺保护垫，摔在坚硬的山地上，后面还有块凸起的硬石头，腰像是断了……

沈墨愣愣地站在忙成一团的工作人员外面，他觉得自己是个多余的无用的男人。

“新助理站在那里干嘛？ 还不快点去倒点热水，公司没教过你怎么照顾艺人吗？”秦峻宁一扭头，看见沈墨傻傻地站在树下不动，立刻恼火地说道。

“我没事……缓过来了……”唐小爱从受伤后一直没有看向沈墨。

“水。”沈墨端了杯热水过来，只挤出一个字。

“谢谢。”唐小爱伸手端过水，脸上除了有一丝隐忍的痛苦，表情几乎没有任何变化，仿佛沈墨只是个普通的新助理。

沈墨站在一边，听到自己激烈的心跳声。 他才是第一个发现唐小爱不平凡的人，却没有料到，有一天她会被打磨得如此美丽，像是一颗花蕊上的晨露，闪着晶莹剔透的澄澈光芒。

“她怎么样？”秦峻宁皱着眉，一副全天下人都欠他钱的臭脸模样，问道。

他也在一边观察沈墨和唐小爱，可惜没有被他抓住任何暧昧的波动。 唐小爱越是古井无波，秦峻宁就越觉得她在演戏。

“后腰摔得不轻，肿起来了，如果能去医院做个检查，看看里面有没有血包最好。”海鱼鱼摸过唐小爱的腰，被石块撞出了一个肿块，第一次演武戏就挂彩，真够倒霉。

也应了秦峻宁的乌鸦嘴……

“没关系，我能坚持。”唐小爱一听要去医院就头皮发麻，看上去某大导演已经非常不爽，要是再专车送自己去医院耽误几天，剧组也不答应啊。

“这个地方要是受伤了会很麻烦，千万不能硬挺，最好去医院拍个片子看看有没有伤到筋骨。”海鱼鱼按住唐小爱，阻止她后面的话，她是个有职业道德的医生，虽然偶尔会违反自己的职业素养，但绝大多数时候还是为病人好。

“沈助理，开车送她去山下，带着海医生一起去，一路小心，别被媒体盯上，有什么情况随时和我联系。”秦峻宁抿抿唇，他一点也不放心让唐小爱和沈墨单独相处，而且海鱼鱼又不是自己的心腹，这三个人离开自己的视线，指不定会发生什么让他发怒的事来。

秦峻宁正是因为这样的不放心，才做出这种“放心”的决定。如同最初准备签唐小爱进公司时，秦峻宁曾百般试探过钟御卿的态度，现在，沈墨作为唐小爱的临时助理，他也要试探。

沈墨扶着方向盘的手，一直在细微地颤抖。

他从小到大都被身边的人交口称赞，因为有那样优秀的家庭和父母，他像王子一样生活在迷幻的光芒中，不知道失败是什么滋味。如今，他根本不敢看向后视镜，怕自己看见这样的现实，会失控地从盘山公路上冲向悬崖。

唐小爱静静地坐在后排，眼眸微垂，阳光偶尔从脸上闪过，如同电影里的长镜头，悠长而美好。

“医院的副院长是我的朋友，我已经和他联系好了，不用太担心。”海鱼鱼似乎感觉到了沈墨压抑复杂的心情，她一上车就打破沉默，主动和沈墨聊天，将他的心情和注意力尽量转移，她可不想路上遇到车祸之类的恐怖事件。

“嗯。”沈墨像是在神游，片刻之后才发出一个字来，

“第一次当实习助理吧？”海鱼鱼继续笑眯眯地和他聊着天。

“很幸运，第一次就能成为炙手可热的红星助理。”沈墨终于拉回了点心神，语气中有那么一丝自嘲的失落和沮丧。

唐小爱闭上眼睛，和往常坐车时候抓紧时间养神一样，她不轻易开口说话，也不会参与身边工作人员的任何话题，安静得有些淡漠。谁会想过，几个月后，两个人的身份会发生如此巨变？

“小爱，你最好躺着，腰上不要用力，等到医院先做透视。”海鱼鱼虽然看不到唐小爱明显的情绪，可清楚她现在满心都是初恋情人和往事，所以叮咛着，帮她调整好姿势，免得压迫到伤口。

沈墨的车开得有些快，不知是担心唐小爱的伤情，还是因为心不在焉，一直踩着油门飞驰。

这座城市很小，医疗设备却很齐全，因为附近有个非常有名的疗养院，气候条件和地理环境都很好。

站在病室外面等着结果，沈墨不知道这一次能成为唐小爱的助理，是老天的恩惠还是命运的捉弄。

他只知道，离她越近，就越期望着什么，有了期望就会有不安，最后陷入更痛苦的世界。

“住院先观察一天，腰部水肿扭伤，尽量躺着休息……”门打开了，主治医生拿着检测结果，护士推着车出来了，唐小爱躺在上面苦笑。

“我什么时候可以恢复工作？”她还没到不能走路的地步，可医生却让她躺在推床上不许乱动，好像她摔残废了。

“工作？有了伤病就不要想着工作，如果休养不好，只会给你以后的工作带来更多的麻烦，你是希望花费几天的时间养病，还是希望下半辈子腰部不适？”医生的话虽然严厉，可口吻温柔，“我遇到过不少病人，有些因为职业特殊，刚动了手术就要去工作，一个小病都能反复恶化，后面的休息时间几乎都花在医院……唐小姐，等一会能签个名吗？”

沈墨默默跟在后面，他不停提醒自己现在是个助理，可看见唐小爱的脸，就生出一种奇异悲伤的温暖。仿佛还在无忧无虑、飞扬跋扈的学生时代，他在球场上休息时，无意间看见路过球场边的长裙女生，抱着几本书，静静看着满墙的蔷薇花……

那种旧式的保守的长裙，带着旧旧的蓝，仿佛是被灰色的云遮掩住的蓝天，破败灰暗却有着不惊不扰的娴静温柔……

“这里有特护照顾，沈助理先去休息吧。”海鱼鱼进入房间后，看见沈墨有些失魂落魄地跟进来，心底叹了口气，秦峻宁不知道到底在想什么，竟然让沈墨来做唐小爱的助理。

最可怜的是躺在病床上的“大明星”。在其他人的眼中，唐小爱似乎已经到了女人的极致——一夜爆红，成为身价最高的女星，每天都有接不完的工作，公司宠爱，形象良好，就连绯闻对象都是有才有貌的富商巨贾，她就像公主，顶着耀眼的光芒，事业蒸蒸日上，要什么有什么……可事实呢？

私底下非但感情生活如同一团乱麻，无论做什么事，都被无数双眼睛紧盯着，工作生活情感都被人在暗中牵引着，找不到出路，毫无自由……

娱乐圈里看似光鲜，却步步惊心，公众人物犯下的小小的错误，都会被放大无数倍，一不小心就会身败名裂，沦为别人的笑谈，只靠勤奋和努力，并不能帮她抵挡所有的风雨……

“医生怎么说？”秦峻宁在演员走场的空隙，拨通沈墨的电话问道。

沈墨一直靠在特护病房门边的墙上，虽然唐小爱现在不需要他在身边照顾，可他还是不愿意离开。说了病情，沈墨突然发现，他也快成了第二个唐小爱。

寡言少语，常常沉默地想着心事，面对喜欢的人，也说不出一个字来。是不是所有经历过坎坷风雨的人，都会变成这样?

“手机拿给她，我要和她说话。”秦峻宁微微皱眉，让沈墨当助理，真是一万个不放心。

“老板?”唐小爱正满腹心事地看着天花板，沈墨突然又走进来，交递手机的那瞬间，她平静的眼里闪过一丝淡淡的难过。

沈墨站在床侧，看着她还带着妆的脸，熟悉又陌生，仿佛她只是前世的情人，今生带着无法彻底抹掉的记忆……

“嗯，明天如果肿消了就能回剧组。”唐小爱低低地说着，语气神态柔顺得根本不像传说中的当红明星。

沈墨不觉心疼起来，只做了她几个小时的助理，就那么清楚地看到她的身不由己和无奈。

“我也不想耽误剧组的时间……明天尽量赶回山上。”唐小爱的声音一直很低，不希望沈墨看到自己的真实处境。

终于那边的魔头挂了电话，唐小爱也松了口气，将手机递给沈墨，并不看他，只淡淡吩咐：“你也去休息吧。”

沈墨站着没动，没有拿手机，而是攥住了她的手。

“沈助理?”唐小爱的手被他滚烫的掌心灼得微微一颤，立刻抬头看向他，声音也微微严厉起来。

她现在历练得有了几分演技，至少此刻脸上微凛的表情，让沈墨不觉松了手。

他知道自己面对的不再是个家境贫困只会读书的女生……被娱乐圈打磨过的唐小爱，即便眼神依旧温柔，可也带着无法掩盖的强大气场和耀眼光芒。

“医生说的对，还是身体要紧，工作先放到一边，别撑着……”沈墨的声音很干涩，从她的手里拿回手机，努力压制着心里的惊涛骇浪，尽量像个助理。

“我知道，你出去吧，我想休息一会。”唐小爱也尽量表现得像个艺人，用公事公办的生疏语气说。

“我就在隔壁，有什么事让特护喊我。”沈墨想到那天他们在埃斯克罗的餐厅里见面时，那种距离和生疏，心中不觉更难过起来，丁点的希望变成了更深的绝望。他们之间，是不是没有任何可能了？

唐小爱微微点头，闭上眼睛表示她要休息了。她的一举一动都像个被聚光灯追随的明星，让人怎么都联想不到她曾经只是个穷困的小镇姑娘……

沈墨不情愿地退出了房门，他有很多话想和唐小爱说，但现在的唐小爱已经不是他亲爱的女友……

唐小爱拨通秦峻宁的电话，耐心地等待着那边接听。

“又发生了什么情况？”秦峻宁一接电话，没等那边说话就问道。

“老板，我要小昭回来。”唐小爱说道。

“小爱？你搞什么鬼？沈墨做得不好？”秦峻宁没想到是唐小爱打来的电话，他派沈墨当助理，不仅想看看唐小爱对沈墨还有没有余情，还有一个原因是他死也不会对唐小爱说的——故意气钟御卿。

钟御卿当初对沈墨使了什么手段，秦峻宁不清楚，但他知道钟御卿不喜欢沈墨，如果让钟御卿不喜欢的人，成为唐小爱身边亲密的工作人员，以后无论唐小爱去哪里，不管是拍戏还是上节目，工作还是私生活，沈墨都陪在左右，钟御卿岂不是相当不爽？

“沈助理不是不好，只是还不习惯助理的工作，又是异性，很多事都不方便照顾，小昭细心体贴，工作熟练，她在我身边配合工作更好一点，所以请你把小昭调回来。”

“别跟我扯，是不是沈墨对你做了什么？”秦峻宁虽然很不爽但有一点他放心了——这女人和沈墨真没有感情了，否则不会提出换助理。

就算是唐小爱想骗自己，怕他安排沈墨在身边别有用心，可那也说明她对沈墨没有特殊的留恋。

“没有，我说的是工作，小昭更适合做我的助理。”唐小爱解释。

“闭嘴！ 沈墨刚做你助理就要换掉，你以为埃斯克罗是你家的菜园？ 你想吃白菜就吃白菜，想吃萝卜就拔萝卜啊？”秦峻宁正忙着呢，恶狠狠地凶她一句，然后又放缓语气，“要服从上面的安排，至少现在小昭没法过来，等你出院了再说，这样可以吧？”

唐小爱听到秦峻宁这种暴君都用征询的口吻和她说话，道如果她不识相的话，秦峻宁会立刻“以暴制暴”。

唐小爱闭上眼睛，沈墨一定在想，她成了大明星……翻脸不认人的大明星……可不管他怎么想自己，唐小爱都不希望有人再伤害他。

秦峻宁的疑心病最重，把他安排自己身边，即便不出什么差错，以后也会麻烦不断，而钟御卿更是个杀人不见血的主，她如果不趁早找机会把沈墨赶走，以后说不准就晚了……

别恨她，她现在看似风光，麻雀变成了凤凰，可其实泥菩萨过江，自身难保。

唐小爱做了一个冗长的梦。 梦里，沈墨成了很小的孩子，坐在路边一直哭。 她不知道该怎么哄他，只好陪他坐在石头上，直到自己慢慢也变成了一个孩子，和沈墨重叠成一个人，她才发现，原来那个一直哭泣的小孩是自己。

她常常会梦到小孩子，海鱼鱼曾说过，梦中的孩子或者婴儿，是一种无力和渴望成长的表现，也是自己的过去和未来的希望。 她不知道未来还有什么希望，只知道，她对现状无力软弱的……

沈墨的脸色很差，灰白色的，夹杂着疲倦，眼神也没有任何的锐气，暮色苍苍得如同失去了灵魂，他在门口等唐小爱。

过了大约五分钟，唐小爱才从洗手间里走出来，已经漱口洗脸，看上去依旧干净平静，只是眼神深处还有那么一丝慌乱。

“还好，没有太严重，只是需要多休息，腰受了伤，不像其他地方，不可以太劳累。”医生做完第二次检查之后，看着诊断报告，说道：“一周内不要太多走动，尽量多休息，如果可以的话，再住两天院最好。”

“小爱，要不要考虑医生的建议？”海鱼鱼倒像个专业助理，她温柔地问道。

唐小爱似乎在走神，清亮的眼神变得迷茫，一直在放空。

“我的建议也是住院休息，因为现在拍戏很累，又是武戏，太危险，如果不小心……”

“啊？”唐小爱像是回神了，迷茫地看了眼海鱼鱼，停顿了一秒，急忙说道，“不，不用住院，既然没有伤到筋骨，我该回剧组了。”

至少在秦峻宁身边赶戏，和一群工作人员在剧组里忙碌，身体疲倦点而已，可不至于出现精神紧张错乱。

唐小爱说回就回，带着药，半个多小时就到了拍摄场所。

剧组正在忙碌地拍着一场浩大的武打戏，而秦峻宁并不在现场，全部是M姐在场上掌控。

唐小爱一回来，就有工作人员过来安排她，她如今所有的戏份都要经秦峻宁亲自监察，如今秦峻宁暂时不在，她的所有戏份也暂时停止拍摄，可以回到临时搭建的化妆间里休息。

沈墨今天一直反常，他根本不像是唐小爱的助理，倒像是她的债主，阴郁着脸，沉沉不语。

唐小爱在化妆间里闭目养神，正在想着自己该何去何从时，外面响起秦峻宁的声音——整个剧组也只有他的声音那么高昂。

“沈墨？ 唐小爱回来了？”秦峻宁看见沈墨站在化妆间外，立刻走过去问道。

“嗯，在化妆间休息。”

"回来前怎么没有通知我？你知不知道怎么当助理？"秦峻宁看见沈墨没精打采的样子，突然很不高兴起来，他昨晚拍了一晚夜戏，大半夜的不想打搅唐小爱休息，而早上没睡一会就被钟御卿喊去"喝茶"，根本没时间给沈墨打电话询问情况。

"对不起，我不想做了。"沈墨沉默了片刻，说道。

"你以为我是开餐馆的？你想吃就吃，不想吃就走？"秦峻宁本来就被钟御卿弄得心情不好，可看见沈墨的表情，他硬生生忍住了怒火，不看僧面看佛面，好歹沈墨以前也家世显赫，虽然现在落难凤凰不如鸡，但他也不是个落井下石的小人。

更何况，沈墨是唐小爱心中特殊的人，秦峻宁不想太伤人。

"什么原因不想做？"秦峻宁深吸了口，压住暴躁的心情问道。

"可能我不适合做唐小爱的助理，我对工作的熟练度不够，而她……也对我不满。"沈墨本来以为，无论唐小爱变成什么样，只要他有守在她身边的机会，都不会放弃。

昨天唐小爱主动要求换助理，他辗转一夜，因为曾经那么了解她，所以沈墨不相信她会这么快变得如此薄情。曾经的唐小爱，清纯干净的唐小爱，早就被娱乐圈弄脏……

当初在她刚出道的时候，他还可以理直气壮地站在她面前，要带她走，可今天，他什么都没有了！

"现在公司没法立刻调动新的助理过来，你必须服从公司安排。"秦峻宁皱了皱眉头，"虽然你的工作的确不熟练，可你现在是最了解唐小爱的人，毕竟……同学一场，等这边的场景全部拍摄结束，我会考虑你的要求，但是现在不行。"

现在小昭忙，不仅要做唐小爱的宣传，还得训练一批新助理，而微微又调走了，埃斯克罗前段时间大幅裁员，进行内部调整，真的伤了元气，撇下秦峻宁的私人想法不说，现在助理真的很紧张，人手不够，从外面请来的助理又不放心，最适合唐小爱的助理，秦峻宁就敲定了沈墨。

他也要气死钟御卿。让钟御卿每天都能在报纸上看见唐小爱和初恋情人的绯闻，也让钟御卿知道，就算他秦峻宁不亲自下手，唐小爱身边也有更好的感情对象。

“可是……”

“没有可是，你要是现在不忙，就去帮道具组搬东西。”秦峻宁打断他的话，说完，举步往化妆间走去。

唐小爱听到简易门外的动静，立刻整理好表情，不希望被秦峻宁看到太多的心思。

“腰伤怎么样？”秦峻宁的口吻不是很好。

“昨晚上了药，今天就好多了。”唐小爱看向秦峻宁，他的脸上还有淡淡的淤青，加上整个人没休息好，眼底也发青，脸色本来就难看，现在更像是个青面鬼。

当然，这个词不能对秦峻宁说，不然他准保爆炸。

“还能拍武戏？”秦峻宁的时间很紧张，他想快点把这个场景的所有戏份都拍摄完。

“我试试吧。”唐小爱只能尽量，她也不想再耽误剧组的进程。

“那就让化妆师准备。”秦峻宁深深看了眼唐小爱，他今天似乎也有些反常，不像他一贯雷厉风行大大咧咧的性格。

唐小爱点了点头，她还是不爱多说话，依旧柔顺地任他安排工作。

“要是坚持不住就对我说，别硬挺着。”秦峻宁在她换完服装之后，看着她上妆，说道。

“嗯，我知道。”唐小爱的腰部还垫着软垫，平心而论，埃斯克罗对她是很好，虽然秦峻宁脾气暴躁，可精细处也会做到。

“你根本就不知道！”秦峻宁咬了咬牙，看着她清秀白净的面容，被化妆师锦上添花，生出艳丽的色泽，他实在不想和一个病人计较，也不想破坏工作状态。

唐小爱察觉到秦峻宁话里的愤怒，她识趣地闭上嘴，免得自己成为出气筒。

秦峻宁在等待她主动说医院里发生的事——和沈墨之间的矛盾，她也不提，只拿着剧本看台词，让发型师为她整理头发。

拍摄现场，唐小爱看见其他在一边休息的艺人们有的在玩游戏机，有的在用手机发短信聊天，有的在上网……唯独她，在休息的时候，不是闭目养神，就是看着剧本发呆。

“卡！”秦峻宁看着镜头，扯掉耳麦站起身，往布景前的唐小爱面前走去，“唐小爱，你能不能专业点？ 刚才走位时没记住吗？ 你得给你机器正脸！”

“对不起。”唐小爱有时候会迟钝，可现在明显感觉到了秦峻宁今天是不高兴，而且怒火冲着自己。

想想之前拍摄，他都是用老师的口吻和自己说话，NG 十多次也不发火，可今天不停找茬。

“情绪一点也不饱满，状态那么差，你到底有没有认真对待自己的工作？”秦峻宁吹毛求疵地批评着。

沈墨在道具组里帮忙，远远看着秦峻宁在片场对唐小爱吼，他的心里越来越酸。 阳光的背后，总有阴影，光鲜的后面，也是灰暗，他曾猜测过无数次唐小爱成为明星之后的真实生活，却没有这一天看得清楚。

娱乐圈里的大导演，名利场上首屈一指的俊才新秀，还有大红大紫的男明星……无数绯闻和光圈包围着镜头里的唐小爱，没有人看见聚光灯后无尽的黑。

“今天导演火气可真大。”

几个工作人员在一株大树边布景，其余的演员不是在补妆，就是走位或背台词，而秦峻宁在远处接电话，一副余怒未消的模样。

“当然火气大，今天伏地魔来了。”另一个工作人员接上话，低低地说道。

伏地魔？ 唐小爱听到这个词，头皮有些发麻。

自从埃斯克罗和绿嘉国际分开之后，因为秦峻宁不能听到钟御卿的名字，私底下员工们都偷偷戏称钟御卿叫“伏地魔”。

唐小爱看着手里的台词本，心里有了点底，但她并不主动去招惹秦峻宁。 她本来就是个慢热又宁静的人，如同一面湖水，没有风的时候，不会自己起浪，即便有石子落下，也只会激起小小的波浪，最后还是归位平静。

“大家准备，继续第二场第三条。”秦峻宁走到导演位置上，对着扩音器说道。

唐小爱其实每一次都很用心配合，可毕竟是武戏，她的经验少，加上腰后受伤，动作没法那么流畅，如果不是之前加班加点培训舞蹈和身段，她根本过不了秦峻宁的毒眼。

沈墨站在道具师的后面，看着不那么美好的现实，突然改变了心意。

“好了，先收工，吃饭。”M 姐那边拍拍手，说道。

盒饭由专人从山脚饭店订餐，简单的两荤两素，比起埃斯克罗里奢华的餐厅，太过俭朴，不过特殊情况，也没有人抱怨，大家匆匆吃晚饭，就要赶下一场戏。

“你的汤。”沈墨端着汤，站在车门边，唐小爱没有去化妆间，找个车厢坐在里面吃盒饭。

“放着吧，谢谢。”唐小爱依旧是客气到生疏的语气。

“我主动提出调换的事……但是老板不答应。”沈墨抿了抿唇，站在车门前没动，说道。

“嗯。”唐小爱眉眼平静，还顶着清丽干净的妆容，穿的也是古装衣服，坐在轿车里，有种穿越的感觉。

“我只能以后多加注意，做好你的助理。”沈墨看不出她的心思，他顿了顿又说道。

“沈墨，你现在……有梦想吗？”唐小爱端着盒饭，突然问道。

“梦想？”沈墨微微一愣，自从父亲出事之后，他就忘了人生中还有“梦想”这个词。

他没有梦想，他有妄想。回到青葱的大学时光，他依旧是叱咤风云的校园王子，而她，是那个没有被人发现美丽的灰姑娘……

“未来想成为什么样的人，想做什么样的事，想怎么生活……你没有想过吗？”唐小爱放下手里的盒饭，抬起眼，看向外面站着的沈墨。

“没有。”沈墨在零零散散吃着盒饭的工作人员和主角配角们面前，他总觉得唐小爱变成了不食人间烟火的公主。

只有像昨晚那样单独相处时，他才会找到烟火尘世的感觉。

“我困了，鸡汤你拿去喝吧，不要打搅我休息。”唐小爱指了指空盒饭，示意他都带走，她要抓紧时间休息片刻。

沈墨见她突然又冷淡起来，站了几秒没动，看着唐小爱调整着座位的角度，低低开口：“我想改变现在的生活……”

“会改变的，只要还有梦想。”唐小爱再次看向他，终于对他露出一抹笑容。

依旧春花灿烂，如破冰的春水，温柔旖旎，让沈墨恍了心神。她也想改变现在的生活，可惜她不是沈墨，没有任何翻身的机会。

“导演，有点事想对你说。”唐小爱一连拍了三天打戏，浑身就要散了架，难得可以休息两个小时，她找个机会凑到秦峻宁身边说道。

戏场交给了M姐导，秦峻宁也是一连熬了三天，他这几天一直阴沉着脸，没有半丝笑容，谁也不敢靠近，怕捅了马蜂窝。

“马上娱记就要到了，记住把嘴放严实点，不要给我出差错！”秦峻宁正在对一个艺人发脾气。

唐小爱能休息两个小时的原因，就是因为一会有媒体来探班，做电影宣传。她现在不像拍摄第一部电视剧时那么青涩，对媒体的问题总是不知所措，让邵坤玄帮忙挡着娱记，所以秦峻宁并没有特别嘱咐她。

“秦导。”唐小爱又喊道。

“你有什么问题？”秦峻宁转过头，一脸不耐烦的表情。

“问问媒体什么时候到场，我想休息一会。”唐小爱看见他的臭脸，立刻把话咽回肚子里，算了，找个秦峻宁心情好的机会再说吧。

“就从山脚赶过来了，还有一刻钟，你不准睡，不然刚醒来没精打采的让媒体拍到多难看？”秦峻宁差点将“一刻钟”说成了“一炷香”，最近拍戏精神混乱。

唐小爱见他说话没好气，立刻不再打搅，走到简易的折叠椅边坐下来稍微休息，不敢睡觉。她的腰最近很疼，加上不断熬夜，脸色灰暗，如果不上妆，整个人都会显得很憔悴。

媒体很快就赶到片场，扛着长枪短炮，像是在深山老林开记者招待会。他们的采访时间只有半个小时，几乎这半个小时里，镜头全对着唐小爱和秦峻宁，顺带把沈墨也拉到里面。

唐小爱原本想和秦峻宁说说沈墨的事，她不希望媒体再提到什么“初恋情人”这样的字眼，可秦峻宁似乎根本就不忌讳这些，甚至还对媒体主动开口说沈墨是唐小爱的新助理。

电影完全被放到了一边，所有人都对沈墨成为唐小爱助理的事感兴趣，这么八卦劲爆的内容如果不上明天的头条，媒体都不能原谅自己。

“小爱，沈助理成为你的助理，感觉怎么样？”

“是不是工作上的配合会更默契？毕竟以前有过‘深交’。”

“唐小姐，沈助理是不是很贴心？”

唐小爱在镜头面前被不停追问和沈墨是不是单纯的助理关系，她不由看向秦峻宁，平时这种问题都是小昭或者微微帮她挡，她根本不会正面回答任何八卦。

“沈助理，唐小姐应该还和以前一样好相处吧？”

记者们从唐小爱口中撬不出任何话，转而丢给沈墨一个个别有用心的问题。和以前一样好相处究竟意味着什么，恐怕很多人心里的答案都不同。

“秦导。”唐小爱很想冲过去把媒体拦住，她不希望沈墨以后和自己一样，被公众的目光推到无路可退的悬崖上。

秦峻宁像是没有听到她焦急的低低呼唤，依旧和一边的媒体谈笑风生，此刻脸上根本看不出任何阴霾。

“她一直都很好。”唐小爱左手边的沈墨，被媒体逼得开了口。

唐小爱下意识地往他身前站去，脸上依旧带着笑容：“我们只是工作关系，请大家口下留情。”

她真不希望自己和沈墨再有什么传闻，这会慢慢给沈墨带来很多困扰。他现在也许还不能体会到，可唐小爱深知其中的被动滋味，就如同她刚出道时，被媒体大肆报道和钟御卿的暧昧关系，每当出席活动时，都被逮住不放，直到现在媒体每次都会问到钟御卿，让她很难堪。

“所以工作上配合好吗？会不会感觉和其他助理有区别？毕竟男助理有很多地方不方便照顾到。”立刻，所有人又把镜头对准唐小爱，尖锐的问题一个个丢出来。

“男助理也有很多优点，至少多一点安全感，是不是？”

唐小爱的笑容有些放空，她又求助地看向秦峻宁，这种时候一般都是小昭帮她挡，沈墨还不习惯面对这么多的记者，根本无法招架。

秦峻宁依旧在几个媒体面前闲聊电影，当然他透露的信息很有分寸，对唐小爱投过来的求助眼神视而不见。

沈墨被娱记冲到另一边，离唐小爱越来越远，他在媒体面前并没有惊慌失措，沉稳地回答着各种问题，更像是久经战场的老将。

半个小时的采访结束后，秦峻宁终于对唐小爱抬了抬下巴：“过来。”

两个人坐到车里，秦峻宁一言不发地看着不远处忙碌的剧组，摸出一支烟，点燃后，一直夹在指间。很少看见秦峻宁沉默的表情，唐小爱的心里已经做好了迎接暴风雨的准备。

“唐小爱，你觉得我对你怎么样？”秦峻宁终于沉沉地开口，问道。

“很好。”

虽然无法抹杀她是秦峻宁的赚钱工具，可客观地说，秦峻宁对她算不错了，一个唯利是图贪财好色的家伙，能对她做到这种地步，娱乐圈里找不出第二个人。

“那你觉得我这个人怎么样？”秦峻宁继续问道。

“还好。”

唐小爱变了一个字，意义就不同了。

“那你老老实实告诉我，钟御卿这个人怎么样？”秦峻宁并没有生气她说“还”好，他清楚自己的为人，很多女人不恨他就谢天谢地了。

“不清楚。”

“知道你是怎么被我挑中的？”

“不知道。”唐小爱是真的不知道秦峻宁为什么会看中自己，她当时那么普通寒酸，穿着过时的衣服，只知道看书和打工，班里的男生都不会多看她几眼，大家只把她当成了一个学习狂怪人，没有人愿意在她身上多逗留片刻。

“因为……”秦峻宁正要说钟御卿，突然片场又一片混乱，有人摔下来了。吊威亚拍打戏，不知道究竟出了什么状况，演员出了意外事故。

秦峻宁立刻推开车门，往外冲去，唐小爱也紧跟其后。剧组带了医疗小组，只有三个人——海鱼鱼和两个护理医生。

“怎么回事？”秦峻宁看见躺在地上已经昏过去的演员，脸色难看至极，万一出了人命，那麻烦就大了。

“是……是我……我有恐高症……吊威亚的时候紧张，把……把王远抱住了，谁知机器开始走了，他……”个子高挑的艾美，从没有拍过武戏，她一开始也只是玩闹的心思，和另一个演员王远正对着台词，后来导演喊准备的时候，威亚一动，她就忘了台词和设计好的动作，为了保持平衡，把高台上的王远一把抱住，结果硬生生把他带下了六七米高的道具台……

艾美昨天才到的剧组，她的戏份在这边场景也就三四场，两天就能拍摄结束，谁知道出了这种意外。

“你……”秦峻宁狠狠瞪了一眼艾美，这个闯祸精，片场也能被搅和成这样。

“对不起，我真的不是故意的……”艾美见秦峻宁眼神一变，道，“他一定没事的，这才六米的高度，下面还有软垫……”

“闭嘴，要是出事了，你给我兜着！”

“不会出事的，上帝会保佑他的。”艾美一边蹭着秦峻宁，一边给唐小爱使眼色。

“先看看医生怎么说吧。”唐小爱接到艾美的请求眼神，只好对秦峻宁说道，“也许真的没事。”

她刚说完，被几个医生围着的王远竟然眼皮挑了挑，慢悠悠睁开了双眼——他只是脑部受了震荡，暂时昏迷。

“哎呀，小爱你可真是……福将？真的没事……”艾美看见王远没事，心里的石头也放下了。

“你给我闭嘴！”秦峻宁再次恶狠狠地说道。

王远还是被送去了医院，这是继唐小爱受伤去医院之后的第二个人，虽说去医院是第二个，但片场受了大小皮肉伤的却不少。

唐小爱越来越觉得这一行太累，相比之下，代言和出唱片不知道要轻松多少，她希望自己可以慢慢退回到开始的地方，再慢慢淡出人们的视野……

秦峻宁为她量身定做的策划却完全相反，他希望某一日，她能成为一种东方女性的标志，站在世界的舞台上，带着浓浓的自己的风格，永远星光灿烂地走下去。

唐小爱飞去了 D. D。 虽然拍电影很忙，可秦峻宁还是给她抽出时间去参加秋冬时装发布会。

秦峻宁让沈墨陪她出席，他自己要在片场坚守，毕竟电影也是他的兴趣，加上刘进来了，他更不能把片场丢给 M 姐一个人。

沈墨这是第一次作为唐小爱的助理，参加时尚走秀，独自面对各大媒体。 他看了很多有关资料，希望自己作为唐小爱的助理，不会出现任何过失。

“不用紧张，有埃斯克罗的工作人员在来接应。”下飞机的时候，唐小爱看见沈墨面对围堵的媒体和粉丝应对得很生涩，她低低说道，“你只要一直往前走，不要搭理任何人就行。”

这一路如同走了一个世纪，闪光灯和快门声仿佛鞭炮此起彼伏，沈墨想起当初在机场，他踹打记者，把唐小爱“劫走”的场景，仿佛刚刚发生在昨天……时间真是无色无味的毒药，偶尔毒发，会让人痛不欲生。

“秦总对你挺好。”坐在保姆车里，沈墨突然说道。

“是很好。”唐小爱今天的腰格外疼，连着小腹阵痛，无论是站着还是坐着都不舒服。

“他竟然放心让我全程陪着你。”沈墨这几天和唐小爱工作上的相处，慢慢地没那么尴尬。

他们都很小心避开了过去，不再提从前，沈墨更是不再有任何逾越的举动，他就像是一个普通的工作人员。而唐小爱也没有在医院时的敌对，她也只是像对待工作人员一样对待他。

“用人不疑，疑人不用，秦峻宁就是这种人。”唐小爱闭上眼睛养神，她这几天睡眠时间加起来也没到八个小时。

“是因为……信任你吧？”沈墨见她闭目养神，牵了牵唇角，低低说道。

“信任？”唐小爱含着这两个字，露出一丝苦笑。

沈墨见唐小爱好像很累，也不再打搅她，翻着手中的资料温习起来。

当唐小爱换上礼服，弄好发型和妆容后，沈墨又有那种陌生的距离感。看见在镜头面前美丽百变的唐小爱，沈墨才会真正想到自己现在的身份——明星助理。

这种发布会比想象中的要无聊很多，除非是对时尚真正有兴趣的人，才能兴致勃勃地整场看完。

显然唐小爱对时尚一点兴趣都没有，她只出于礼节性，在其他人凑过来和她聊天时，客套几句。

沈墨却在这种场合非常受宠，因为他原本受过上流社会般的教育，不仅是个官二代，还被妈妈带着从商，认识过许多知名人士。虽然父亲下马之后情势逆转，可沈墨最近和唐小爱重新挂上了关系，风风火火地上了各大版面的头条，曾经白眼相加的人，现在看他的眼神都变得微妙起来。

人情冷暖，世事无常，沈墨算是领略到世态炎凉。他如今只是唐小爱的助理而已，就换来这么多人的关注，这真是名利场，若是再进一步……

“小爱，明天早上还有活动，你早点休息，需要什么给我打电话。”沈墨晚上还有其他工作要做，把唐小爱送回酒店之后利索地离开。

唐小爱坐在房间的沙发上，她经过许多不同的城市，住过各种各样的酒店宾馆，现在都忘了家是什么滋味。 小腹越来越疼，加上后腰的伤，让她浑身不适，额上渗出冷汗来。

要是海医生今天一起过来，或者小昭在就好了，她们会细心体贴地安排好一切，甚至包括繁忙工作中的美容保健，不像沈墨还不太熟悉这份工作，也没有女性的细腻。

唐小爱趴在床上煲电话粥，她难得休息，要给家人一个个打电话。唐小爱有十多天没有和妈妈通电话，她前一次打电话，妈妈还抱怨过现在父亲每天在外赌博，怎么都劝不回去，后来唐小爱让弟弟抽空回家一次，希望能说服爸爸不要贪赌。

“是，不但不赌了，还去镇上刚办不久的敬老院里上班了，可能因为女儿有名气，竟然当上了什么副院长……”

“不会吧？”唐小爱没想到游手好闲了一辈子的爸爸，竟然真的收敛起来，还去工作。

“跟一群老头老太太搞什么‘精神建设’，一把年纪还学跳舞，这不，这两天和院长一起去省城订购电脑，瞧他能的……一辈子都没见过他那么正经！”妈妈在那边又笑又骂，小镇上的敬老院还真是救星，让嗜赌如命的老头子暂时转移了兴趣，每天不摸牌了，改摸键盘了。

“真的啊？”唐小爱从没这么高兴过，这大概是她踏入娱乐圈后最开心的事，连带着感觉肚子都没那么痛了。

“早知道就早点让他出去找个活做，也比每天在外赌博好。”唐妈妈也从没这么开心过，女儿进了娱乐圈成明星了，她都没感觉到多少喜悦，反而担忧小爱以后的路。

聊了将近半个小时，直到唐小爱小腹疼得快说不话来，才挂断电话，趴在大床上痛苦地吸着气。如果小昭或者鱼鱼在，她现在就会给她们打电话，可偏偏身边的助理换成了沈墨。

现在已经快十一点，让沈墨过来不合适。唐小爱紧紧攥着被单，强忍着小腹传来的阵阵疼痛，这种时候她真想回家。

薄薄的睡裙被冷汗浸湿，唐小爱终于伸手按向召唤铃，她如果不是明星就好了，想回家的时候就回去，可以穿着睡衣去医院，也可以站在街头搭公车……

唐小爱被沈墨的电话唤醒，她一直迷糊了三五分钟，想着昨晚的美梦——好久好久都没有做过那么温暖的梦，是因为昨晚和妈妈通过电话，知道爸爸现在的情况，心情太好，所以才会梦到无比美丽的未来。

梦中，妈妈的病好了，她退出了娱乐圈，回到了小镇开了一家网上设计室，挂在绿嘉国际购物网下，打造出自己的品牌；弟弟成了某游戏网站的大股东，和那个书香世家的小女生赵格宝结婚生子，爸爸每天除了抱孙子，就是去敬老院带着一群老头老太太跳交谊舞，而她似乎也有了真心的爱人……

真美的梦，美得她舍不得醒过来。

第四章

小昭一边给唐小爱介绍着要录制的节目，一边给她看着手中的图像资料。

今天的节目相当“麻辣”，不仅主持人麻辣，内容也很麻辣，沈墨经验少，没法和负责人稳妥沟通，所以小昭百忙之中抽身飞过来。

她现在的工作重点依旧是唐小爱的通告安排和曝光度，其次才是培训新助理，所以只要唐小爱有通告，一切都以唐小爱为主。 资深助理和刚入道的小助理，感觉就是不同。

沈墨跟在精明能干的小昭后面，完全是个小助手的感觉，虽然他曾经是学校学生会的主干，有着超乎年龄的成熟和风度，可在五光十色的娱乐圈里，他被这些要气质有气质、要气场有气场、修炼成精的人们压得死死的。

“这里有两个游戏环节，我已经和制片沟通好了，不会玩得太过火，你配合一下就行。”小昭领着唐小爱走到后台的化妆间里，“不过女主持风格一向大胆泼辣，虽然我和负责人在电话里就敲定了细节，但是不能确保到时候他们为了节目收视率会问出什么问题来，总之，你要是不想回答的，可以给我眼色。”

“好，明白了。”唐小爱还是觉得小昭在身边最好，她在娱乐圈没有任何的安全感，可小昭会让她觉得一切都是稳妥的，永远不会出现意外。

“那你先换衣服化妆，我还有点事要和导演组确定一下。”小昭没多少时间和唐小爱闲聊，虽然她很想关心关心最近唐小爱的工作状态，因为在酒店里，第一眼看见唐小爱，就觉得她憔悴很多。

“哈喽，唐小姐？”就在唐小爱快上完妆时，一个身材火辣的短发女人推开化妆间的门，走了进来，大大咧咧靠在梳妆台上，看着唐小爱，像是等着她说话，可唐小爱半晌也没说话，只是打量着她。

“你不认识我？”女主持周青等了片刻，有些大惊小怪地叫了起来。

她现在本土卫视的台柱子，最有名的女主持，这个台的综艺节目收视率都是她扛起来的，唐小爱竟然一脸茫然！

“哦……你好。”唐小爱终于伸出手，礼貌地说道。

有些人不上妆和上了妆之后的脸，真是天壤之别，至少周青是这种人。虽然她没妆的时候，底子也不差，可肤色暗沉，眼睛无神，和上了妆之后的漂亮程度相差太远。

这可不只是台柱子，她的背景更了不得，否则也不会说上位就上位了，主持一姐的地位半年时间就稳固下来，不可动摇。

如果说唐小爱的出道还带着两分运气和机遇，这位大姐可真是全靠“实力”，电视台砸钱铺金砖，再加上她嘴巴尖厉，毫无顾忌，什么低俗的问题都敢问，谁也不怕得罪，竟让收视率在骂声中节节高升。

看来现在的观众口味都越来越重，普通的节目已经无法满足他们的八卦之心，周青的泼辣尖锐让他们越骂越看，已经成了一种风格。

“唐小姐？”周青走了才半分钟，又一个穿着花花绿绿的男人走了进来，长相在娱乐圈里最多中等，笑眯眯地说道，“你一定认识我吧？”

“郑先生？”唐小爱心里无力地叹了口气，看来真是搭档，连开场白都有异曲同工之妙。

“恭喜你，答对了。”郑学明很职业的口吻，半开玩笑地笑了起来，

“你可以喊我学明哥。”

“学明哥。”唐小爱的妆容已经结束，她的肤质很好，非常适合上妆，只要弄好眼妆，基本上五分钟就能定妆，化妆师非常喜欢这种容易上妆的艺人，要是遇到个两三个小时都还没填平脸上痘印的女明星，他们会哭的。

“哎，那我也喊你爱妹妹。”果然是做主持的，郑学明的嘴皮子占便宜一点都含糊。

唐小爱不太喜欢这种聊天方式，没有主持人这么对她言语轻薄。

“唐妹妹，今天的妆容真蜜糖。”郑学明最拿手的当然是察言观色，做主持人嘛，每天接待各种大牌艺人，他心里清楚自己的身份，只不过看见唐小爱和善乖顺，和她开开玩笑拉近感情而已。

郑学明没有周青那样坚实的后台，所以在主持风格上，一个白脸一个红脸，一个咄咄逼人，一个宽柔厚道，通常周青冷言冷语能把艺人在台上逼得哭出来，郑学明要是让人哭，就是来真情告白般的肉麻桥段。

“你就喊我小爱吧，是不是要对台本？”唐小爱单刀直入，她不喜欢这种套近乎的方式。

“你的助理难道没有告诉你，我们的节目是没有台本的，一切都是临场发挥？”郑学明一直都笑眯眯的，典型的笑面虎。

“她说有模式，到时候和主持人沟通。你来这里，难道不是要事先沟通？”唐小爱有些奇怪地问道。

刚才周青过来，她以为按照惯例是先私底下熟悉一下，然后聊聊台本或者录播时的一些小细节。

“模式就是分成三个大段，主题采访，游戏，游戏。”郑学明依旧笑眯眯地说道。

他长得不算丑也不算帅，个子不高也不矮，能成为周青的搭档完全是因为主持了多年，有经验也有实力。今天唐小爱来录节目，台里的领导特意嘱咐，一定要好好准备，争取这次收视率破记录，所以郑学明压力也大，毕竟自己的搭档是个没谱的女人，经常会做出让人大跌眼镜的事来，台里领导都让她三分，今天他要掌握整个大局，不免会担心。

“嗯，那些助理都给我看过，还有什么要我记住的？”唐小爱一直很认真的表情，完全是工作状态。

“其他的没有什么，就是想了解一下小爱的喜好。”可郑学明到这里来，不过是和她闲扯，了解对方，纾解巨大的压力。

要知道今天女主持周青来晚了，她化妆时间就得两个小时。这两个小时候可不能浪费了，得利用起来。

“我这里有一份你的官方资料，但不是很全面，你先看看。”郑学明将文件递到唐小爱的手中，还是笑眯眯地说道。

等小昭回来的时候，唐小爱还处于工作状态，和男主持人认真聊着天。

“小昭！”看见小昭推门进来，唐小爱立刻摆脱啰唆的男主持，走到她身边，低低问道，“不是已经到时间了吗？怎么还不进录影棚？”

“女主持还没准备好，也许还要一个小时半才能录播。”

小昭最讨厌大牌，她以前伺候过很多大牌明星，许多真正的巨星，虽然可能会有点怪癖，可私底下没多少明星架子，他们经历过太多风雨，对娱乐圈对人情世故看得通透，偏偏有的人一辈子都跳不出名利圈。

万千宠爱在一身的女主持周青，就是无论如何也跳不出来的人。她今天临上场前，又对造型师送来的几件主持礼服不满意，现在员工正火速去几家固定服装店里重新定衣服。

“沈墨呢？”从进了电视台之后，唐小爱就没看见沈墨，一开始以为他也跟着小昭去熟悉工作了，结果小昭回来了，也没他的影子。

“他刚才还在和监制聊天，可能去看资料了。”小昭忙死了，哪有时间再管一个人，而且沈墨也算机灵，做什么都不用担心，“跟我来，趁现在有时间，我帮你组织了小型的‘糖果’会。”

“啊？”唐小爱微微一愣，小昭这办事效率和速度也太快了吧？

“可……在人家的录影棚里？ 会不会喧宾夺主？”唐小爱觉得太跳跃了，她是来录节目的，怎么变成粉丝见面会？

难怪刚才周青过来时似乎不爽，毕竟这是她的地盘，结果她在人家的主场开个人小型粉丝会……

“他们不知道赚了多少门票费，双赢的事，怎么可能不高兴。”小昭笑了起来，唐小爱这个人什么都好，就是太谨慎保守，要是让她这样做策划，绝对不敢大胆创新，只会稳中求胜。

“见面会的内容……你都没整理给我，到时候我在台上做什么呀？”唐小爱真不是做明星的料，她虽然不怯场，可是话少，会冷场。

“想说什么就说什么，麦克风在你的手里。”小昭笑着把她推到一个升降台上，“做你喜欢的，说你喜欢的，因为那些人也喜欢你。”

“可是……小昭……”

升降台缓缓往上移动，舞台一片漆黑，灯光师关掉了所有的光源，唐小爱渐渐看见荧光棒汇成的海洋，还有她的照片和 LED 灯组成的名字。

这是可以容纳两千人的大型录影棚，台下座无虚席，甚至还有很多人站在后面的位置，唐小爱从没有一个人和那么多的糖果们见面，平时只是在机场、红地毯周围，还有她出行的沿路，会有消息灵通的糖果们跟随等待。

一道刺眼的灯光突然亮起，直直地打在唐小爱的身上。 她对强光已经习惯了，秦峻宁在她正式出道之前，就给过这种专业练习，不准她回避镜头，不准她在镁光灯下闭眼或者眨眼，那会被拍出不好看的照片来。

下面寂静了片刻，突然狂呼起来，唐小爱耳膜里全是自己的名字，从那么多不认识的人口中喊出，熟悉又陌生。

“小爱！”

“我们爱你！”

钟御卿站在楼上的C机前，看着舞台中央露出一丝迷茫表情的唐小爱，她如同古代温婉贤良的内人，不适合在外面抛头露面。

无论秦峻宁训练得有多完美，她总是会在不经意时露出那丝不属于娱乐圈的纯洁气息。

“小爱！”下面的人喊得更疯狂，对于他们来说，喜欢唐小爱的原因有很多，男性和女性的眼光不同，男人更多喜欢的可能是直观的，比如外表和身材，而女人更看中气质和“眼缘”。

她面对镜头时，可能是训练有素的完美状态，可媒体偷拍到的照片，有很多有趣的萌点。

她容易害羞，看似平静的表面下，像含羞草一样，被碰到敏感的地方，眼睛会变成小鹿的双眸；她也容易脸红，尽管大多时候妆容很美很无暇，可还是会被捕捉到如水莲花般不胜娇羞的模样。

现在唐小爱就有几分羞涩，她面对这群人时，总有愧疚的感觉，因为她只是被秦峻宁包装出来的精美糖果……就是糖果，放在商店里高价出售，其实滋味并没有那么好，只不过因为昂贵的包装和精美的外表，迷惑了这些人，取得了他们的喜欢。

麦克风就在她的手里，可唐小爱不知道该说些什么，过了好久好久，直到下面的粉丝都平静下来，鸦雀无声地看着她，她才挤出一句话来：“那……我唱首歌吧。”

唐小爱真不适合做明星，平时走红地毯和接受采访还可以，只要有台本和模式，她都像个聪明的学生，绝对不会出差错。可现在，一个人站在舞台上，面对几千名喜欢自己的人，唐小爱不知道该怎么开场，也不知道要怎么谢幕。

她觉得此刻的站在台上的人，不是自己……

台下的人听到她开口说话，又开始尖叫起来，有人在下面喊着歌名，是她为正在热播的青春连续剧唱的主题曲——《我们》。

唐小爱上台前，小昭告诉她，这场见面会不会转播出去，最多作为资料放在官网上，所以不用担心表现不好，只要随意就行。

下面好多人都拿着 DV 和手机在拍，到时候肯定会有无数版本流传到网上。她知道如果说话，多说多错，不如少说话，做点其他事。

"有琴师吗？"唐小爱看向一边，灯光太刺眼，她其实看不清楚暗处，除了荧光棒和 DV、手机等数码闪着的光芒，下面的人是什么样的表情，什么样的面容，她都不知道。

"有！"清脆熟悉的声音带着早就隐藏不住的兴奋，在一侧响起。

"Kiki？"唐小爱的脑中冒出问号来，这明显就是那八卦女的声音。

可她来不及多想，第一个音符已经飘起。真的是 Kiki，她今天也算是梦想成真，跟着小昭来到这里，直接到录影棚，开始和现场音响师排练，为了给唐小爱一个大大的惊喜——她真的来参加小爱的"演唱会"了，虽然和 Kiki 当初预期的二十万人超级演唱会有区别，可至少公司让她来了！

钟御卿眯起双眸，居高临下看着舞台，唐小爱穿着绿色的裙子，非常美的绿色，裙子刚刚到膝盖，像带着森林气息的仙女，衬托着雪白的肌肤，强烈的灯光下，她像个浑身雪白通透到发光的瓷娃娃，浑身的线条纤秀中带着温润，根本看不出拍武戏留下的痕迹。

如果按照最初的设想，钟御卿成功了。第一次被他看中的女孩，让她拥有一份自己的事业，现在，她很成功。

可是钟御卿却后悔了，如果当时自己将视线多放在她身上一秒，或许唐小爱的人生会变得不同。

至少，他不会那么轻易地将唐小爱教给秦峻宁去打磨。

可惜，没有如果，也回不到当初，现在站在面前的就是事实——唐小爱成功了，作为一个艺人，她吸金无数，成为新一代的宅男女神，有无数人喜欢她，也有很多人讨厌她，这就是成功的见证。

钟御卿看着屏幕里放大的唐小爱的脸，紧紧盯着她澄澈的眼睛，想起他回国的那一天，坐在车中，看见她站在路边发传单。人来人往中，就像冥冥注定，他一转头，就看到了那双清莹澄净的双眸。即使她穿着那么过时又臃肿的羽绒服，即使她站在街头抱着一叠传单，寒酸得根本没人注意。他谁都没有看到，只看到了唐小爱。

“徘徊过多少橱窗，住过多少旅馆……”唐小爱终于再次开口清唱，她和乐队没有任何排练，谁也不知道她下一首歌会唱什么，第一句刚刚唱出来，久经沙场的乐师们立刻就弹出了配乐。

“把一个人的温暖，转移到另一个的胸膛，让上次犯的错反省出梦想，每个人都是这样，享受过提心吊胆，才拒绝做爱情待罪的羔羊……”

唐小爱多希望有人会懂她在唱什么，可她知道，这些被糖果美丽包装吸引的“客人”们，不会知道糖果内心里的酸。

名利究竟是什么，唐小爱对着那么多喜欢她，却根本不了解她的人们，无法说出自己多么渴望改变，多么想离开这样的舞台。

回忆是捉不到的月光，握紧就变黑暗，等虚假的背影消失于晴朗，阳光在身上流转，当所有业障被原谅，爱情不停站，想开往地老天荒，需要多勇敢……

唐小爱突然转过身，她怎么又想哭？当初唱《伊莲》时，她刚刚踏入娱乐圈，不知道怎么面对可怕的黑色未来，总是会想起单纯的过去，会控制不住自己的情绪还情有可原，那段视频还被盛誉过，甚至被糖果们奉为经典。

而今天，她已经不算新人，因为这样一首歌，唱哭了自己，明天一定又有很多人骂自己矫情……明星总是这样，无论做什么事，都会被无限放大，喜欢的人捧，不喜欢的人踩，被人指指点点，流言无数……

钟御卿听到了声音里的一丝异常的哽咽，比起上次那首法语歌，显然现场 LIVE 的这首《爱情转移》，会成为最感人的版本，尤其到了最后，尾音的颤抖，让他坚硬的心都跟着颤了起来。

寂静之后的掌声和尖叫，打断了钟御卿漫游的心神。

唐小爱并没有熟练的唱歌技巧，不会华丽的真假音转换和花腔，可她动人之处在于——感情。她有感情的声音，会让人觉得自己陷在一个故事里，歌词和旋律变成了立体的景象，每个人看到的，都是自己深藏或难忘的过去。

钟御卿突然转过身，他被下面那几千人吵得心里有些烦乱，想一个人静静。

唐小爱今天觉得特别疲惫，如果秦峻宁现在就在她的面前，她可能会忍不住开口，对他说不想再走下去了。

休息室有隔音设备，里面安静得只能听到自己的呼吸，唐小爱捂住脸，她好讨厌这样的生活！

突然，一个熟悉的声音从头顶上方传了下来：“心情很差？”

唐小爱一惊，急忙抬起头，却没有看见钟御卿。她惊慌的表情落在钟御卿的眼中，像只散步的忧郁小鹿被猛兽惊吓到。

“钟……你在哪里？”唐小爱抬头寻找着传音设备，这里每个休息室都有监控和传音器，有时候贵宾后台等待上节目休息过头时，传音器就会像广播一样提醒他们时间，又不用因为敲门进来而打搅到艺人或贵宾，还方便统一管理。

"看你的节目。"钟御卿在控制室里带着耳麦，笑了起来，"这个圈子是不是身不由已？"

唐小爱不知道该怎么回答，沉默了半晌，才说道："这个圈子不适合我。"

也许是没有和钟御卿面对面在一起聊天，唐小爱心理上没太大的压力。

"可你不愿意离开，所以只能凭借自己的努力和忍耐去适应，直到完全被同化为止。"钟御卿慢悠悠地说道。

"我知道你不想让我继续在娱乐圈做下去……"唐小爱咬咬唇，他不在面前，自己也多了几分理智和勇气，她想坦诚一点，也知道自己的心思瞒不过钟御卿的眼睛，"可是，我现在不能走，我要是走了，会一辈子良心不安。"

"有什么不安？ 秦峻宁并不需要你担心，有我在他身边足够了。"钟御卿心里有几分隐约的欢喜，因为唐小爱竟然对他敞开了心扉，平时闷葫芦的人，主动对他说自己的想法。

"钟御卿，你是懂感情的人，虽然你……你不会随便施舍感情，可你比我们成熟得多，也聪明得多，一定更能知道有些事，并不是说放下就可以放下。"唐小爱心里其实觉得，钟御卿太精明，精明到他的感情根本也是一种投资，对不值得投资的人，绝对不会下血本，比如对女人，"如果每个人想走都能潇洒转身，那这个世界就是所谓的天堂，不会有那么多人每天活在烦恼中。"

"施舍？ 要不要我施舍给你？"钟御卿的声音里似乎有丝笑意，她果然认为自己是个没感情的人，否则不会将感情说成"施舍"。

唐小爱沉默下来，她从来不要别人施舍的东西，曾经她的所有，都是靠自己努力得来的。

"我很没用。"唐小爱不愿意正面回答钟御卿的话，片刻之后，避过他的问话，唇边掠过一丝苦笑，“活在别人的羽翼下面，不管外面有多大的风浪，都躲得严严实实，没有自保的能力，也没有保护别人的能力……”

“一个人的能力，要看放在什么地方上，不要那么快否决自己，说不准你最大的能力是当个贤内助。”钟御卿打断她的话，今天的闷葫芦已经对他说了很多话，他也要安慰一下唐小爱。

“但对我来说，还需要让人心安的温暖，是……家。”唐小爱叹了口气，“可我们……谁也给不了家的温暖。钟御卿，你不要再诱惑我离开，我哪也不想去，什么都不愿改变，哪怕就这样像个木偶，做着违心的事情，演着不喜欢的戏，我也不想再生变数。

抱歉，和你说了这么多莫名其妙的话……我知道你们男人不喜欢听这些……”唐小爱心里突然忐忑不安起来，她今天是不是话太多了，钟御卿竟然一直沉默。

秦峻宁曾经对她说过，男人不想女人没完没了地精神干预，女人最好什么都不要多问，什么都不要多说，就像个乖顺忠诚的小狗，永远对他表示欢迎就好。她也一直记着秦峻宁的话，和钟御卿在一起的时候，能不说话的时候，绝对不开口，免得多说多错。

唐小爱懊恼地伸手揉着自己发胀的太阳穴，是不是因为生理期，她今天情绪格外低落，很想找个树洞倾倒心里的堵塞的垃圾。

钟御卿一直看着，唐小爱任何细微的表情变化都没有逃过他的眼睛。她安宁的神情，会让人觉得安定踏实，依旧有种桃花流水，风和日丽，岁月静好的感觉。钟御卿几乎确定，唐小爱对沈墨已经放下了。

至少将那段感情封藏得很好，不像之前，为了沈墨求他，听到沈墨的名字都会惊慌不安。

钟御卿的脑中一直回荡着唐小爱的话，她想过婚姻……当听到她那些断断续续小心翼翼的话，钟御卿不知道该怎么形容自己的心情。

他浪迹于女人之间，征服不同女人的身体和心理，最后变成了一种习惯，习惯到也把唐小爱当成之前那些女人，从未想过女人和女人除了身体面容，还有什么区别。

感情……他没有对女人动过感情，只不过把她们当成解决需求的工具，在自己得到满足时，也顺便让她们感觉快乐。他从女人身上得到了纾解，也给予她们丰厚的报酬，就如公平买卖。

可自从遇到唐小爱之后，钟御卿的“买卖”做不下去了。他想在唐小爱身上取得同样的满足，可唐小爱却不要。她不爱玫瑰，不爱钻戒，不爱锦衣玉食，也不爱甜言蜜语……她喜欢的，是她口中所说的地久天长、地老天荒，是稳固家庭的温暖和甜蜜。

唐小爱坐在台里送她回去的专车里，满脸疲倦。以前录制节目虽然不是每次都那么顺利，可今天真让她觉得心力交瘁。也许是身体本来就快到了极限，加上主持人刻意刁难，她的心情也影响到状态。

专车将她直送到酒店楼下，服务生早就在电梯口等着，为她做私人接应。

唐小爱原本身边还有其他工作人员，她出行虽然低调，可秦峻宁总是会给她配上浩浩荡荡的一群人，从化妆师到造型师再到按摩师，一应俱全。

只是最近人手真的紧缺，加上唐小爱不喜欢太显眼，不管到哪里就跟开个炮兵团一样，秦峻宁也就没有再大张旗鼓给她安排。

唐小爱走进房间之后，先去卫生间清理，她还没有卸妆就回来了，衣服和鞋子都没换下来。

将长发盘在脑后，唐小爱在洗手间把自己清洗干净，把脂粉和香水味全部冲掉，那件价格昂贵的绿裙子挂在墙壁上，她裹着睡袍，带着几分倦意打开浴室的门。

刚刚开门，唐小爱就愣住了。她洗漱整理不过二十分钟，卧室里就多出了一张圆桌，上面已经放好了晚餐，点着香薰蜡烛，红酒在杯中透着美丽的色泽……钟御卿就坐在桌边，对她微笑。

唐小爱下意识地关上浴室的门，扯掉浴巾，拿过绿色连衣裙换上，对着镜子深呼吸几次，挂上笑容，这才又拉开门。

“你动作好快。”唐小爱找不到话，走到桌边后才挤出一句。

“折腾了一下午，是不是饿了？”钟御卿很绅士地为她拉开椅子，请她坐下。

“是有些饿。”唐小爱想到下午和他说了一些不该说的话，而钟御卿后面一直沉默，她不知道这个男人心里究竟在想什么。

“先用餐。”钟御卿准备的烛光晚餐很浪漫，他甚至还播放了音乐——今天唐小爱为糖果们唱的那首动人的歌。

烛光照亮了晚餐，照不出个答案，恋爱不是温馨的请客吃饭，床单上铺满花瓣，拥抱让它成长……

歌声恰好传出，唐小爱突然感觉，钟御卿什么都懂……他明明懂自己想要什么，却从不点破。从那些小小的细节，甚至到细节后的背景，钟御卿都做得那么完美，就像这首歌缓缓地流淌，许多她说不出的话，都被溶解在这样的气氛里。

“你盘起头发的样子更好看。”钟御卿坐在唐小爱的对面，闲闲地看着她用餐，突然说道。

长发披肩固然清纯，可她随意挽起松散长发，将纤长的脖颈和纤细的锁骨全部露出，带着几丝慵懒和迷蒙，更适合现在的气氛——随意舒适。

唐小爱不知道该怎么回答，只能冲他礼貌的笑笑，继续低头用餐。

钟御卿看见她的笑容，唇角也牵了牵，黑眸中似乎有一丝笑意。

“你不吃吗？”唐小爱吃了几口，发现钟御卿始终没有动餐，一直在品酒，那双带着笑意的眼神，始终放在她脸上。

“我很饱。”钟御卿微笑，他始终盯着唐小爱的脸，那种眼神带着几丝温柔水波，又有几丝计算，仿佛是个老道在给一位骨骼清奇的少年人看相。

唐小爱虽然有些饿，可被钟御卿死死盯着，哪能吃得下，随便吃了点就放下筷子。

看着唐小爱吃饱了，钟御卿立刻递给她消过毒的毛巾。

“小爱，我考虑好了。”钟御卿见唐小爱已经结束用餐，温柔地说道。

“什么？”唐小爱吃饭时就被他看得很不舒服，隐约感觉到今天钟御卿很异常，所以心里已经有了几分准备。

“你今天说的，家。”钟御卿伸出手，在暧昧的光线下，将一个精美的盒子，推到她的面前，“我娶你。”

唐小爱整个人像是被雷击，手中的毛巾也滑落下来。她呆呆看着钟御卿，从他那暗沉如夜色的双眸中，看不出任何的心思。

音乐继续在播放，那个男人依旧在唱：想地老天荒，需要多勇敢……

不知道过了多久，唐小爱才协调好面部肌肉，看着那精美的盒子，笑了起来。她听到了，钟御卿说“我娶你”。

很多求婚的男人，都会说“嫁给我”。而他，在这种时候主语依旧是他自己，像是某种高高在上的恩惠和施舍。

“婚礼我已经让秘书定好，下个月的二十八号，农历八月十五，中秋节。”钟御卿见她竟然想回避自己的话，看着她有些吃惊和慌乱的眼睛，“聘礼也会在明天送到你家，绿嘉国际会发布婚宴消息，宴请各大媒体和商务伙伴……”

“钟御卿，不要和我开玩笑。”唐小爱的笑容在晃荡，快挂不稳了，现在结婚？ 她会被秦峻宁直接砍死。

“我虽然没考虑过结婚，可你今天都说了那些话……”

唐小爱再次打断钟御卿的话，她完全没有想到他会来这种意外袭击，脑子混乱起来，“不，我现在不能和你结婚！”

“为什么不能？”钟御卿一直保持着温柔的笑容，看上去完全是天使。

像她这种传统的女人，如果第一次就用婚姻来诱惑，或许她现在早就成他妻子了。

“我……不能接受……”唐小爱心里纠结着，现在，他真的这么说了，她又不知道该怎么面对。

“你在说谎。”钟御卿像是看透了她的心，直视着她慌乱的眼睛，“你早就渴望家庭。”

“可是……我要考虑……”唐小爱的心里在挣扎着，她觉得钟御卿在给她下药，药效一次比一次猛，这一剂量，简直要她的命。

“这是最好的结局。”钟御卿微笑，修长的手指轻轻点了点精美的礼盒，语气里是毋庸置疑和不可违抗，“没有更好的选择，相信我。”

今天，她是耀眼的明星，众人的宠儿，吸引了那么多人的视线，可明天，当她被宣布婚礼后，钟御卿一定不会让她再走娱乐圈这条路，她会在秦峻宁的愤怒和糖果们的遗憾中退出这看似华美的圈，做他合法的妻子，然后呢？

钟御卿的身边，依旧会有来来往往的秘密情人，一个接着一个顶替她的位置吧？

唐小爱的迟疑，是因为没有安全感和信任，根本不敢轻率地将自己下半生交给这样暗黑危险的男人。 她怕受到更大的伤害……而且在感情上，她是个自私的人，不能容忍自己的老公有其他的女人，钟御卿显然无法做到这一点。

“不用担心秦峻宁，我会安排好一切，暂时也不会强迫你退出娱乐圈，你可以配合他拍完这部电影。”钟御卿见她迟疑，以为她是在担心秦峻宁。

“可以拍完这部电影再说吗？ 我现在……真的没有准备好。”唐小爱无法立刻答应他，没有感情的婚姻本来就危险。 精神上，也许永远都被他禁锢了，无论以后是否幸福，她这一辈子都会赔进这场婚姻里。

钟御卿的眼里有一丝失望，他没有想到，用婚姻来诱惑，唐小爱都拒绝了。 他甚至都答应，暂时不会插手她的事业，不会逼她退出娱乐圈……看来，他还是不够了解她。

心里已经不仅是失望，还有一丝燃烧起来的恼怒，钟御卿不是第一次被她拒绝，可今天不同。 他从未对任何女人说过“我娶你”这三个字。

她在践踏他的自尊。

“既然这样……我明白了。”钟御卿硬生生忍住心里的那丝怒火，态度从容地将准备套在她手指上的戒指收回，然后，一扬手，扔到了旁边的垃圾箱里。

唐小爱呆了，她看到了对方压抑的愤怒。 不知怎么，她的心也在痛。 往昔画面闪回，本来他们情投意合，本来他们可以很顺利地成为情侣，却经历了这以多奇怪的波折。 这是怎么回事？

钟御卿转过身，走到门前，手指刚刚搭上门把，腰突然被抱住，柔软温热的身体贴在他的背后，他暴怒的心一瞬间柔了下来，好像被棉花裹住：“对不起……为什么不能早点对我说‘我娶你’？ 为什么不早点用这种方式？ ‘我娶你’这三个字，虽然比‘我爱你’更难以说出口，可并没有想象中那么可怕……”

“好。”钟御卿呆了很久，然后转过身来，定定地看了她几秒，形状优美的薄唇吐出一个来：“这次依你。”

那丝温柔不是唐小爱的错觉，她奇怪钟御卿的温柔，这次他没有吐出带着命令色彩的话。

然后，薄润的唇，贴到她光洁的额头上，钟御卿伸手拔掉她的发卡，让她的长发松松散散地披散下来，唇也沿着她秀挺的鼻梁往下移动，来到她嫣红的唇上，轻轻摩挲着。

“戒指，还在垃圾桶里……”

“那是你不要的东西。”钟御卿的语气里没有责怪和埋怨，唐小爱依旧听出了他的不满。

钟御卿是在恼自己不接受，虽然他现在很温柔，可心里未必消了气。

“我去拿。”唐小爱离开他暧昧的包围，快步走到垃圾桶边，从里面拣出精美的礼盒。

打开盒子，里面是那枚曾套在她手指上的红宝石钻戒。

唐小爱想到刚出道时，他们一起在巴黎，他不知是想作秀，还是想炒作，当着媒体的面，将这枚戒指套在自己手指上……

秦峻宁曾对她说，钟御卿并没有表面上那么天使，他根本不容许别人拒绝，如果无心之失，第一次也就算了，还有第二次的话，他就会采取行动。当然，无论是有心还是无意，都永远不可能有第三次……

这枚戒指，是第二次被拒绝，所以钟御卿才会一怒之下扔到垃圾桶里，也在唐小爱面前第一次失态。

指尖轻轻摩挲着那枚泛着妖艳色泽的红宝石，唐小爱低垂的双眸中，有着挥之不去的担忧。以后是福是祸是悲是喜，都会被这枚戒指系在窄小的空间里，外人无从窥见，冷暖自知。

小昭整夜都没合眼，凌晨五点刚处理完唐小爱的这期节目，就接到秦峻宁的电话，问事情处理得怎么样了。

秦峻宁在片场很忙，没时间赶过来，拍完一整夜的戏，还惦记着唐小爱的事情。

“老板，你放心，昨天录制的小事故已经解决了。”小昭简单汇报昨天的事情，她解决这些问题还是很拿手的，秦峻宁根本不用担心。现在她让沈墨先回去宾馆休息，今天上午沈墨和唐小爱还得飞回剧组继续拍戏。

“停车。”沈墨坐在出租车上，他跟着小昭忙了一夜，也很累，可看见一边的花店外面贴着的宣传语，突然说道。

车停在二十四小时营业的大型花店前，沈墨走下去，定了一束香槟玫瑰。今天，原来是东方情人节——七夕。

沈墨抱着一束芬芳的香槟玫瑰，眼里有淡淡的伤感，还有几分古怪的得意。即使他一夜没睡，也没有唐小爱第一次在埃斯克罗见到他时那么颓废疲惫。他像是被新工作激活了希望，整个人都散发出一种不甚明朗的阳光，从曾经的阴云漫天，变成了薄云遮日。

虽然还没恢复到大学时期的阳光灿烂的状态，可沈墨的脸上，至少有了几分惨淡的阳光。

香槟玫瑰的花语是只钟情于你，正适合他对唐小爱的感情——爱上她是今生最大的幸福，想她是最甜蜜的痛苦，和她在一起是骄傲，没有她，就像是迷失了航线的船……

不管唐小爱现在对他是否还有感情，沈墨都想再试一试。他做唐小爱的助理之后，发现她并没有真正明朗的恋情，虽然和钟御卿的关系暧昧，可在外人面前，她只字不提钟御卿，也不会特别提到任何一个男人。

而顶头上司秦峻宁，他们之间更不可能。秦峻宁在片场对唐小爱很粗鲁，根本没有半点温柔，而唐小爱很明显也只是把秦峻宁当成老板，没有任何纠缠和暧昧。

沈墨了解唐小爱，如果她喜欢一个人，即便不表现出来，那眼神也会出卖她的心，就像当年，他们对视时碰撞出来的火花。他昨天晚上为这些天的经历做了总结——他还有机会。

近水楼台先得月，只要和唐小爱沾上关系，他的机会，已经不单纯是重新成为她的恋人，他还可以有更多更好的发展……

唐小爱在男人的臂弯中沉睡，她昨晚第一次睡那么早……

门铃清脆的声音，让唐小爱在香甜的睡乡中惊醒。

“小爱，是我，你还在睡吗？”沈墨承认自己有些心急，回到宾馆后洗了个澡，稍微整理一下，才五点半，就忍不住过来敲门。

唐小爱听到床边传音器里的声音，她一骨碌坐起来，动作太大，牵动了腰后的伤，正要伸手捂腰，一只温暖的大手已经按在了她的后腰上，随即，低沉磁性的声音传过来：“小……”

“嘘！”唐小爱一巴掌捂在床上英俊男人的嘴上，她浑身的神经都绷紧了，紧张到举止有些失控。

唐小爱小心地将传音器打开，这样沈墨才能听到里面的声音，刚才她太紧张，忘了室内的传音器还关着。

“这么早有事吗？”唐小爱趴在扩音器边，用刚被打搅醒的声音迷迷糊糊地问道。

钟御卿看着她紧张的模样，突然很想笑。

“能不能开下门？”沈墨抱着一束香槟玫瑰，身上也喷洒了淡淡的男士香水，问道。

“现在？”唐小爱看了眼床上的不定时炸弹，某只漂亮的狐狸，正用非常性感慵懒的眼神盯着她，像是在看一场好戏，“是工作上的事吗？”

“差不多。”沈墨回答得模棱两可。

“那就这样说吧。”唐小爱突然身子一僵。

沈墨抱着玫瑰，有些失望地站在门口。唐小爱对他真的没有感觉了，否则这些独处的机会，她为什么要回避那么彻底？就算怕违反公司的条约，私底下，他们之间的事那么隐蔽，没有人会知道，根本不用做的这么绝情……

“凌晨五点半敲门，还真是迫不及待。”钟御卿难得也睡了一晚好觉，结果被沈墨吵醒，不免有些不悦。

看见唐小爱极力想把沈墨打发走，他又觉得好笑。

“助理就是这样，平时都是他们安排工作，有时候工作变动，都是他们通知。”唐小爱急忙解释。

“不用对我解释，我不想知道你身边助理的职责。”钟御卿闭上眼睛，将她重新搂回怀中，感觉就像是搂着一只听话的小猫。

唐小爱可睡不着了，她满脑子都在想怎么把钟御卿送出去。她根本没觉得昨晚的求婚，对他们之间有着本质的影响。

“钟御卿？”唐小爱在钟御卿怀中忍耐了半分钟，终于微微动了动，她被他身体的热量烤得一身汗。

“想要什么？”钟御卿怎么可能睡着，他本来就是睡眠很少的人，每天熟睡四五个小时足够应对忙碌的工作，正常工作时，也是五点多就醒来开始晨练。

唐小爱想赶他走，可想到他的性子，要是直接赶他走，这男人昨天晚上生过气，一大早再发一次火，她今天的行程就无法进行了。

所以，干脆她先起床，即使钟御卿不愿意走，她可以找个借口先走，到酒店大厅给沈墨电话，直接去机场。

洗手间里，唐小爱看着手指上那颗显目的红宝石，她刚才被沈墨喊醒时，忘记戴着戒指，把自己的手臂划到了，现在微疼的感觉提醒着她，外面躺着的那个人，也许很快成为自己“合法”的丈夫。

娱乐圈里，无论是女星还是男星，最好的结局恐怕都是嫁入豪门或者被富婆包养……

她这也太快了，出道不到十个月，红到发紫，还闪电般嫁给传说的商业大亨，要钱有钱、要貌有貌的钻石王老五……其他那些还在娱乐圈里苦苦摸爬打滚的女人，岂不是嫉妒死她的好运气了？

唐小爱起身，用冷水拍了拍脸，人生还真如一场戏，只是导演是上帝，编剧是命运。

刚打开浴室的门，唐小爱就听到钟御卿说话的声音，她的脸色猛然变得苍白，也忘了自己还裹着短短的薄毯，直接冲了出来，傻傻地看着钟御卿腰间围着浴巾，正站在门口对沈墨说着什么。

沈墨怀中的那束香槟玫瑰掉落在地上，惨白无力的眼神越过钟御卿的肩膀，落在唐小爱的脸上，嘴唇翕动着，不知道在说什么。

“沈墨……”唐小爱有种被捉奸在床的狼狈，虽然她和沈墨之间已经不存在任何关系。

但沈墨对唐小爱来说，是一种青春印记，她希望不管自己以后会变成怎样的人，都会有一份最纯洁的回忆——那就是初恋。所以，她一直不愿让沈墨看到这一幕……

“沈墨！”唐小爱看见沈墨伤心欲绝地掉头就走，她觉得自己失败透顶，到了最后，还是弄脏了最好的记忆。他是故意的……钟御卿是故意的，他连丁点的回忆都不想留给她……

“你要去哪里？”钟御卿伸手拦住唐小爱，她穿着这模样还敢出门？

“你……你为什么要这么做？我都答应你所有事……你为什么还要故意让他看见……”

“我怎么了？”钟御卿的声音很平稳，甚至还有温柔，反问。

没错，他是故意开门的，但那又怎样？她现在手指上套着的是后半生的枷锁，难道还不够提醒她现在的身份？

沈墨在唐小爱去了洗手间之后，还不死心，继续敲门。钟御卿原本就讨厌他，索性开了门，让沈墨彻底心冷。

沈墨也真的心冷如冰，最后的一点奢望都钟御卿打碎。 他像个傻子一样，只觉得心被踩在地上，血肉模糊。

唐小爱不再是以前的那个唐小爱，她的戏演得太好了，沈墨根本没看出她和钟御卿暗中定情。

“你……”唐小爱想骂他是混蛋，非要把她生命里的所有人逼走才高兴，可她盯着钟御卿的狭长深邃的黑眸，又吞下了所有的不甘和愤怒。

唐小爱闭上眼睛，攥紧手指，硬生生忍下那股酸痛，转过身，不想让他看见自己眼角的泪水。 她也不再说话，刚才的气愤仿佛是幻象，唐小爱在钟御卿面前，静默地穿好衣服。

钟御卿冷眼看着她，这个女人因为沈墨在和自己生气？

“我都忘了今天是七夕，还不如别的男人，记得给你送花。”钟御卿坐到沙发上，那束花被他扔在茶几上，他看着唐小爱穿好衣服后，淡淡说道，“是不是助理都这么贴心，连艺人的身体和精神都要照顾？”

语气神情都看似平常，可已暗藏危险。

唐小爱依旧不语，沉默的整理着自己的行李箱，像是听不懂他的嘲讽。

“我是不是也该送你点什么？ 否则，不是连你身边的助理都不如？”钟御卿暗暗磨牙，他是个很难被激怒的人，无论对手是谁，都不会让他失控，可唐小爱这女人！ 她就是那种可以轻易让他发火的人！

因为唐小爱不会正面和他对抗，用近乎冷战的方式，可又不是完全冷战，她更像太极高手，到后面却有极大的反弹力，让他被自己的怒气烧伤。

唐小爱还是在整理着行李，安静得像空气。

“唐小爱！”钟御卿一字一顿地挤出三个字来。

“嗯？”唐小爱平静地抬起头，用无辜的眼神看着钟御卿。

“你想要什么礼物？”钟御卿恨意骤生，这女人果然用这种漠然的方式来对抗自己。

“什么都不要。”唐小爱语气很平静地说完，又低下头继续整理着东西。

“别忘了，你手指上戴着的是什么。”钟御卿见她不回答，他吐出一口气，调教讲究个循序渐进，如果药下得太猛也不好，所以，提醒她现在的身份之后，他站起身，走到唐小爱身边，将她拉起来，轻轻抚摸着她手指上的红宝石戒指，“如果你是我，看见另一个男人给即将成为自己老婆的人送花，会怎么想？”

唐小爱依旧沉默不语，她无话可说，因为沈墨也做得不对，如果是工作上的事情还好说，现在不清不楚的算什么？

“这是最后一次，如果让我再看见类似的事情发生，你以后……永远没机会见到那个人了。”钟御卿见她羞红了脸，说不出话来，他伸手将她的头发拢到脖子后，温柔在她面颊上落下一吻，威胁完之后，自然还是哄，“告诉我，想要什么礼物？”

唐小爱闭上眼睛，无力地靠在钟御卿的胸口，她什么都不想要，也什么都不敢要……

第五章

剧组的午餐时间很不固定，一般要看演员的状态和导演的心情。

今天导演的心情显然还不错，盒饭都升级了，甚至还允许探班。

因为是七夕。为了照顾到其他人的福利，秦峻宁昨天晚上就放话了，连夜赶戏，只要今天下午早点结束预期的拍摄，晚上请大家去酒吧狂欢，有伴侣的人想自己浪漫，也可以离队。

今天下午唐小爱会赶回剧组，秦峻宁准备带她也去放松一下，洗个澡按个脚之类的……

唐小爱在飞机上感觉生不如死，因为她的身边坐着的不是沈墨，是钟御卿。沈墨没有和她回来，他离开酒店了，不知道去了哪里。唐小爱都快急疯了，可又无法表现出来，更不能责怪钟御卿。

她只能给小昭打电话，让她帮忙联系沈墨，其中具体的经过，唐小爱省去了，小昭也聪慧明事，唐小爱不说的，她也不问。

钟御卿一直握着唐小爱的手，无名指上的红宝石钻戒闪着刺眼的光芒，像是被钟御卿打上的烙印。

唐小爱这一早上都是昏昏沉沉，根本不知道自己是怎么登机，也不知道为什么钟御卿的座位在她身边……她一直看着外面，浩瀚的云海上是碧蓝的天，她仿佛看到未来的生活——被囚在高空之上，或海水之地，阴冷无望的生活。

不知道她到底是输了，还是赢了。想到钟御卿第一次对她说，退出娱乐圈，做他的专职情人，她拒绝了，当时她心里想着，如果钟御卿说做他的妻子，她或许就同意了……

如今比起那时，似乎如愿以偿，钟御卿竟真的要娶她，唐小爱的心却更加冰冷，尝不到一丝婚姻带来的幸福和温暖。

而且，钟御卿对她的耐性像是到了极致，从昨晚开始，就像是在给她“立规”，让她知道自己以后的身份：妻从夫纲……唐小爱突然想到这四个字，她有些嘲讽地扬起唇角。

“在想什么？”钟御卿凑近她，唇又轻轻蹭上她如玉的耳垂，吐气如兰。

唐小爱的心脏微微一滞，他这样的男人，无论什么时候都是妖孽，对女人的杀伤力太大，像她这样冷淡的人，都会不小心就被引诱。

“我一个人回剧组。”唐小爱看着被他握住的手，往里面挪了挪，她今天什么都在忍让，唯独这件事不想忍让。

“不行。现在和以前不同，你戴上了这枚戒指，只可以被我一个人欺负……”

“我能应付他，相信我。”唐小爱要是知道钟御卿已经把她当成家用垃圾桶对待了，她肯定更想死。

“相信我，你应付不了他。”学着唐小爱的语气，钟御卿说道。

唐小爱心想，秦峻宁虽然脾气不好，可哪里像钟御卿那么难搞？只要稍微哄哄他，任他发脾气，隔天他就好了，根本不会记仇。

见她沉默不语，棒球帽下的侧脸肌肤柔滑白嫩，钟御卿忍不住贴上她。

唐小爱又惊又羞，很多媒体都拍到她在机场被钟御卿牵着手的照片，现在飞机上还被他这么“糟蹋”，一切发展都会按照钟御卿的策划走，她只会成为牺牲品。

机场距离剧组的拍摄地很远，因为隔着一个城市，专车接送也得三个多小时才能抵达，而知道唐小爱动向的媒体，早就在机场守候着了。

唐小爱穿着剪裁得体的长裙，衣着非常低调，墨镜和口罩挡住了整张脸，可她身边的男人就像是硕大的钻石，想忽略都无法做到，尤其是还强硬地牵着她的手，十指交叉，那枚红宝石闪着耀眼的光芒。

秦峻宁坐在车里接电话，今天下午片场全交给了 M 姐，他亲自来接机。后备箱里放着大捧的玫瑰，不知道什么时候，大家都开始注重起东方节日来了，七夕节也整的和情人节一样浪漫。

“到底怎么回事？”秦峻宁的脸色非常难看，像是随时会发飙。

今天下午开始，他就不停地接到各种电话，都是询问他唐小爱订婚的事，秦峻宁原本以为媒体人云亦云，所以并没有在意，只是澄清了两通电话之后，当第三家媒体打过来时，秦峻宁才知道，真的出大事了……

媒体拍到唐小爱在机场和钟御卿“甜蜜牵手”，无名指上有那枚曾轰动一时的红宝石钻戒，钟御卿并非娱乐圈的人，也不喜欢抛头露面，所以不知道这件事究竟是埃斯克罗的炒作还是真的订婚了。

秦峻宁现在的电话全都转移到紫元那边，他不想听到任何关于唐小爱和钟御卿的绯闻，现在正在给小昭打电话，询问到底发生了什么事。

小昭作为唐小爱的贴身助理，当然也在第一时间接到很多电话，她一边忙着找沈墨，一边还要处理那么多电话，加上整夜没合眼，都快疯了。

“现在情况很麻烦，沈墨根本找不到人，电话也打不通，小爱那边到底什么情况，谁也不知道。”小昭几个手机轮流响，全是娱记媒体打来的电话。

小昭还没说完，秦峻宁就掐断了电话，眼里全是怒火，枉费他大胆启用沈墨，结果那家伙根本不靠谱，作为唐小爱的助理，能把自己弄丢，违反公司的规定不说，连基本的职业道德都没有，实在令人恼火！

唐小爱被钟御卿紧紧牵着，低着头跟着他在闪光灯中昏头昏脑地走着，这短短的一段路，他们走了十多分钟，耳边不停传来记者的问话。

钟御卿只笑而不答，暧昧的默认态度和紧紧交扣的手指，都说明他们已经定情，而唐小爱只想快点走完这一段路，她已经知道自己没有后路了，被钟御卿逼到了绝境，只能和秦峻宁坦白……只希望钟御卿能处理好秦峻宁那边的事，否则，她的世界全乱了。

钟御卿突然停下了脚步，含笑的眼神看向对面的男人。

唐小爱一直低着头，钟御卿停下脚步，她感觉周围拥挤的人群似乎退让开来，也没那么吵了，她才抬起头，看见秦峻宁铁青的脸。

钟御卿松开了她的手——只是为了搂住她的腰。他微笑揽着已经僵硬得移不动脚的唐小爱，走到秦峻宁的面前。

“唐小爱！”从牙缝里挤出唐小爱的名字，秦峻宁伸手就要去拽被搂在钟御卿怀中的女人。

“峻宁，你怎么亲自来接机？”钟御卿顺势将他的手握住，像是老友在一起寒暄，神色不变地问道。

“给我解释！”秦峻宁根本不看钟御卿，紧紧盯着唐小爱，从齿缝里一个一个蹦出字来。

他看到她手指上的戒指，那么刺眼，像一柄利刃，划开他的神经，一点点割开心脏。为什么？

为什么唐小爱要接受钟御卿的戒指？

秦峻宁无法理解此刻的唐小爱，即便她受到钟御卿的威胁，或者有什么不得已，都该告诉他啊！他们之间，不应该是最亲密的关系吗？

钟御卿始终气定神闲泰然自若，而唐小爱被口罩和墨镜挡住了脸，看不出任何的表情，只有秦峻宁脸阴得快滴出水来。

“回去说。”唐小爱轻微挣扎一下，她不愿意在这么多媒体面前丢脸，所以想把秦峻宁拉回去。

钟御卿的手突然力道加大，他不喜欢唐小爱的表现，她刚才在试图挣脱自己的手臂。

“不用回去了，现在就说清楚。”秦峻宁从没有这么生气过，那不只是怒火，还有伤心。

他一直以为，整个世界背叛了自己，唐小爱也不可能背叛他。 她那么温柔美好，那么乖顺听话，怎么可能会背叛他？

“峻宁，我和她订了婚，准备下个月结婚。”钟御卿开口，声音不大，可周围的媒体全都听得清清楚楚。

“戒指，给我。”秦峻宁甩掉钟御卿的手，咬牙切齿地说道。

唐小爱收紧手指，她也想把戒指褪下来，可是……她无法这样做。

“唐小爱！”秦峻宁上前一步，这次飞快地将她的手腕攥住，想把她扯到自己面前，“没听见我的话吗？ 把戒指还给他！”

“老板……”唐小爱只觉得腰间的手收得更紧，几乎要把她的腰勒断了，偏偏钟御卿脸上的表情依旧绅士优雅。

“你还知道我是你老板？”秦峻宁哑着声音反问，愤怒的语气里，终于泄露一丝悲伤。

钟御卿深邃的眸中，似乎闪过异样的情绪，他揽着唐小爱腰上的手，也放轻了力道。

“对不起……”唐小爱无法解释，她挤出自己都听不清的三个字来，不知道该怎么收场。

秦峻宁用力扯过她，钟御卿原本紧紧揽在她腰上的手突然松开，唐小爱整个人都被秦峻宁扯过去。

秦峻宁将她的手攥住，蛮横地要将她手指上的戒指取下来，唐小爱完全不知所措，因为钟御卿此刻不知道出于什么心态，竟然在一边像路人，看着秦峻宁的举动也不阻止。

唐小爱原本握拳的手不由放松了，她不了解钟御卿，不知道他到底想要什么，在这种场合，他都能做到这么淡定，实在令人无法琢磨，也根本没有安全感。

“峻宁。”钟御卿看到唐小爱松开了手指，他终于上前一步，攥住秦峻宁的手，凑过去在他耳边低低说了一句话。

秦峻宁的表情从愤怒变成了惊愕，随即是更大的愤怒，他松开唐小爱的手，一把揪住钟御卿的衣领：“你说什么？”

“要我对所有人公布吗？”钟御卿微笑着反问。

“混蛋……”秦峻宁额上的青筋在跳，他真想把钟御卿抽筋断骨。

“走吧。”钟御卿依旧绅士的微笑，风度迷人。

唐小爱不知道钟御卿对秦峻宁说了什么，竟然让盛怒下的老板能在更大的怒气中保持理智。

她看着手指上的戒指，可惜，秦峻宁没能褪下来还给钟御卿。 三个人在保安的配合下，才摆脱那群紧追不放的媒体。

车子在高速上飞奔，唐小爱闭上眼睛，不想去听身后的争吵，她根本没想到，钟御卿对秦峻宁说的那句话是——她怀孕了。 这个男人瞎编的能力还真强，而且比影帝演技还要好。

秦峻宁怒气当头，可以和全世界作对，但无法拿唐小爱的未来当武器。 如果她真的怀孕了，秦峻宁就不能在媒体面前肆意妄为。 唐小爱的身份，是他力捧出来的明星，有多少双眼睛在盯着，她肚子里的种，无论怎么处置，都不能受到舆论的影响。

秦峻宁是娱乐家，他知道什么可以搬到台面上去闹，什么不能搬到台面上娱乐。

“我没怀孕。”几秒后，唐小爱轻轻吐出四个字来。

“你……你没怀孕？”秦峻宁原本怒冲冲的表情变得惊愕起来，随即有几分欣喜，但接着是更暴怒，“钟御卿，你骗我？！”

“不然，你要在那群媒体面前闹到什么地步？”钟御卿淡淡反问。

“你……真是个混蛋！”秦峻宁再也无法忍受，一拳揍了过去，两个大男人在后座拳脚相向。

唐小爱轻轻咬着唇，像块没有悲喜的木头，很平静，平静得让人看一眼就觉得心静如水，不会那么暴躁不安。午后的阳光照在她的侧脸上，勾勒出柔和美好的线条。不知道过了多久，后面的动静和咒骂渐渐小了下来，唐小爱伸手挡着侧脸的阳光，手指上的红宝石泛着明锐的色泽。

“现在媒体都知道我和她定了情，大家都没退路，如果你担心她的人气受损，我可以弥补损失。”钟御卿压着秦峻宁的手腕，用商人的口吻算着利益，“而且你未必会有损失，我们结婚的时候，选在你电影上映前后，我送你一个豪华的婚礼，顺便帮你宣传了电影，而她即使嫁人了，也能继续维持曝光率……”

“谁答应你嫁了？我答应了吗？钟御卿，她这三年里是我的，你想拿走就拿走？”秦峻宁快要呕血了，他没有哪一次这么生气，哪怕知道钟御卿和唐小爱一起过夜，他都强忍了下来。

娱乐圈这么混乱，唐小爱根本没有自保的能力，秦峻宁之所以能一反常态忍住怒气，只因为他觉得自己也有失误，没能好好保护自己的艺人。

可他不能忍受唐小爱的欺骗和背叛。现在，因为他的一时忍让，钟御卿却得寸进尺，把戒指都套上了唐小爱的手指……

“老板……要怪就怪我，是我答应的。”唐小爱不想秦峻宁为了自己，和钟御卿闹得不可开交，她喜欢和平温柔的相处方式，不喜欢争吵抢夺。

“唐小爱，你给我闭嘴，你有什么资格答应别人？三年合约之内，你什么都是我的，就算想要结婚，也要等到合约解除之后！”秦峻宁冲着她的后脑勺吼道。

唐小爱轻轻抚摸着手指上的戒指，闭上了嘴，清亮又安静的眼眸中，全是身不由己的悲伤。

“停车。”秦峻宁突然对司机说道。

尽管高速公路无法停车，可司机还是在紧急停车带把车停下来。

“下去。”秦峻宁拉开车门，对钟御卿说道。

唐小爱皱了皱眉头，为什么秦峻宁每次和小孩子吵架一样……准确地说，秦峻宁和自己身边最亲近的人吵架时候，才会像个任性的孩子，比如她，比如钟御卿。

当然，钟御卿的功力更高一筹，唐小爱最多用沉默来应对秦峻宁的暴怒，而钟御卿的手段太高明，真怀疑秦峻宁上辈子是不是周瑜，而钟御卿就是把他活活气死的诸葛亮。

“要我下去可以，小爱也要跟我一起。”钟御卿始终态度“友好”，说道。

“钟御卿，你信不信我……弄死你？”秦峻宁还真是气爆了，他这辈子谁都不怕，就怕钟御卿开口说话。

“峻宁，我这是让小爱配合你拍完电影，如果你不需要她回剧组，我很乐意带她回去，毕竟还要张罗婚礼……”

“你给我滚下去！”秦峻宁狠狠一脚想把钟御卿踹下去，他没见过这么无耻的人。

“你们……够了！”唐小爱再也无法忍受，她伸手推开车门，跳了下去，越过一边的石墩，飞快地往远处的原野上走去。

仿佛身后的那辆车，是一切灾难的根源，她只想远离，远离……到了最后，唐小爱是飞奔起来，曾经穿着高跟鞋就不会走路的她，现在被训练得可以奔跑。

直到胸口再也喘不过气来，她才无力地扶着荒野上的一株枫杨树，喉头发甜，紧接着因为激烈的运动开始呕吐。本以为只要长大，只要好好学习，就有能力面对一切，改变少年时期的生活，可人越长大，越懦弱……

她扭了脚，又满脸都是泪水，裙角都脏了，要有多狼狈就有多狼狈。现在已经没有选择了，反正留在娱乐圈，也是过着自己讨厌的生活，嫁给钟御卿，也是过着自己讨厌的生活……

沈墨离开了埃斯克罗，他没想到短短的时间里，自己所有的梦想都破碎了，可上帝关上了一扇门，必定会打开另一扇窗，他被一家经纪公司高价挖走了……

沈墨除了是唐小爱的初恋男友这个噱头，他的长相在娱乐圈里也算是中上等，包装一下，比那些所谓的花样美男差不到哪里，如果留在埃斯克罗当助理，实在太屈才了。只不过沈墨第一次接到别的经纪公司的邀请时，并没有接受。

那是因为他在做唐小爱的助理。只要多做一天小爱的助理，跟着她多出镜一次，沈墨清楚自己的身价也会像唐小爱的饭局价一样飙升，对他来说，又顺便熟悉娱乐圈的各种规则，只有好处没有坏处。

可惜，那天早上看见唐小爱和钟御卿在一个房间，下午就听到关于唐小爱“订婚”的事，沈墨知道没有希望了，一横心，干脆“投奔”给自己扔橄榄枝的新东家。

沈墨现在很庆幸自己的选择是对的，因为唐小爱和钟御卿定情的新闻传出之后，媒体又爆出唐小爱即将退出娱乐圈。

如果唐小爱真的退出娱乐圈，沈墨再出道也赶不上最后一波的上位机会，所以公司将他和埃斯克罗合约解决之后，立刻就准备把他包装上市。

唐小爱不知道短短的几天里，发生了那么多事。娱乐圈风云变幻快，电视里在播放着娱乐新闻，唐小爱无意中听到沈墨被一家公司高价挖走的消息，她不由看了眼电视。

唐小爱根本想不到沈墨会彻底变成娱乐圈的人，看见记者发布会上，沈墨被经纪公司收拾得英俊帅气，对着记者收放有度，她第一次感觉娱乐圈是那么的“娱乐”。

沈墨倒没有谈太多唐小爱的隐私，虽然是顶着唐小爱初恋男友的身份出道，可沈墨显然还是很维护自己的女友，至少在媒体面前，营造了相当成功的好男人形象，字字句句里，都是对前女友的不舍和眷念，还弥漫着一股伤情。

秦峻宁最近消失无影，如今剧组处于全封闭状态，根本不接受任何媒体的采访和探班，埃斯克罗对唐小爱订婚的事，既不承认也不作任何解释，现在唐小爱的一切都是个谜，只是被夸大了订婚退娱乐圈的事。

唐小爱坐在电脑面前，想搜索一些关于埃斯克罗的消息，却怎么都搜索不到。关于她自己的消息，除了和钟御卿扯上边的八卦之外，也再也找不到任何新闻。

唐小爱很快就明白钟御卿房间的电脑，已经过滤了不该有的东西，钟御卿用他的方式，来隔绝可能影响到唐小爱情绪的任何新闻。

其实比起埃斯克罗当初的封闭训练，现在的唐小爱应该毫无压力才对，每天在健身室里锻炼身体，有专人的教练和养生专家定时来调理她的身体，还有心理辅导舒缓她的情绪，要是她愿意，甚至可以请来国内外最优秀的乐队，来给她上演一场听觉盛宴……

早上从健身室走出来，唐小爱站在落地玻璃前，眺望着对面的那座大厦，回忆那镜花水月般的娱乐圈生活，就像是一场梦。在梦中，她穿着借来的华美的衣裙，赤着脚走在荆棘里，每一步都担惊受怕，怕漂亮的裙子被扯烂，怕脚会被刺破……

她想出去走走，可外面永远都有人跟在她身边，在这座大厦里，不该去的地方，不会让她去。

“前面是贵宾室，请回吧。”跟在身后的是蓝枫，他和蓝逸是兄弟，长得也相像，这段时间的职责就是寸步不离跟着唐小爱，“保护”她。

唐小爱听到蓝枫的话，停下了脚步，不该去的地方，她也不想去，免得给这些人添麻烦。

“钟总不会是在躲着我吧？”蓦然，前面的贵宾室门打开来，传来女人的声音。

这声音很妩媚很女人，蓝枫没来得及领唐小爱离开，一个漂亮成熟又精明强势的女人就走了出来，一眼看见正要转身离去的唐小爱。

先闻其声，后见其人，唐小爱觉得自己看见了现代版的王熙凤。

“哟，这不是钟太太？”那女人满脸妩媚的笑容，走到唐小爱面前，微微眯起双眸，眼神像是带着倒钩，火辣辣地盯着唐小爱。

“你好。”唐小爱不知道该怎么称呼这个女人，只是觉得有点眼熟。

“江总，我们已经安排好……”跟在江馨月身后的，是以前做过唐小爱助理的蓝星晴，她正可怜巴巴地想把女魔头安抚好。

可惜，蓝星晴的话还没说完，江馨月就抬起一只手，示意不要再说话。她很强势和倨傲，从细微的举动上就能看出来。就像是某些星二代，从小受到不同的教育，幕前幕后都有种狠气。

“钟太太，请我喝一杯怎么样？”江馨月挑起唇，近距离打量着眼前没有任何杀伤力的女孩——在她面前，唐小爱就是个小女生。

比起电视上浓妆淡抹总相宜的美人儿，现实中的唐小爱显然更稚嫩一些，而且没了灯光和造型，明星的巨大气场也削弱了几分，看上去更像个气质温婉娴静的清秀佳人。

唐小爱在外人面前从不喝酒，这次也不例外，坐在绿嘉国际内部的高级酒吧里，她的面前放的是鲜果汁。

“钟太太，豪门生活很不错吧？”江馨月点的是一杯蓝色的鸡尾酒，名字很有味，叫——情人的眼泪，抿了一口酒，不等唐小爱开口，她又问道，“钟太太怎么不经常出来走动？ 即便帮不上钟总打理生意，也可以和太太们打打麻将聊聊天嘛。”

“我喜欢安静。”唐小爱隐隐觉得眼前强势精明的女人，是掠夺性的食肉动物，她应该找个借口离开，不该和她坐在这里闲聊。

“好静可不好，钟总喜欢野马，太静太柔会没存在感，让男人忽略。”江馨月跷起腿，脸上挂着冷笑，真不懂钟御卿究竟看上唐小爱什么，她这种柔婉的性子，偶尔做做情人还可以，当老婆每天对着看，早晚会没激情。

唐小爱也微微一笑，不再搭话。

“不过钟太太能放弃刚刚起步的事业，嫁给钟总，也算是有眼光的人。”江馨月紧紧盯着唐小爱，果然闷葫芦名不虚传，知道钟御卿闪婚的消息，她特意找来唐小爱的所有资料看了一遍，怎么都想不通钟御卿这样精明的男人，为什么选个植物般的女人做妻子。

“更令我佩服的是，钟太太可以那么干脆利落地离开一手捧红你的秦峻宁……”江馨月一直在笑，她笑容总是带着一种冷艳的距离，也许是做老板做久了，所以看谁都像是看自己的员工，“真是有魄力，快刀斩乱麻，一点都不像表面那么柔弱。”

唐小爱依旧没有说话，她知道不止江馨月一个人那么认为，娱乐圈和圈外人，肯定都觉得她冷漠无情，将秦峻宁当成跳板，跳上钟御卿这条大船。

她不想去解释和争辩，这种事情也解释不清，保持沉默最好。 因为的确是她对不起秦峻宁，尽管秦峻宁把她当成摇钱树来压榨。

“钟太太，你好像闷闷不乐，不会是不喜欢现在的生活吧？”江馨月眼神多锐利，尽管唐小爱不说话，可也看出她的不快乐，立刻犀利地问道。

“现在很好。”唐小爱觉得钟御卿这个“客户”真尖锐，果然物以类聚人以群分，江馨月在商场上，应该也是令人头疼的对手。

“你明明不太开心。”江馨月放下酒杯，突然又笑了起来，“我明白。”

唐小爱微微一愣，她明白什么？

“男人有钱就变坏，女人变坏才有钱，这句话是真理。”江馨月托着腮，妩媚的声音和冷艳的笑容有些不搭，不过在男人眼中，她越高傲，就越迷人，“尤其是钟御卿这样的男人，有钱又有貌，床上功夫又厉害，身边花花草草少不了……”

“钟总电话。”守在不远处的蓝枫突然走过来，拿着手机说道。

“抱歉，失陪一会。”唐小爱依旧很礼貌，对江馨月说道。

虽然表面上温柔礼貌，可唐小爱心里却很不舒服。她和钟御卿已经领了证，不管以前他怎么风流，现在结了婚，亲耳听到别的女人说什么“床上功夫厉害”这种话，难免憋出内伤。

“什么事？”唐小爱走到一边接电话，问道。

“唔，宝贝今天心情不好？”隔着电话，钟御卿似乎都能看到她的心思。

“没有。”唐小爱抿抿唇，她刚才的语气很正常，钟御卿不知道怎么听出她心情不好。

“怎么不在房间里？”钟御卿对唐小爱的行踪了如指掌。

今天是秘书给他电话，说江馨月碰到了正闲逛的唐小爱，两个女人在酒吧聊天呢。钟御卿太了解江馨月，那个女人做起恶来毫不手软，唐小爱这种木头，被樵夫看到，还不任人砍伐？

“现在就回去，我想看看你。”钟御卿温柔地命令。

他们的卧室有可视电话，钟御卿可以看到唐小爱的表情。

“好。”唐小爱依旧温顺，应了声后挂断电话，转过头，看见江馨月身边的位置上，已经坐着张墨阳，两个人似乎在谈商务事情。

“新婚蜜月，钟总体贴得很呐。”江馨月看见唐小爱收了电话走过来，依旧是风情万种的冷艳，带着些许讽刺，“不过钟总一向温情，即便怀里躺着别的女人，也不会忘了家里的老婆，真是好男人。”

“江总这么清楚，莫非也躺过？”一直文静柔婉的唐小爱，突然蹦出一句让张墨阳都差点跌倒的话来。

“你说呢？”江馨月不气反笑，而且笑得越发妩媚风情。

“我家男人的性格，我最清楚。”唐小爱突然变了风格，她也一直保持着完美的笑容，“他还不至于饥不择食到这种地步。”

“饥不择食？”江馨月没想到柔柔静静的唐小爱竟然吐出这样的词，她蓦然站起身，整个人的气势都变了，完全是商界那个不能碰的火玫瑰，“唐小爱，你还真把自己当成一盘菜！”

“江总，请你尊重一点。”张墨阳没想到女人真的翻脸比翻书还快，上一刻都还在有说有笑，下一刻立马狂风大作。

“我们先回吧。”蓝枫一见这势头，也下意识地挡在唐小爱面前，随即在暗处等待着的星晴等人，齐刷刷都过来了。

“不过是个戏子，不知道和多少人睡过，还真以为飞上枝头变凤凰，可笑。”江馨月几时受过欺负？ 她从小到大都是小霸王，今天竟然被唐小爱当面顶撞，怎会善罢甘休。

说起来，江馨月在商界也算呼风唤雨的厉害角色，还从没听说过为鸡毛蒜皮的小事丢掉形象这种事，虽然坊间也有传闻，江馨月在哪个夜店都是女王，对看不顺眼的人下手狠辣。

唐小爱，是绿嘉国际的总裁夫人。

“江总，请你尊重别人。”张墨阳皱起眉头，女人发起飙来真让人头疼。

“对于不值得尊重的人，尊重就是另一种侮辱。”江馨月冷笑，看着沉默下去的唐小爱，“唐小姐，你说是不是？”

江馨月按捺不住爆发是有原因的，她一直都在暗示钟御卿，一直都希望能借生意上的事，和钟御卿不止成为商务伙伴。越是得不到的，就越想得到，她和钟御卿有生意来往，断断续续也有两三年的时间，这期间多少建立起一点感情，就算钟御卿想要结婚，也会考虑她这种女强人吧？可钟御卿偏偏鬼迷心窍，竟去找了个女明星……

而且还是闪婚，让她和那些花花草草们根本没有反应的时间，连应对计策都没准备，钟御卿就将他们认为是绯闻对象的唐小爱，变成了钟太太。

江馨月早就想把唐小爱约出来，看看她到底有什么手段把钟御卿绑进了婚姻殿堂，所以在钟御卿闪婚之后，就在查她的资料，一见面，更无法想象这么沉默安静的女人，怎么会被眼光极高又挑剔的钟御卿娶回家。

“钟太太，我们打个赌吧。”江馨月的语速很快，或许是开会开习惯了，她说话的时候，根本不允许别人插嘴，所以一直都是她在说话，“我出三千万，赌你的婚姻，不会超过三年……不，两年。”

“江总，您知道钟总准备这段时间要个孩子吗？”唐小爱的心理医生，海鱼鱼的声音插了进来。

她刚好路过这边，看见里面那么大堆人，也过来看“热闹”。

听到江馨月那么自负的话，作为唐小爱的心理医生，海鱼鱼忍不住想打击那个气焰嚣张的女人。

“所以说，不会超过两年，钟总只是找了个生子工具而已。”江馨月挑起眉，脸上依旧挂着冷笑，“唐小姐，抓紧时间造人，祝你好运。”

“我的婚姻，不值得你拿三千万来赌。”唐小爱终于开口，依旧淡淡的表情，仿佛水中秋月，镜中娴花，“不过，钟总应该很高兴你的三千万投资。”

“夫人，钟总的电话。”蓝枫的手机又响了起来，他如遇救兵般赶紧插话。

唐小爱拿过手机，不再看江馨月，转过身往楼梯口走去。

“怎么还没回去？”钟御卿没有给卧室打电话，是青玉电话通知他江大小姐在发飙。

“嗯，在给你拉赞助。”唐小爱眉眼还是静静的，她经过娱乐圈的试炼，面对再难堪的事，也能波澜不惊。

“赞助？”钟御卿问。

“三千万，不知道是美金还是欧元。”唐小爱走进专用电梯里，从电梯里的大镜子看见自己淡定的模样，扯了扯唇角，她现在真会演戏，心里明明不舒服，表情还能这么云淡风轻。

“哦，你也会帮我谈生意？”钟御卿眯起双眸，似笑非笑地问道。

“嗯，两年不离婚，你就赚到了三千万，纯利润。”唐小爱说不出自己是什么心情，她今天不想还击江馨月，是因为她无法骗自己。

江馨月说的话虽然难听，但有些是事实。就连她自己都一直怀疑，钟御卿娶她，到底是出于负气还是真爱。

“谁和你这么大手笔开玩笑？”钟御卿的语气始终温柔。

“觉得我配不上你的人很多吧？”唐小爱的语气突然变了，她一直自持的表情也在走进房间后慢慢崩溃，“钟御卿，你到底为什么要娶我？只是因为赌气吗？”

明知道和钟御卿谈这种问题，最终得不到任何结果，而且还会落得自己伤心，可唐小爱今天忍不住想问。她今天最受打击的不是婚姻维持不过两年、自己是生育工具这种话。

唐小爱在同意退出娱乐圈时，就已经清楚自己的未来，她和钟御卿的婚姻，没有任何爱情基础。当然，如果有了孩子，也不需要爱情，钟御卿最多给她分一点亲情……

婚姻还能努力经营，孩子是未来的事情，只有这句话，戳到了唐小爱最疼的地方。连生意上的伙伴都那么了解钟御卿，可见他的花名有多大。

“说什么配不上这种话，还问我为什么要娶你……到底怎么了？”钟御卿了解情况的轻重缓急，可以慢慢和她谈。

唐小爱沉默下来，在这场婚姻里，她始终是个失败者，无法反抗，也无力反抗。

“为什么不说话？”钟御卿也惊讶自己的耐心，有时候想想自己能忍受这么闷的木头，还乐于挑逗这样的木头，简直是奇迹。

“我困了，想休息。”唐小爱在钟御卿不在身边时，偶尔会躲避他的问题，或者直接表示拒绝。

“好吧，那你先休息。”钟御卿见她收敛了不满，不想说下去，他也不强迫，语气温柔如初。

“再见。”唐小爱挂电话从来都很干脆利落，生怕晚一秒又被他喊住。

唐小爱觉得孤独。

不止是被囚禁的孤独。她本来就喜欢安静，不太热衷社交，所以被限制人身自由，对她来说，并不是那么难以忍受。她现在感觉到的孤独，是精神上的束缚。

唐小爱发现婚后的生活，和她当初想象的越来越远。她知道不会有太多的幸福，可却没想到会有那么多的苦闷。

钟御卿的世界，她根本不了解。他和谁在一起吃饭，和谁在一起调情，和谁在一起暧昧，唐小爱从来没想过。钟御卿给她营造的物质世界很好，在华美房间里，窗帘紧拉，门窗紧闭，她看不到外面的世界，也看不到钟御卿的世界，他给她罩上了一层完美的保护壳，同时也带着窒息的危险。

唐小爱不知道在钟御卿的身边，还有多少像江馨月那样的女人，她也不知道，这段婚姻能不能维系到两年……

她第一次那么透彻地发现，自己根本不认识枕边人，这让唐小爱非常的不安和害怕。

本雅明曾说过，认识一个人的唯一方式就是不抱希望地去爱那个人。也许这辈子，唐小爱都不敢去认识最亲爱的另一半……

唐小爱又低烧了。可能是因为想着江馨月的事，思虑太重……

"鱼鱼？"唐小爱闭着眼睛，低低开口。

"是我。"海鱼鱼立刻握住她的手，柔声问道，"不难受了，吃了药一会就好。"

她是心理医生，又是女人，当然了解病人的心理。

"好累。"过了许久，唐小爱轻轻吐出两个字，睫毛闪了闪，缓缓睁开双眸。

那双原本清亮明澈的眼睛，布满了血丝，写满了疲惫。

"休息两天就好了。"海鱼鱼有些心疼，任谁看到唐小爱现在的模样，都会觉得难受吧？更何况她和唐小爱相处那么久，已经算是朋友了。

尤其是和广告里、电视上、各大媒体新闻里的唐小爱相比，她此刻就像是枯萎的花朵。

绽放时有多美，枯萎时就有多凄凉。

"不会好了……"唐小爱又闭上眼睛，她太累了，累得都不想睁开眼睛看看这个世界。

"先休息，我在这里陪着你。"海鱼鱼此刻不想多问她任何话，病人需要休息，等她睡一觉醒来，精神和情绪都会恢复一点。

"我想回家。"唐小爱停顿了几秒，又吐出几个字来。

她每一次说的字都很少，语调很慢，声音低哑悲伤。

海鱼鱼知道唐小爱这种温柔脾气的女人，要是固执起来会很可怕。唐小爱很少会对身边的人吐露心声，她不喜欢那些自己不开心的事，强迫别人去听。尽管海鱼鱼是她的心理顾问，她也极少会这么直白地袒露心声。

“这不是在家里吗？”海鱼鱼知道她是真的无法承受，才不得已想找个人分担崩溃的心情。

唐小爱摇摇头，又睁眼双眸，看向海鱼鱼：“这不是……你知道我想回哪里。”

“那……也要养好身体，现在回去，会让家人担心，对不对？”海鱼鱼当然知道她的意思，只是作为心理医生，她无法跟着唐小爱的后面煽风点火，让她离开钟御卿。

“嗯。”唐小爱像是在思考，半晌，重新闭上眼睛。

要是爸爸妈妈看到自己这样，不止是担心，万一牵扯到两家家长，麻烦会更多。她现在是钟御卿的妻子，他们之间是婚姻关系。

海鱼鱼看见唐小爱昏昏沉沉睡过去，这才轻手轻脚地走出卧室，对坐在客厅沙发上的龙三勾了勾手指，示意他过来。

“钟总要看诊断报告吧？”海鱼鱼知道钟御卿的习惯，他是谨慎细心的人，尤其是对在意的东西，不会放过任何细节。

“哎，我说海医生，有这么严重吗？”龙三听着海鱼鱼口述，写着诊断报告，写着写着就停下了笔，这说的好像唐小爱快不孕不育了一样，钟御卿看到，万一大怒，还不把他推出去斩了？

唐小爱一直在昏睡，她被注入了镇定药物，因为状态太糟糕，似乎有抑郁并发症，海鱼鱼建议让她好好休息。

凌晨五点多，卧室的门悄无声息的打开，趴在一边守着没敢离开的海鱼鱼猛然惊醒。

橘黄的灯光下，一身酒味的俊美男人，站在床边，漆黑冰凉的双眸，紧紧盯着昏睡中的唐小爱。

“老板，你回来了？”海鱼鱼没想到这个点钟御卿回来，她赶紧站起来，睡意被彻底赶走。

钟御卿竖指放在唇边，示意她不要吵，像是怕惊醒了唐小爱。

海鱼鱼虽然是心理医生，对很多人的心一看就透，可对钟御卿，她始终没能完全看清。

瞧他现在的模样，完全是好老公的形象，从细小的举动中，能感觉到对唐小爱的呵护。可又是他，让唐小爱身心受创……而且，此刻他的身上，除了酒味和烟草味，还混杂着女人的香水味……

钟御卿挥挥手，无声地示意海鱼鱼出去。

钟御卿伸手轻轻抚上唐小爱没有血色的脸，修长的手指描绘着那柔软丰满的唇，眸中似乎有一丝心疼。

“老板……”海鱼鱼站在一边没走，像是在考虑说什么，“能和你说说小爱的病情吗？”

“我累了，现在不想听。”钟御卿依旧看着唐小爱，他昨天会议刚结束，就给龙三打了电话，询问了情况。他不明白唐小爱为什么要因为别的女人的事，而不信任自己。

唐小爱醒过来，窗帘紧拉着，房间里的灯亮如白皙，在这华美的房间里，她也不知道是白天还是黑夜。

“啊，姐姐醒了？”清脆活泼的声音蓦然响起，一个唐小爱没料到的人出现了——赵格宝。

弟弟来了？

“姐姐怎么生病了？要注意身体，现在不用拍戏了，可以好好调养。”赵格宝也想过来帮忙扶唐小爱。

听到赵格宝的话，唐小爱才稍微松了口气。

“姐，你醒了？”唐文正接着也走进卧室。

唐小爱看着镜子里的自己，眼底依旧有些发青，脸色苍白，像是纸片人，虚弱得像是随时会晕过去。自从进入娱乐圈后，为了上镜头更好看，她就被控制饮食和锻炼身材，那时也没这么瘦。

“姐，你得多吃点，这么瘦。”唐文正心疼地埋怨着，还好姐姐现在已不在娱乐圈里，否则这身板抵不住巨大的工作量，早就垮掉了。

唐小爱微微一笑，现在已经是中午，整整睡了一天一夜，肚子该饿了，可看着满桌的美味佳肴，她一点也吃不下。

“姐姐，姐夫还在忙吗？”赵格宝很想直接问为什么没看见钟御卿，她想看帅哥。

唐小爱都生病了，新婚燕尔，钟御卿不该陪在身边吗？

“姐夫要管理这么大的公司，当然要忙。”唐文正接上话，轻轻看了眼赵格宝，示意她不要问。

“老板去工作了。”海鱼鱼立刻说道，“一早让人把你们接过来陪陪夫人。”

唐小爱看了眼海鱼鱼，是钟御卿把弟弟他们接过来的？

其实是海鱼鱼自作主张，凌晨五点多钟御卿回来，早上九点他又走了，临走前，海鱼鱼对他说，唐小爱的精神状况不太好，希望能让文正他们过来陪陪她解闷。

钟御卿没同意，也没说不准，他听完之后就像没听到，面无表情地走了。

尽管弟弟和可爱的未来弟媳全都来了，可唐小爱的心情并没的好起来。相反，她听到他们一口一声喊着钟御卿“姐夫”，就更觉得难受。这都是在提醒着她，钟御卿和她之间是一个家庭。她最亲的亲人，也将钟御卿当成了亲爱的家人，他们从陌生的关系，变成了血脉相连的亲情。

钟御卿一直在办公室翻阅着文件。

雪白的瓷砖，黑色的办公桌椅，以及巨大的透明玻璃窗，让人一踏进来，就有种被压迫的感觉。

“老板，这是绿翎计划的报表。”张墨阳将一份非常详尽的分期报表递过去。

“绿翎计划”就是当初代号W89的计划，是他们和迅翎合作的第一步。当初江馨月带着迅翎高层智囊团的锦囊妙计，想和绿嘉国际来次大手笔的合作，强强联手，现在已初见成效。

江馨月在商界，凭着强大的背景和阴狠，顶着蛇蝎美人的称号，一向难缠。

钟御卿一直都欣赏她的狠绝，在这个世上，善良的人通常是被奴役的对象，而江馨月，不用担心会被别人欺负。商界不看僧面看佛面，凭着迅翎的名头，谁也别想让江馨月吃暗亏。“终止计划。”钟御卿说。

“终止？”张墨阳有些吃惊，这么大的计划，说终止就终止，会有多大损失？

而且，以江馨月的性格，怎么可能同意？

“先将第三阶段的合作项目延后。”钟御卿是要终止，只不过要一步步来，明修栈道、暗度陈仓是他拿手的计谋。

蛇蝎美人，怎么也不可能斗过猎鹰狐狸。

“老板，你确定要延后？”张墨阳不放心地问道。

要是延后，就意味着大笔的资金被套在里面，无法运转，而大量的人员也会因为这个计划改变有所变动。

“第一阶段的资金也不要急着回笼，继续放着。”钟御卿将那份明细报表放在一边，将另一份文件递给张墨阳，“这是C5计划，看一下。”

桌上的电话铃响了起来，钟御卿接起电话，是蓝枫打过来的，说海医生想汇报一下小爱的病情。

张墨阳看完计划表，见钟御卿靠在老板椅上，正闭着眼睛揉着眉心，似乎有什么烦恼和心事。

“看完了？”钟御卿像是知道张墨阳已经看完计划，他睁开眼睛时，已经恢复了正常的神色，隐去了所有的心事，淡淡问道：“有什么意见？”

婚后，钟御卿一有时间就会回房陪唐小爱，有时候太忙，他甚至会将工作带回去。可这两天，钟御卿不是在外面应酬到凌晨才回来，就是开会，把办公室和会议室当成卧室，根本不回去。想想以前，钟御卿什么时候为女人发愁过？他根本不会放精力在女人身上，更不可能和女人闹什么矛盾。

正在张墨阳提着意见时，柳青玉也走了进来，将一份文件递给钟御卿。

“老板，不回去吃饭？”柳青玉是钟御卿的贴身秘书，心思细密，除了工作，还会尽量照顾到钟御卿的生活，他当然察觉出这两天老板的情绪不佳。

“去给我安排一份晚餐送上来。”钟御卿看着手里的文件，淡淡说道。

“老板，要不……一起下去喝点？”张墨阳收到柳青玉的眼神，立刻说道。

“也好。”钟御卿合起文件，看来他最近情绪差到让属下都感觉到了，否则他们不会要陪自己一起用餐。

夜色渐深，唐小爱站在窗前，抬头看着星空。城市的星光很模糊，她突然想到撒哈拉沙漠的星空，美得让人心悸。

总是要对比，才知道什么是好，什么是坏，什么是幸福……秦峻宁让她许愿，她许了个让他恼火的愿望——早点还完债。

现在算不算梦想成真？ 得到的和失去的，到底哪个更多？

“只要你许个愿，对着流星说，请赐给我一个超级富翁！ 让别人给你还债多好？”

“咦，我怎么没有想到？”

“所以说你很笨。”

“如果请流星帮忙，擦去你借钱给我的记忆就好了。”

“不可能，别妄想！ 我是个无良的黑心老板，只记账不认人！”

“是很无良，秦扒皮。”

到底是得到的多，还是失去的多？

唐小爱疲惫地闭上眼睛，她的心里还有债，没有还清秦峻宁的人情债，也许以后会一直被这沉重的债煎熬着……

今天弟弟和赵格宝来了，她本可以问问秦峻宁的情况，赵格宝喜欢娱乐圈的八卦，多少都知道现在秦峻宁在做什么，剧组的进展怎样……可唐小爱不敢问，她害怕良心债更会重。

原本以为自己是个勇士，无论遇到什么都不会逃避，可最后发现她只是个懦夫，惧怕现实，只想缩在别人营造的石牢里，哪怕看不到风景。

第六章

秦峻宁手中 DV 里面拍摄的星空，光华流转，灿烂得让人忍不住感伤。

他在撒哈拉沙漠整整待了三天。三天后，又回到了剧组，生活还要继续，那些人还在等着他开工，即使没了女主角……

DV 里显示的时间是四点四十五分，流星雨越来越多地划过夜空。半分钟后，一个看傻了的呆子出现在镜头里，那是唐小爱。

那个时候的她是未经雕琢的璞玉，安静温润，眼神纯净，像是一颗种下了就不会离开的小树……他种下了这棵树，每天习惯性地浇水施肥，精心培育，可到最后，却被最好的朋友连根拔起带走了。

秦峻宁第一次觉得自己活得那么失败，失败得让他几乎不相信这样的事实。

“秦导，都准备好了，可以开机了。”M 姐远远喊道。

秦峻宁关掉了 DV，他似乎太忙了，英俊的脸上透出了胡须，头发也长了，看上去颓废又疲惫。

唐小爱许的愿实现了，钟御卿替她还清了不平等合约里面的巨额违约金，可他许的愿为什么没能实现？

“小爱，心情好点的话，下去走走吧。”海鱼鱼一大早就提出建议。

海鱼鱼担心她这么闷下去，就算没病也闷出病来，更何况她有抑郁倾向，现在身体和心理都不健康。

“外面在下雨。”唐小爱看着阴沉的天空，低低说道。

海鱼鱼听到这句话，心里一酸——唐小爱的口吻，就像是以为要离开这座大厦，可以随便走动。

可她应该知道，钟御卿不可能让她走出绿嘉国际。外面无论是天晴还是下雨，都和唐小爱没有任何关系。

“可以唱唱歌，最近有新的琴师过来，听说很厉害，要不要去看看？”海鱼鱼尽量轻快地问道。

绿嘉国际的配套设施太完美了，各种 PUB 都是一流的。

“不用了，鱼鱼。”唐小爱打断海鱼鱼的话，“我看看书就好。”

“那我们去三十一楼的茶屋看看吧，听说最近到了一批很不错的读物，可以边品茶边看书。”海鱼鱼极力邀请，再闷下去人就毁了。

“我帮你挑套好看的衣服，走吧。”海鱼鱼见唐小爱依旧不想出去，自作主张地说道。

绿嘉国际内部，处处都是来去匆匆的职员，胸前别着绿嘉国际的绿色胸针，抱着文件，统一的职业装格外严谨。

相比行色匆匆来来去去的职员，也有的人正在悠闲地享受着上午茶时间，坐在茶屋或咖啡馆里，听着舒缓的音乐，享受着精美的点心。31楼的最北侧，在透明敞亮的营销部，一个挺拔的身影，正在和几个负责人讨论产品问题。

远远看去，西装笔挺的短发男人，有着轮廓清晰的深邃五官，浑身散发着强大的气场，那是一种历练过的成熟自信，带着性感的魅力，吸引着众多女职员的视线。

纤尘不染的透明玻璃外面是宽敞的走廊，每隔几步，放着大盆绿色植物，营造出清新的空气环境。

此刻，营销部外面的走廊上，来来往往的职员比平时多一倍，大多数都是女职员。用毒舌秦峻宁的话说，钟御卿就像一颗臭鸡蛋，走到哪里，都会吸引四面八方的母苍蝇……

“今天怎么这么多人？”电梯门打开，海鱼鱼看见走廊上的职员们，皱了皱眉头，公司最近怎么感觉像是赶集市场。

“那就回吧。”唐小爱正不想出来，如果不是海鱼鱼强迫她到处走走，她连卧室都不愿离开。

“茶屋不会吵，很安静，我已经订好了包厢。”海鱼鱼急忙将唐小爱拉出电梯，生怕她又改变主意回去。

“小爱？”一个惊喜的声音响起，蓝逸一直站在营销部的门口，远远看见电梯口站着的两个人，立刻走过来。

救星总算来了，这几天公司上上下下都像被不定时炸弹填充着，虽然钟御卿不会轻易发火，可他随便一句话，就能让几千人没日没夜地加班赶工……

这不，今天轮到营销部吃苦头了。要知道钟御卿很少亲自来营销部“训话”，这几天，大大小小三十多个部门，全都被光顾，每个人都提心吊胆，工作态度无比认真，没加班的也加班，加班到更晚……

“听说您身体不太好，怎么到这里来了？有什么事吩咐一声，不用亲自过来。”蓝逸站在救星身边，一反常态地大献殷勤，惹得不少职员都往这边看。

大家一看见蓝逸身边的温婉少女……不，应该是少夫人，立刻明白为什么平时一脸冷酷的蓝逸会那么殷勤。

“我没什么事……”唐小爱不喜欢这么多人，好在当明星时，习惯了被各种围观，神色倒也淡定，只想快点离开。

“没事没事，我去帮你喊老板。”蓝逸飞快地打断唐小爱的话，喜笑颜开地说道。

“啊？”唐小爱有些犯迷糊，话还没说完，就感觉到一道冷冽的目光落在身上。下意识寻找那道眼神，隔着透明的大玻璃，唐小爱看到了最不想看到的人——钟御卿。

钟御卿早就看到她，营销部全是透明的玻璃围住的封闭空间，在电梯刚打开时，他就有种莫名的感觉，所以转过头看了一眼，果然是她。

说不出自己是什么心情，只觉得心脏深处，有一丝微凉的冷。她的脸色依旧很苍白，眼神有几分憔悴，穿着裸粉色的裙子，如同一朵蒙在雨雾中的莲，绽放着朦胧娇弱的美丽，让男人升起保护的欲望。

同时也有蹂躏的欲望。

“老板，这份营销计划主要有 C 部门负责，其中……”营销主管绿影正在汇报情况，突然发现钟御卿的眼神移走了，他也跟着看过去，只见离这边只有十米距离的电梯口处，唐小爱正在和蓝逸说话。

“夫人不是来找老板？”蓝逸大失所望，脸上的笑容也消失了几分。

“不是。”唐小爱硬生生地收回视线，微微一笑，“我是来喝茶的。”

真感谢秦峻宁在那段时间里强化了她的心理素质，在这么多人的场合，没有落荒而逃……

“走吧，小爱。”海鱼鱼给蓝逸丢了个眼色，让他放机灵点。

茶屋在 31 楼的南面，从北到南，长长的走廊，唐小爱走得始终很优雅温柔，穿过一群女职员，直到身后的那道灼热的视线消失，她自持的表情才有过一丝波动。

钟御卿终于收回了视线，听完绿影的汇报，不置可否。

周围人都提心吊胆揣测着老板的心思，最近每个部门都被开了刀，不知道营销部将面临怎样的命运。众人忐忑不安等了将近半分钟，等来的竟然是一个鼻音。

“老板，还有什么需要指示吗？”绿影又问道。

钟御卿根本不在状态，虽然从表面看不出他在神游。

“老板。”蓝逸也走了进来，轻声喊道。

“嗯，就这样。”钟御卿丢下几个字，转身往外走去。

就……就这样？整个营销部傻愣愣地看着钟御卿离开，半天也没回过神。外面的女职员们也一哄而散，虽然都想多看几眼美男上司，可刚才总裁夫人步步生莲地走过去，谁还敢多存心思？

不说唐小爱私底下有什么驭夫手段，只凭她以前的红星身份，是多少男人的梦中情人？钟御卿得到这种女人，至少短期内不会闹太过分的绯闻……

清雅的仿古包厢里，一室茶香。唐小爱这种温婉沉秀的女人，很适合品茶。

“想看什么书，我去帮你找。”海鱼鱼坐了不到几分钟就起身说道。

“不用了。”茶桌边原本就放了几本书，唐小爱只是打发时间随便看看。

“最近出了一本很红的书，我去找给你看。”海鱼鱼好心地推荐，一边说一边往外走。

“别费神我和他的事。”唐小爱虽然寡言少语，可她心思缜密，今天海鱼鱼极力要她出来散心，选择了三十一楼的茶屋，恰恰钟御卿又在，明显是想缓和他俩的矛盾。

她和钟御卿之间，已经不是什么矛盾，就像是钟御卿曾经说的那样，他们之间是无法逾越和弥补的距离。

“小爱，老板这个人，并没有你想得那么坏……”海鱼鱼见她点破了自己的心思，干脆打开天窗说亮话，也不再小心揣着，“虽然不知道到底是怎么回事，但他肯定不会故意伤害你。”

唐小爱不想回忆那些过程，她又觉得心脏蜷缩起来，有难忍的痛。

钟御卿在追求她的过程中，一直强势地逼她臣服，想要侵犯她的身体，侵略她的精神世界……

“我不能有任何自己的空间，我不能有任何自己的情绪，没有自由，没有自我，这就是他的准则。”唐小爱语气淡漠，像是在陈述和自己无关的事。

“小爱，人与人之间需要……”海鱼鱼的话突然止住，因为包厢的门无声地打开，某个压迫视线的男人阴沉沉地站在门口。

唐小爱的心跳也停止了两秒，这是被钟御卿长久以来一点一滴种在骨髓里的惧怕，不是一朝一夕形成的。

“海医生，我最近不太舒服，帮我把把脉吧。”蓝逸站在钟御卿的身后，使劲使着眼色。

海鱼鱼知道这没她的事了，剩下的还得唐小爱自己解决，所以立刻走出去，顺手把门关上。

“你怎么搞的？”蓝逸看见门关上了，一把将海鱼鱼拽到旁边，额上青筋直跳，他刚才感觉到老板的不爽，差点自己就成炮灰了，“不是说好让夫人来找老板吗？”

“现在老板来找小爱，不也一样？”海鱼鱼挑起眉反问。

“这根本不一样好不好！”蓝逸抓狂地低吼，“你是不是心理医生？懂不懂男人的心理啊？ 哪有大男人放低姿态先去言和的？ 更何况……老板那样的性子，这不是让他丢脸吗？”

“和自家老婆，有什么丢脸不丢脸？”海鱼鱼倒是云淡清风，“你又不是钟总，别把自己的想法强加于别人身上。”

“反正这次你闯祸了，要出了什么事，我可不管。”

“想喝什么茶？”海鱼鱼自顾自地走到外面的雅座里。

“你真有心情……”蓝逸磨牙，心理医生都是变态，“给我来杯红茶。”

钟御卿并没有像蓝逸想象的那样，直接化身魔鬼，把唐小爱撕成肉块吃了。 相反，他的表面依旧优雅绅士，缓缓走到茶桌的一侧坐了下来。

唐小爱端着茶杯的手指有些颤抖。 她没有看对面的男人，眼神一直落在书上，只是有些不稳。

一只手按在她的书上。 手指修长有力，骨骼清晰，相书上说这种手指的人，头脑清晰缜密，手段高明，偶尔有些神经质……钟御卿将她的书拿过来，随手翻着，真够无聊的女人，竟然看《昆虫学》。

唐小爱没了书，而钟御卿又不说话，坐在对面姿势优雅地翻阅书籍，她有些忍受不了这种令人压抑的沉重对峙，放下茶杯，站起身就往外走。

“敢离开试试？”

就在唐小爱走到门边，握住门把的时候，磁性的声线在她身后响起。

钟御卿抬眼看着僵立门边一动不动的小女人，今天这么漂亮，从男性居多的营销部摇曳多姿地走一圈是什么意思？

“过来。”钟御卿看着她纤细的后背，越来越不爽，蓝色的连衣裙后领很低，漂亮的蝴蝶骨都被看到了。

更令他生气的是，他今天找过来，这个女人居然还和自己冷战，一脸委屈的样子，也不知道主动和他示好。刚才他一进来，只要唐小爱迎上来说一句话，以前的误会都能解释清楚。

其实钟御卿一开始并不是这样想的，他很恼怒唐小爱有时候的倔强，这些天不愿回去看她一眼，不愿表示任何关心，都是因为心里还有怒气。可刚才看见她那么瘦弱的身体，那么无力的眼神，他的心没来由地软了。

唐小爱咬咬唇，她不想再屈从。如今，钟御卿主动来找她，她只要放低姿态，满足他的大男子主义，表面上又是恩恩爱爱的夫妻。

一横心，唐小爱握住门把，猛然拉开。

“唐小爱。”钟御卿一贯平静的表情终于变了，她竟然敢违抗自己！

唐小爱拉开门的那瞬间，觉得自己看到了地狱，同时也看到了天堂——有着自由和平等的天堂，她从不敢奢望的天堂。原来只要踏出那一步，剩下的路就容易起来。

“小爱？”海鱼鱼正和蓝逸聊着天，看见雅间的门突然被打开，唐小爱竟走了出来，她心里有不妙的感觉，立刻站起身迎上去。

唐小爱的脚步很快，这是被狗仔们训练出来的速度，再快一点，就有点像落荒而逃。

海鱼鱼正想跟上去，突然看见钟御卿也出现在门口，赶紧按兵不动。就算蓝逸这么神经粗壮的人，都能感觉到老板相当生气，作为心理医生的海鱼鱼，更是知道暴风雨即将来临，而他们这些外人，是没法替唐小爱挡风遮雨。

钟御卿的脚步更快，身高优势加上腿长，在唐小爱走到茶屋的门口，伸手攥住她的肩膀。

阴沉可怕的气息从身后传来，肩膀上的骨头被捏碎般的疼，唐小爱只能收住脚步，一动不动伫在门口。

茶屋外有来来往往的职员，茶屋里的品茶放松的职员也有不少，大家都低着头，死命控制着视线不要乱飘。

“茶没喝完，就要回去？”钟御卿的语气很温柔，心里却恨不得当着所有人的面，把她生吞活剥了。

钟御卿还没被哪个女人反叛过，他今天要是不把这个女人的逆毛拔了，就跟着她姓唐。

唐小爱始终沉默，她在开门时就已经做好了最坏的打算。

海鱼鱼提心吊胆地看着门口那一对，真怕钟御卿会当着这么多人的面，再来点“家暴”。

可是没有，钟御卿始终是完美先生的模样，如果只听声音，温柔如春水，根本没有任何异样。

海鱼鱼拼命给蓝逸使眼色，这种时候，男人应该上去解围。

蓝逸抱着头使劲揉，他现在过去不就成炮灰了？别人听不出钟御卿的怒气，他跟在老板身边这么久，怎么可能听不出那股子怨怒？

“既然想回去，我送你。”钟御卿的手顺势揽上唐小爱细细的腰肢，几乎将她挟持进电梯里。

海鱼鱼怒视装死的蓝逸，这家伙刚才过去说点正事，不就转移了钟御卿的怒气？ 要是唐小爱又几天爬不起床，她得让蓝逸也陪着爬不起来。

“看我干嘛？ 你都说这是人家内部矛盾，我又不是救世主……”蓝逸很委屈，心理医生不去解决，让他出面，跟投河有什么区别？

“老板今天就没什么其他会议或者工作？”海鱼鱼压低声音，“你可以找其他负责人给老板电话，让他回来处理工作。”

“对，我怎么没想到呢！”蓝逸赶紧拿起手机，给张墨阳拨了过去。

唐小爱被丢到沙发上。

钟御卿在外面的完美模样，在踏入房间的那一刻完全消失。 他的脸色铁青，硬生生地忍着想把她大卸八块的冲动，坐在她的身边，拿起茶几上的烟点燃。

唐小爱已经爬了起来，她被扔得很狼狈，像个沙袋。 但她一声不吭，无论之前多狼狈，现在依旧端庄沉静，果然是受过训练的艺人。

“在讨厌我，是不是？”钟御卿狠狠吸了几口烟，他不想一开始就失控，因为不确定自己失控后，会不会失手把她掐死。

已经有十多年没有尝过胸口这么堵闷的感觉，无论是学业还是事业上的巨大变动，这些年，都没有让钟御卿的情绪有过失控迹象，更不要说一个女人会影响他的状态。

“唐小爱，你应该清楚，你没资格讨厌我。”钟御卿对着她温婉依旧的脸，吐出一口烟圈，“无论我对你做什么，都要全部接受。”

唐小爱被烟雾呛到，微微转过头，避开那团青白色的空气。

“很好。”钟御卿见她还是保持沉默，怒极反笑，将烟头扔在水晶烟缸里，伸手将她拽起，推到透明的落地玻璃前。

为了保护隐私和安全，绿嘉国际大厦的玻璃全部都是定做，是双层中空的，里面有种特殊物质，可以隔绝任何形式的偷窥。

而这面落地玻璃，可以调节透明度，等玻璃变得透明如空气时，钟御卿将她按在玻璃上，微笑着将她的脸抬正：“宝贝，对面有很多望远镜和摄像机，你对镜头应该很敏感了吧？”

唐小爱一直努力维持镇定的表情开始晃动。她曾经是埃斯克罗的艺人，当然听过工作人员间的八卦。

埃斯克罗有很多艺人和工作人员，都对钟御卿这个钻石王老五虎视眈眈，很多人打听到他所住的楼层，架起望远镜想偷窥……

往下一层就是秦峻宁的办公室，靠边的一条走廊上，也许是她心理因素，隐隐约约感觉好多人往这边看。

“不知道峻宁拍戏有没有回来……”钟御卿撩起她的长发，轻轻吻着。

另一只手，则是滑到她的领口，轻轻一扯。连衣裙的后领口很大，被他这么一拽，唐小爱白色的胸衣挡不住泛滥的春色。

“我没有讨厌你。”唐小爱冷静自持的神色终于崩溃，她已多多少少了解钟御卿的心思，知道他接下来可能做什么，终于开口：“我是恨你。”

唐小爱只能挡住自己半边胸，她感觉对面已经有人注意到玻璃面前发生的香艳一幕。

钟御卿攥着她裙子的手猛然一紧，黑眸中闪过一丝不可思议，她刚才说什么？

“让我恨你，比让我爱你更有成就感吗？”唐小爱真的要崩溃了，这场婚姻比预料中的还要痛苦，以前以为只要忍耐，什么都可以过去。当她变成了局中人的那一刻起，就发现自己错了。

“再说一遍。”钟御卿像是没有听清，依旧埋在她的脖子边，低低问道。

“我说服自己喜欢你，找无数的理由，从第一次遇见你，到非洲和你一起相处……我想找很多快乐的记忆，想拼凑我们之间不那么黑暗的过去，可是……”唐小爱深呼吸，已经到了这种地步，她只有把紧闭的心房再次敞开，“可是我找不到，我们之间根本没有可能。”

“你还想要什么可能？”钟御卿缠着她发丝的手，缓缓从那裸露的后背往下滑，语气清淡。

“是我不该奢望太多……”唐小爱咬咬唇，痛楚的感觉提醒着她要冷静，至少说完剩下的话，“我对神圣的婚姻抱的希望太高，像我这种卑贱的身份，不配得到你的感情，在结婚之前我就清楚你要的是什么，可惜，那时我没弄清楚自己要的是什么。”

“哦？ 我要的是什么？”钟御卿的语气没多少变化，他甚至还在轻吻着她的脖子，但如果唐小爱看到他危险的眼神，一定想逃跑。

“你要的是温顺的玩具，不需要你花任何心思来打理；在你想要的时候，主动躺好，在你离开的时候，送你到门口；你不让她知道的，她永远都不要去了解，你让她接受的，她必须第一时间接受……”唐小爱很少对钟御卿一口气说那么长的话，这是第一次，也许也是最后一次，“她什么都不用懂，什么都不用做，也什么都不要问，只要坐在你妻子的位置上……你这么有钱有本事，完全可以定做一个触感更好的智能玩具。”

钟御卿的眼眸危险地闪着水光，她真敢说……敢说这种话。

“那么，你想要什么？”不等唐小爱开口，钟御卿又问道。

“在没有认识你之前，我对婚姻的梦想，是沈墨。”唐小爱彻彻底坦白，她感觉到脖子传来的刺痛，钟御卿在咬她，可已经说了这么多，剩下的话不会再憋在心底，“我在去图书馆的路上，食堂的饭桌上，做临时工的间隙，都会偷偷想象有一天，我能够成为暗恋着的那个男生的妻子，我们可以靠自己的努力衣食无忧，家庭和美。”

“但现实很残忍，沈墨的母亲找过我，她说得对，我根本配不上沈墨，灰姑娘和富二代……这种故事只是电视里骗骗小女孩的桥段，我虽然不敢奢望和沈墨之间的幸福婚姻，直到踏入娱乐圈，我还是期望着，在成熟之后，会有段平淡却真实的感情，有一个人，无论他是贫穷还是富贵，都可以用真心相携，走入婚姻殿堂。”唐小爱看着对面的高楼，唇边浮起一丝凄凉的微笑，“可我又错了，那种简单至极的幸福，寻找起来好难好难……我还没试着去找，就遇到了你。”

“和你在一起，我不敢去要什么，像个被抽掉灵魂的木偶，只能被你牵着行走。”唐小爱感觉自己的脖子被他啃出了血，有股刺痛，可她还是要把话说完，“我只知道无法反抗你，你要结婚，我就被你牵着去领证，你要什么，我都无法挣脱那些绑在身上的线……我看见那枚戒指和结婚证，就本能进入角色扮演，把你当成亲人，所以，我开始想要更多婚姻里的东西……比如平等和尊重，比如感情。”

唐小爱从没有对任何人说过这么长的话，她轻轻喘了口气：“钟御卿，我们还是分手吧……那样，至少我会重新定位角色的位置，不会给你添麻烦，也不会让自己困扰。”

“所以，说了那么多，你其实想说的只有两个字——离婚。”钟御卿多锐利，在他面前，最精英的谈判专家都要小心翼翼，别说一个性格柔弱的女人。

“可以吗？”唐小爱听到钟御卿吐出的那两个字，没有否认。

“可以。”钟御卿突然将她裙子撩起，推到腰上，声音蓦然变冷，“等我玩厌了这么漂亮的身体，就让你走。”

唐小爱脸色刷白，这么多天，她积攒了多少勇气，才对他说出那番肺腑之言，虽然听上去有些尖锐，可她是认真的。钟御卿没有同样认真地对待，只是给了她这样的答复……“玩厌了”是什么时候？一年？两年？抑或是十年二十年？甚至一辈子？

她是第一个那么直白地说恨他的女人，而且胆大包天地想要离婚！

“我们之间难道不能……”唐小爱在绝望中还有那么丁点的希翼，她甚至试图把话题继续拉向正轨，可钟御卿根本不想和她谈论任何严肃的话题。

“也许你喜欢众目睽睽下的表演，毕竟你曾经是个演员，享受众人的注目，拍摄亲热戏的时候，也不需要清场……”钟御卿在愤怒，她还想和自己谈关于“离婚”的话题？

真可笑，他的床上，只有女人渴望和他结婚，没有女人会拒绝钟太太的位置。

“老板，您要的资料……”柳青玉一走进办公室，就已经闻到可怕的杀气。他跟着钟御卿这么多年，还是第一次看到他的怒气那么明显地表露在脸上。看来已婚的男人真的是烦恼多多，喜怒无常。

“沈墨和 J. S 公司签约了？”钟御卿翻了翻资料，依旧阴沉着脸色，问道。

“是的。”柳青玉觉得奇怪，这些事钟御卿不是早就知道了吗？当时钟御卿根本就没再把沈墨放在心上，因为唐小爱答应退出娱乐圈。

“给我找他经纪人的电话。”钟御卿扔掉资料，恹恹地说道。

“是。”柳青玉赶紧退出去，越发搞不清钟御卿到底想做什么。但他清楚一点——钟御卿关注到沈墨，只会因为唐小爱。否则，钟御卿不会关心和自己利益无关的东西。唐小爱现在就是钟御卿的利益，谁也不能触碰。

“夫人，你和老板……到底怎么了？”柳青玉一直在犹豫要不要说，可老板现在的样子太可怕，他考虑了半个小时，还是给唐小爱打电话。

“沈墨？”唐小爱平静的声音有一丝颤抖，为什么又和沈墨牵扯上关系了？

“沈墨经纪人的联系方式就在我手里，十分钟后会送到老板办公室。”柳青玉其实可以立刻送给钟御卿，“老板从没有为女人烦心过，他这几天情绪很差，虽然不知道你们之间具体发生什么，可我希望你能帮他排忧解难，这么大的公司，老板一个人的情绪，会影响到很多事情……青玉多嘴，本来不该对你说这些，但是……”

“我知道了，十分钟是吧？”唐小爱苍白着脸，从床上坐起来，“你等我。”

一把抓过海鱼鱼手里的止痛丸，唐小爱直接吞下去，忍着小腹的阵痛往卫生间冲去：“鱼鱼，帮我找一套新衣服。”

匆匆整理一下仪表，唐小爱飞快地往电梯口冲。

太过空旷的办公室里，钟御卿站在落地玻璃前，看向对面的那座高楼。当初想让她有一条星光熠熠的路，最开始是喜欢她的身体和柔顺的性格，但钟御卿始终无法确定，到底是什么因素，促使他带着唐小爱去领证。

家里长辈的压力的确不小，可如果钟御卿不想结婚，敦厚慈爱的父母也对他无可奈何；他更没有想过太多关于孩子的事，二十七岁，对一个事业已经成功的男人来说，正是挥霍自由的年纪，家庭和孩子，对他来说很遥远。到底为什么要拉着她的手，踏入充满烦恼的婚姻世界？

钟御卿吐出一个烟圈，从透明的玻璃里，看见自己的谜一般的眼睛。

“咚咚”。礼貌的敲门声响起，钟御卿敛去满脸的心思，转过身，看见门已经被推开，站着他没有料到的人——唐小爱。

“对不起，打搅你工作了。”唐小爱的气息还不稳，脂粉未施的苍白脸上，有着因为奔跑而涌起的淡淡红晕。

钟御卿没有说话，他有时候很喜欢唐小爱的态度——永远温和柔顺礼貌的态度，有时候又非常讨厌她永远温文尔雅的样子。

“我可以进来吗？”唐小爱很不喜欢这么巨大的空间，和过于狭小黑暗的封闭空间一样，她有被压迫的感觉。

钟御卿依旧不语，静漠地和她对峙。办公室外面，偶尔走过一两个高层主管，大家脚步飞快，收起强烈的好奇心，不敢多逗留。

唐小爱真想拂袖离开，她忍受不了这么压迫的视线。

“那我进来了。”唐小爱提起脚，向房间里走了两步，门在她身后自动无声地关闭。

钟御卿始终没有说话，也没有动，站在落地窗边，指间的烟缭绕着雾气。

唐小爱感觉自己的腿像是灌了铅，每一步都异常沉重。眼前的男人根本不是她真正的丈夫，可他如果不是自己的丈夫，又是什么呢？

唐小爱无法定位他们之间的关系，精神上的背道而驰和身体的契合，让她痛苦万分。

唐小爱好不容易走到石雕般的男人面前，低下头，她已经用光了力气，没有力量再去和他对视。她有些怯怯地伸出手，冰凉的手指慢慢攥住钟御卿的手："我只是想和你……和你说说心里话……"

他们之间无法沟通。因为钟御卿从来不愿意浪费时间在沟通和相互了解上，他的时间除了用来赚钱，就是用来享受。去花时间了解一个女人的心思，对钟御卿来说多浪费啊！

唐小爱在逼着自己扮演另一种角色，可是没有好的导演好的男主角，她进入角色状态有点慢。不过她稍微松了口气，因为钟御卿没有甩掉她的手。

只是他的沉默很可怕，就像是在火山口行走，不知道烈焰何时会喷出来将她吞噬。

"你不喜欢听，以后我就不说了。"唐小爱好希望此刻有台词本在自己面前，她可以背着别人写的对话，不用绞尽脑汁地想着下一句要怎么说。

钟御卿看着她苍白的脸。

她的身体没有恢复好，手指冷得像是一块冰，嫣红的唇也失了血色，泛着淡淡的粉色。

"你平时工作那么忙，是我没照顾到你的情绪，对不起。"唐小爱像是终于酝酿好了情绪，抬起头看着钟御卿的眼睛，"这次原谅我，可以吗？"

钟御卿还是沉默。他的沉默不像唐小爱的沉默，他的沉默比杀人还可怕。

唐小爱从他的表情里，读不出任何信息。她这次真的错了，和一个强硬又强大的人比谁更硬，她只会失败得一塌糊涂。不该和他倔，也不能和他犟。对付一块石头，最好的办法是变成水，缓缓地流，慢慢地淌，将坚硬无比的石头，打磨成圆润的鹅卵石。

唐小爱很想像戏里的角色，热情一点，主动一点，可是，她面对的人是钟御卿。

钟御卿只需要用一个眼神，就将她拉回现实，让她无法进入演戏状态。

紧张，加上小腹发冷，让唐小爱开始冒虚汗。她真恨眼前的男人，到底他要怎样才高兴？

“晚上……一起吃饭吧，虽然……我会努力做好妻子的工作。”唐小爱冷汗涔涔地挤出这句话后，感觉快虚脱了。

为什么和他交流起来那么痛苦？明明他们两个都有错，可必须要她先道歉退让，这到底是什么婚姻啊？

“那么在乎沈墨吗？”钟御卿再次开口，如同重磅炸药丢下去，砸到本来松了口气的唐小爱身上。

他曾想过，只要唐小爱愿意主动让半步，两个人的关系都能缓和，他也绝对不会再咄咄逼人，各自从台阶上走下来。可现在真该死，唐小爱求他竟然是为了沈墨。

唐小爱没有想到那么久远的过去，她只是愣住了，从刚才她就小心翼翼地避开沈墨，掩饰着自己是为了沈墨主动示好，可钟御卿的心思那么深，竟然早就看出来了。不知道会不会连累柳青玉跟着受罚？

“什么意思？”唐小爱几秒后反问。

“想知道沈墨是怎么感谢你的吗？”钟御卿攥住她冰凉的手腕，把她拉到办公桌边。

唐小爱被推在宽大舒适的黑色老板椅上，她的心里升起了一股强烈的抗拒。

投影仪打开，钟御卿给她放了一段剪辑后的录像。沈墨现在的身价很高，相对新人来说，简直是天价。因为他有个闪闪发光的身份——代言顶级奢侈品的红星……不，应该是绿嘉国际总裁夫人的初恋情人。

“听听，沈墨说，感谢那个曾经抛弃他的女人，让他能走到今天。”钟御卿的语气很冷淡，没有感情的起伏，像一条直线，“再听听他对娱记们曝出的隐私，好像你们之间连孩子都有了。”

“那是经纪公司在操控，并不是他自己想……”

“你还在为他说话！”钟御卿的声音更冷。

“对不起……我只是就事论事。”唐小爱不想去看那些采访，她自己从演艺圈走过来，知道镜头前的一切没有几分是真实的。

“小爱，我给你一次机会。”钟御卿关掉录像，靠在办公桌边，居高临下地看着脸色苍白的小妻子，缓缓说道，“让你见一次沈墨。”

“不……不要！”唐小爱心里一惊，她真的猜不透钟御卿到底在想什么，只是本能地摇头，“我和他已经没有任何关系，不想和他见面。”

“怕什么？”钟御卿微微弯身，伸手抚向她冰凉汗湿的脸颊，语气蓦然温柔起来，“我让你见，必须要见。”

唐小爱感觉她掉入深海里，浑身都被压迫，让她喘不过气来：“但是……”

“晚上要一起吃饭，是吗？”钟御卿打断她的话，手指移到她的下巴，将她有些不安的脸抬起来，凑近她，又变成了那个魅惑无边的性感男人，从眼神到动作，都充满着让女人着迷的魔力。

“肚子还疼吗？”钟御卿一只手按在她的小腹上，温热的掌心轻轻为她揉着，要是现在有人进来看到这一幕，一定感叹他简直是完美无缺的老公。

“好多了……”唐小爱摸不准他阴晴不定的性格，被他温柔地关心，依旧后背直冒冷汗。

“有没有吃止痛药？”钟御卿吻着她冰凉柔软的唇，继续问道。

“吃了。”唐小爱想避开他的手和唇，她浑身的神经都处于极度紧张的状态中，并不是因为不适应这样的亲密，而是无法弄清钟御卿的心思。

“怎么出了这么多虚汗？ 去用热水擦擦身，等我处理完手头的事，一起用餐。”钟御卿将她从椅子上拉起，他的办公室一侧有非常舒适的休息间。

将她安顿在办公室里的休息间里，钟御卿这才走出去，按了按电话，要见柳青玉。

“钟御卿。”唐小爱突然拉开休息间的门，低低喊道。

“还有什么事？”钟御卿走到她面前，语气依旧温柔。

“别因为我惹你不开心，影响到工作。”唐小爱是想说柳青玉“通风报信”的事，可钟御卿这么狡猾的人不主动去提，她也不敢乱开口，只能隐晦地表达。

“不要有第二次。”钟御卿抬手摸摸她冰凉柔软的脸颊，低低说道。

暑热的夏季，每天午后都会有一场雷阵雨。

唐小爱站在窗户前，像只被囚禁的鸟，渴望外面广阔的天空，哪怕雷电交加，狂风暴雨……

清雅的房间里，茶色碧绿，人淡如菊。 沈墨看着唐小爱，眼神非常复杂。

前几天他在国外，突然所有的行程安排都终止了，经纪人要他立刻回国。

他刚刚下飞机，就被绿嘉国际的人接了过来。

“你还好吧？”不知道过了多久，沈墨才干干地挤出一句话来。

“很好，你呢？”唐小爱心底有着强烈的不安，钟御卿安排她单独和沈墨在一起，不会目的“单纯”。

“我……不是很好。”沈墨抚着精致的瓷杯，唇边浮起一抹苦笑，“走上了和你一样的路，却不知道结局会不会和你一样幸运。”

“只要经纪公司对你好，这条路并没那么糟糕。”唐小爱言不由衷地安慰着他，“熬下来，总会有收获。”

“希望如此。”沈墨像是找不到话和她说，沉默下来。

她让他有种倒时差的晕眩。即便她已经是别人的妻子，可沈墨依旧觉得她是果园里最红最大最甜的那颗果子。

“很忙吧？”唐小爱在漫长的沉默中，再次开口。

他被包装得有星味了，原本沈墨就是贵公子，出身好，气质也好，底子厚，经纪公司打造他不用花费太多精力。

“是很忙，已经接了一部戏，和好莱坞明星合作，在拉斯维加斯拍摄。”沈墨顿了顿，又说道，“刚回来，晚上的飞机又要飞过去，不敢耽误剧组进程。”

唐小爱听到他最后一句话，眼神黯淡下去。她不是个尽职的好艺人，因为“结婚”，丢下公司不管。即使钟御卿用钱去弥补，可她心里始终有债。

“我是新人嘛，没办法，很多事情都要小心谨慎点，不能让公司头疼。”沈墨看见她神色有些黯然，立刻补充说道。

“你这么忙……我送你出去吧？”唐小爱只想快点把沈墨请出这栋大楼。他多待一秒，钟御卿都可能让他们尸骨无存。

“现在？”沈墨有些愕然，接他过来的人，说钟夫人在家很闷，想找“老同学”聊聊天，所以请经纪公司沟通一下，把他从拉斯维加斯拍摄地“沟通”回来了。

“你没其他的话要对我说？”沈墨见她站起身，又问道。

唐小爱摇摇头，她知道自己的每一句话都逃不过钟御卿的耳朵。而且现在就算钟御卿不在，她也不会和沈墨有什么牵扯不清的关系。

“坐下再聊会好吗？我还有点话想对你说。”沈墨没有动，不知道在想着什么，两秒钟后，低低说道：“很多事是公司炒起来的，我没办法。给你带来麻烦的话，在这里我向你道歉。”

“娱乐圈一向身不由己。”唐小爱苦笑，“我倒没关系，只是……我现在结婚了，炒作过分的话，会让我先生心里胡思乱想。”

“对不起，影响到你的家庭生活了。”沈墨愣了愣，显然没想到她会提到“先生”，随即，他用很生疏的口吻再次道歉。

“如果有太过分的言论，还请在媒体面前澄清，我现在已经退出那个圈子，不方便再露面。”

钟御卿站在酒架前，优雅地为自己调着鸡尾酒，他要让唐小爱对沈墨彻底断了念头。这个世界上，最幸福的事情，是一个人的改变；最悲哀的事，也是一个人的改变。有的人会从柔弱变得刚强，有的人会从贫穷变得富有，有的人会从高贵变得卑微……无论是什么改变，总是有得有失。

直到最后，回过头看最初的时光，都会有或多或少的悲伤。物是人非的感觉，会令人心生绝望。

唐小爱在半个小时后，回到了房间。

她的嗅觉很敏感，闻到了淡淡的酒味，夹杂着柠檬的香气。

“这么快就回来了？”钟御卿端着一杯“蓝色情人眼泪”，看着电视里直播的财经新闻，淡淡问道。

“嗯。”唐小爱走到沙发前，坐在他身边，也看着对她来说枯燥无味的财经新闻。

“明天的飞机，去花岛。带你去看看花雨。”钟御卿伸手将她揽进怀里，揉着她的长发，淡淡说道：“怕把你闷坏了。”

他现在的温柔，也许只是某种生气的表现。而有时候的甜言蜜语，可能是顺口说说。现在，钟御卿对沈墨的事只字不提，又要带她出去旅游，不知道他心里到底在想些什么。他另一只手中端着的蓝色鸡尾酒，是江馨月最喜欢喝的酒。

唐小爱对这杯酒记忆深刻，因为江馨月曾说，情人的眼泪，只有伤心的人才能喝出其中滋味。

“这酒是咸的吧？”唐小爱伸手轻轻碰了碰酒杯，问道。

“你喝过？”钟御卿问道。

“没有，但我看别人喝过。”唐小爱摇摇头，自从退出娱乐圈之后，她再没有碰过酒。

“要不要尝尝？”钟御卿没有问她看谁喝过，而是将酒杯递到唐小爱唇边。

“不要，我沾酒就醉。”唐小爱立刻摇头，她虽然在刚进娱乐圈时，每天晚上逼着自己喝一杯红酒，然后睡死过去，可长时间没碰过酒，加上这种烈性的鸡尾酒，她心底有强烈的拒绝。

“醉了，也是醉在我怀里，怕什么？”钟御卿笑了起来，她有时候谨慎得过分了点，对他都抱着浓浓的戒心。

“不好，会失态……”唐小爱其实怕自己喝多了耍酒疯，万一顶撞了钟御卿，醒来就够她受的。

“真好奇，小爱会怎么失态？”钟御卿掰过她的脸，吻上那恢复几丝红润的唇。

唐小爱脑中嗡然一声，浑身的血液都往脸上涌去。每天都会和他亲吻，可每次唐小爱都会像是被电流袭击。也许是她的反应太过敏感，但更多原因是钟御卿的技巧高超，每次都会让她浑身发麻，无法动弹。

有些咸涩的液体被灌入她的口中，出乎意料没有任何辛辣的味道，只有些许柠檬的香味。

“我真的不能……”唐小爱差点被呛到，推开钟御卿，喘了一口气，还没说话，又被他侵过来，带着情人眼泪的咸涩味道，再次堵住她的小嘴。

钟御卿的薄唇，也跟随着酒的痕迹，慢慢往下移。好像真的开始眩晕，唐小爱软绵绵地躺在沙发上，头昏眼花，身体发热。

“小爱喜欢情人的眼泪吗？”钟御卿低低问道。

唐小爱无力地摇摇头，她不喜欢任何酒。

“我也不喜欢这种滋味。”钟御卿的心思太难琢磨，他说的每句话，做的每件事，都让人看不透。

“还喜欢他吗？”钟御卿的手指插入她的长发中，柔声问道。

唐小爱在迷醉火热的气氛中，像是被一盆冰水泼上，她睁开眼睛，看着钟御卿几秒后摇头。

钟御卿又吻向她的唇，他让她和沈墨见这一面，就是为了断掉她对沈墨的念头，抹掉她最美好的那些回忆。沈墨如今走上了和她同样的道路。

唐小爱不是笨蛋，她也有玲珑的心思，清楚曾经青春飞扬的那个初恋男生，很快就成为物质世界的消费品。过去越美好，回忆就越悲哀，直到最后不敢再回首，彻底忘记那些走过的路。

“什么时候……小爱能彻底忘记这个人？”钟御卿的手指在她后背漂亮的蝴蝶骨上轻轻移动，依旧用温柔的口吻问道。

唐小爱不知道该怎么回答。钟御卿不能允许她有欺骗的行为，可是如果说会很快忘记，钟御卿一定会嘲讽她还记着“老情人”。她嫁给了一个很难对付的男人。

唐小爱在绿嘉国际内部的图书馆里闲逛，她在无聊又漫长的白天里，就开始像寻宝一样，找来绿嘉国际的所有资料，看着里面的每一个部门和楼层设备介绍，消遣寂寞的时间。

电梯刚刚升了三层，突然停下，电梯门缓缓打开，外面站着一个冷艳的女人，带着三四个副手，被绿嘉国际的一个女员工领着，满脸的不耐烦。

唐小爱微微一愣，没想到会那么巧，在VIP的专用电梯里，都能遇到江馨月。

“哟，钟太太。”江馨月看见里面站着的小女人，眼神微微一亮，原本不耐烦的脸上，挂上了一抹艳丽的笑容。

“江小姐。”唐小爱抱着书，也露出礼貌的笑容。

“正巧，我要去顶楼和钟御卿见面，没想到等电梯都能遇到你。”江馨月走进电梯里，仿佛那天她们之间没有任何的不开心，语气甚至带着两分亲热，她瞥了眼唐小爱手中的书，笑容扩散，“已经有了？”

唐小爱没有回答，只是笑了笑。她抱着的是早教和胎教书籍，所以江馨月误认为她怀上了钟御卿的孩子。

“钟总的速度可真快，该不是奉子成婚吧？”江馨月瞥了眼她平坦的小腹，这种事还真说不准，否则唐小爱在刚大红大紫的时候，怎么可能那么心甘情愿退出娱乐圈？

“我到了，先走了，再见。”唐小爱依旧没正面回答她，因为VIP电梯速度很快，两句话的时间，就到了她所在的楼层。

“等一等。”江馨月喊住她，冷艳的脸上始终带着一抹意义模糊的笑容。

“还有什么事？”唐小爱停下脚步，转身问道。

“我真的很好奇，为什么钟御卿要把你送给秦峻宁，然后又将你从秦峻宁身边带走，他和秦峻宁有仇，还是和你有过节？”江馨月一脸不解，好像真的很想知道其中原因。

“什么意思？”唐小爱听不懂，突然心底发凉，也不想听懂。

“或者，他只是想满足自己的大男子主义，让全世界的人知道，他娶了个万人迷大明星？”江馨月点了点自己太阳穴，“可据我所知，钟御卿不至于这么虚荣，他虽然很坏，也要面子，但还没坏到连兄弟都玩弄掌心的份儿上。”

唐小爱看着电梯缓缓关闭，江馨月最后留给她一个坏坏的笑容，她还有些回不过神。

坐在沙发上，唐小爱按着遥控器，想要找一些和娱乐有关的节目。可是电视的频道早就被筛选过，除了球赛、股票、财经之外，就是最新的电影大片和各种连续剧。

将遥控器扔到一边，唐小爱闭上眼睛，传言没错，她是什么自由都没有了，虽然现在钟御卿对她表面上很温柔体贴，可她真的过着与世隔绝的生活。

虽然这座大厦的配套设施，对一个性格有点宅的人来说，足够丰富，但是她什么信息都得不到，连家里的电话都受到限制，只能和家人聊天。

钟御卿回到家时，已经快到十一点。唐小爱还没睡，温馨的灯光下，她的脸带着柔和的光泽，长长的睫毛遮挡住清亮的眼神，娴静美好，让人想起古时候的贤妻良母。

走到床边，钟御卿俯下身，照例吻了吻她的额头。

“热水刚才放好了，你先去洗澡。”唐小爱察觉到他要直接上床缠绵，低低说道。

“做完再洗。”钟御卿在她耳边含糊地说道，手指已经探入她的睡衣里。

“很脏……”唐小爱吐出这两个字，让钟御卿的动作猛然停下。

“什么？”钟御卿已经半跪在床上，一只手撑在床头，一只手在她的后腰，他像是没听清楚。

“钟御卿，你一点都不介意吗？”唐小爱看向他的眼睛，眼神专注清亮，带着一丝锋刃。

“嗯，介意什么？”钟御卿直起身，站在床边，松开领带。他的姿势十分性感，让女人会心慌意乱。

“我的初次啊……你为什么不好奇？也从来不问？”唐小爱现在很清醒。

“你觉得问这种事很有意义？”钟御卿解着皮带，始终在优雅地脱着衣服，不急不忙，不温不火。

“如果我告诉你，我的第一次是在这栋大楼丢掉的，你会不会觉得有趣？”唐小爱抬头看着钟御卿，乌黑的眼眸一眨不眨地盯着他的表情。

“不要乱说话。”钟御卿的语气开始变得危险，他听这样的言语非常不舒服，因为脑中会浮现画面。

“我每次走在绿嘉国际里面，都在提心吊胆，怕遇到那晚的他。”唐小爱见他依旧不肯透露任何信息，真想直接问他，十二月三十一日夜晚，元旦的凌晨，那个男人是谁？这种事如果一开始就大大方方地承认，两个人之间现在的关系不会变成这样。

“钟御卿，我一直觉得，你身上的味道好熟悉……”唐小爱闭上眼睛，喃喃说道，“我总觉得我们曾经在一起过。在很黑很黑的夜里，什么都看不见……什么都在旋转，没有重心，就那么漂浮着，像是溺水的人，抓不住任何东西……”

钟御卿没说话，他的手指插入她柔软的发丝里，不发一言地吻着她。

“钟御卿，我已经是你妻子了，为什么不告诉我全部？”唐小爱的话蓦然中断，因为她再次被迫容纳巨大的利刃。

“你已经是我的妻子，为什么还要知道那些毫无意义的过去？”钟御卿反问。

“人和人是不同的。”唐小爱伸手搂住他的腰，“有些人，要的只是结果，比如你；而有的人，注重的是过程……”

钟御卿突然咬住她的唇，他们是成年人，成年人之间的游戏规则，就是两个字——“适合”。她挺适合自己的口味，而他呢，这么优质的男人，做她的丈夫，也不委屈她。

“为什么要让我进娱乐圈？”唐小爱见他不说话，又问道。

钟御卿发狠起来，他不想在这种时候听到她一直在说题外话，他要让她没有力气说话。

“钟御卿，你告诉我，那天晚上……是不是你？”唐小爱在黑暗中沉默了片刻，声音带着一丝微颤问道。

“是和不是，对你来说那么重要？”钟御卿开始没想过要瞒着她，因为当初她的态度让他恼火，才不想对她说出真相。

到了后来，他觉得没必要再说，因为他已经准备娶她为妻，为那件事负责。

“秦峻宁找我做艺人，也是你的安排？”唐小爱想到秦峻宁有几次对她说话，都是话中有话，她当时根本没想过，她进入娱乐圈，还会和另一个男人有关。

现在想想，她真够笨的，秦峻宁怎么可能去当“星探”？ 埃斯克罗的一些监制人的办公室外，常常站着好多签约进来却没有得到重视的艺人，他们一站就是好几个小时，也没有等到被打造的机会，而她当时又土又呆，被秦大导演亲自盯上……不知道要嫉妒死多少揣着星梦的人！

“钟御卿，我一点都弄不懂你的心。”唐小爱听不到他的回答，痛苦地闭上眼睛，她最讨厌的不是钟御卿霸道专横，也不是他的控制欲，而是他从不愿意把心明明白白敞开给她看。

他总是要她无条件接受一切，总是不告诉她曾经、现在、未来，总是让她在一片迷雾和黑暗中困难地行走，不知道前面有些什么，不知道何时会被绊倒，也不知道会不会坠入悬崖……

而钟御卿，已经习惯了将女人只当成女人。 他不喜欢女人知道太多无关紧要的事，不喜欢女人多嘴多舌，搅乱他定下的秩序，破坏他的世界。

“男人的世界，女人不需要懂。”钟御卿的心情全无，差到他有杀人的冲动。

唐小爱又触犯到他忍耐的底线，虽然这次她的话已经说得很“温柔”，也不是用质问的口吻，但她比上次还过分。

“可我想让你懂我的世界。”过了很久，唐小爱的声音像是从很遥远的地方传过来。

“你要是不想睡，可以去试穿婚纱，挑选自己喜欢的款式。”钟御卿突然打开灯，他不明白唐小爱的执念和认真，他和那么多女人上过床，没有一个女人会让他这么烦心。

紧紧攥着她的手，上面那枚被强行套上去的红宝石钻戒，卡得两个人手指都生疼。

唐小爱衣衫不整地被钟御卿强行扯到衣帽间。

“再敢乱丢那枚戒指，我不会轻易放过你。”钟御卿走到门口，顿了顿脚步，阴沉沉地留下最后一句话。

而唐小爱，在他走了之后，像是抽去了全身力气，跪在了厚厚的黑色的地毯上，无力起身。

第七章

绿嘉国际的总部，洋溢着明显的喜气。

化妆间，唐小爱看着镜子里的自己，浓浓的伤感铺天盖地涌上心头，她没来由地想到自己在演艺圈时，每天都要进入化妆间……

她对自己在娱乐圈的回忆，记忆最深刻的居然是化妆间和镜头，而不是舞台，不是拍摄广告和拍戏，也不是红地毯……是化妆间的那面镜子映照的自己。是镜头前的那个小孔，录下的自己。

唐小爱的心情实在难以明媚，她和钟御卿亲密默契的表面下，有一道巨大的裂谷悬崖。

“这件婚纱很漂亮。”就在唐小爱换着婚纱时，钟御卿的声音传过来。

唐小爱从镜子里看着来到她背后的男人，知道他进来不是想称赞这套婚纱。

果然，钟御卿从镜子里稳稳地注视着她的眼睛，眼神越来越冰寒，开口的时候，声音也掺杂一丝冰冷：“你该不会还在想那件事吧？”

“是。”唐小爱直视着他冷锐的双眸，毫不否认。

“明天之后，可以慢慢想。”钟御卿的手，轻轻放在她裸露的肩膀上，语气里不无威胁，“但这两天，别给我惹事。”

“还来得及取消。”唐小爱睫毛微微一闪，“趁着大家都在……好聚好散。”

钟御卿的黑眸闪过一丝戾气，谁和她“好聚好散”？ 那么多重要人物在场，要是她敢出什么差错，钟御卿绝对不会轻饶了她。

唐小爱深深看向钟御卿的眼神，也带着某种细小的倒刺。 她从没有用这样的眼神看过钟御卿。 像是玫瑰花下的刺，带着美丽、柔弱的危险。

钟御卿的眼眸暗沉，如同漆黑的海底，没有一丝天光云影。 他不会让她有机会反扑，不会给她任何反抗的机会。

当初唐小爱在娱乐圈时，清纯玉女形象深入人心，掀起一股怀旧风潮，当时是多少男人心中的女神和贤妻良母的幻想对象。 所以在男人眼中，唐小爱和钟御卿只能说是般配，她这样的女人，配钟御卿那种男人，“财”子美人，谁也不吃亏，算是一段佳话。

唐小爱看向钟御卿。 他和平时相差无几，只是穿着白色西服，胸前别着象征新郎的红花。

很多男人都会将白色穿得廉价而轻挑，而钟御卿，却像是真正的白马王子，白色西服也被穿出了稳重沉着的魅力男人味道。

“我不愿意。”唐小爱突然平静地看着钟御卿。 她早就做好了准备，大胆地说出“我不愿意”的准备。

唐小爱可以忍受不公的命运，忍受生活的苦痛，她可以忍受一切直到麻木。 可是对钟御卿，对他们的未来生活，她不愿再忍受一丝一毫。

她已经很努力地在麻痹自己，努力说服自己，努力将钟御卿给她的短暂温柔，放大成一辈子的幸福。 可是越努力，就越觉得悲哀。

他是个从来不会对她掏出心的男人。 最无法理解和原谅的，是他对自己的隐瞒。 她现在已经确定，那晚的男人就是他。 唐小爱意识到这一点后，曾一次次从年会时的大厅，寻找模糊记忆里的线路。

元旦的清晨，她如果有一点力气和理智，留心那个房间和离开的路，应该会注意到电梯里的楼层，也会注意到很多碎小的证据。 可惜，她当时的心里除了愤恨害怕和惶恐，就只剩下想把这个事实抹掉的妄想……

“你希望在那么多人面前，我对你说不愿意，还是希望现在取消婚礼？”唐小爱不擅长威胁别人，不过她不认为这是威胁。

在钟御卿面前，“威逼利诱”最有用的是那个“诱”字，而前面三个是危险的炸弹，只会炸伤自己。

“你知道这样做的后果是什么吗？”钟御卿缓缓开口，他的脸上甚至还带着一丝淡淡的笑容，远远看去，像是和新娘温柔闲聊。

唐小爱顿了顿，似乎在沉思，“最多，你让我死。”

“我怎么舍得让你死？”钟御卿伸手抚上她今天格外艳丽的脸，眼神越来越危险的凑近她，“小爱，你好像在害怕，说出刚才那句话，是不是耗光了勇气？”

“我没有怕。”唐小爱往后退了一步，“我是讨厌被你碰到，你会让我想到强奸犯！”

钟御卿漆黑的瞳仁猛然收缩起来，她刚才说的词是什么？

“我不介意再做一次你说的那种人。”钟御卿往前跨了一步，将她胳膊攥住，扯到自己面前，脸上甚至还有淡淡的笑意，只是眼神已经可怕得令人生畏，“唐小爱，别忘了，那晚是你先躺在我的床上！”

“我不会和你这样的人结婚。”唐小爱挣脱不开，她听到钟御卿的这番话，也不再争辩，声音变得冷硬。

“可以，你现在就可以走。”钟御卿第一次看见她对自己露出这么冷硬的表情，和以前的又臭又硬不同，她这一次，像是要玉石俱焚般的，抱着宁死不屈的决心。

“我会在婚礼现场，播放你第一夜在床上引诱我的录像。”钟御卿松开手，双手插回裤兜，眼里闪着盛怒的光芒。

唐小爱微微一愣，没想到他还留有这么一招。

“我也不想在长辈和朋友面前分享这种隐私，但是新娘如果走了，我必须对他们要有解释。”钟御卿淡淡开口，硬生生按捺着怒气，他知道唐小爱最介意些什么，她是个太容易掌控的女人，柔弱、软弱、懦弱……她是最弱的女人，如果没有最强的男人保护，会不堪一击。

“……好。”唐小爱沉默了好久，突然吐出一个字来。

钟御卿一直带着笑意的表情凝结住。

“我也想看那晚，我是怎么失身的。”唐小爱重新看向钟御卿，娱乐别人？ 她被秦峻宁早就调教得水火不进。

更重要的是，唐小爱知道，自己今天已经完全触到钟御卿的雷区，不成功便成仁，她如果这次屈服，未来的日子会更黑暗，钟御卿绝对不会放过她。

她宁愿放手一搏，也不愿永远被泥潭困住。 说完，唐小爱提起华美的裙摆，毅然转身往外走去。

“唐小爱……你找死！”钟御卿从喉咙里挤出几个字来，往前走了几步，想去把她追回来，可又不知碍于什么，停下了脚步，挺拔的后背在微微发抖——他从没有这种被气到失控的感觉。

那已经不仅仅是怒气和愤怒，还有一种说不出的酸楚——不该属于他这种要风得风、要雨得雨成功男士的酸楚。

“老板，怎么回事？”远处正在指挥下属们招待贵宾的张墨阳，一眼看到钟御卿那么明显的异常，匆匆走过来问道。

他也是第一次看到钟御卿的身体在微微发抖，仿佛里面装了一桶炸药，随时会爆炸。

“把她先带回卧室休息。”钟御卿深吸了口气，压住失控的情绪嘱咐。

张墨阳急忙追了出去，他跑到电梯间的时候，电梯上显示的数字已经是地下二层。

这是专人电梯，速度和安全性能一流。 作为绿嘉国际里的精英人物，张墨阳当然已经感觉到问题的严重性。

绿嘉国际的地下车库错综复杂，庞大得让人找不到出口在哪里。 此刻，如果从外面看去，巨大的广场上全是世界名车，甚至还有私人飞机……豪华无比。这些商贾巨富、社会名流，都被邀请来婚礼现场，见证也许是本世纪最令人难忘的婚礼……

“老板，其实不用你亲自来参加婚礼，我们可以……”一辆车驶进地下停车场，紫元还想阻止身边的男人。

这场婚礼，对秦峻宁来说就是一个讽刺，在他的伤口撒盐。可钟御卿偏偏把第一张请帖，发到秦峻宁的手里。秦峻宁整整几夜没睡，不知是因为拍戏，还是因为这张烫手的请帖。

车子在拐弯的时候，突然一个急刹车。不止是秦峻宁，连紫元都觉得出现了幻象……

机械和水泥钢筋建筑中间，一个穿着洁白婚纱的女子，如同迷了路的精灵，在各式各样的车子边穿行。

刹那间，秦峻宁以为自己这几天想着新广告，脑子出现了幻觉——他一直都在想着有关轿车的广告拍摄，而每次，女主角都会不由自主变成唐小爱。

他逼迫着自己去工作，没完没了地工作，这样就能忘记那生命中昙花一现的女主角……

唐小爱也突然收住脚步，怔怔地看着驶到身边的轿车，车窗滑下，她看见一张沧桑的脸。

胡子拉碴，眼睛充血，头发变长……颓废得她快不认识了。

以前的秦峻宁，意气风发，嬉笑怒骂肆无忌惮，天下就他最大……可是现在……

唐小爱硬生生地别过视线，他们之间现在的关系，被钟御卿已经切碎，再也没法连接起来。

“去哪儿？我送你。”秦峻宁喑哑着声音开口，带着一贯的调侃轻浮，可仔细去听，有一丝说不出的苦涩。

“不知道。”唐小爱举步想走，但她真的不知道能走到哪里去。

那句电影里的台词，用在她的身上好适合——世界如此之大，却没有她的容身之地。

“先上车。”秦峻宁听觉敏锐，安静的停车场只要有丁点的脚步声，都会被放大，他听到有人往这边走来。

唐小爱也听到了，她闪过一丝紧张不安，知道钟御卿不可能放她走。

“还想留下？”秦峻宁看见她的第一眼，就知道她是要离开。

一个穿着华美婚纱，被装扮如此美丽的新娘，不会在这种时候来地下停车场游荡。

他不知道唐小爱和钟御卿之间发生过什么矛盾，但秦峻宁很了解钟御卿的暗黑性格，唐小爱这种温润的女人落到他的手里，早晚会被捏碎。

“会给你添麻烦。”唐小爱渴望立刻离开这个地方，渴望有人在这时伸出一双手，将她从泥沼里拉出来。

“不会，”秦峻宁推开车门，走到她身边，为她打开后座的门，布满血丝的眼睛盯着她完美无瑕的脸，今天的新娘妆实在太美了，“你是我的艺人。”

“已经不是了。”一瞬间，唐小爱的心里酸酸地涌上难言的悔恨，她当时不该离开秦峻宁，不该迫于压力，答应钟御卿的要求。

如果当初她就能像刚才那样，坚决清晰地拒绝钟御卿，也不会沦落到无法全身而退的惨淡光景。

“我说是就是。”秦峻宁还是掩盖不住粗鲁的本性，一把将唐小爱塞进车里，“现在别想再溜走，回剧组！ 知不知道你让公司亏损了多少？ 女主角中途消失，编剧临时改剧本，你戏份全部删了，现在还得重新插进去……”

“对不起，我……”

“唐小爱，我真想把你碎尸万段。”秦峻宁慢慢松了牙，喃喃说道。

“快点，关闭车库所有的门。”张墨阳刚追出来，就看见洁白的婚纱摆尾一闪，被塞进了黑色的轿车里，随即，车子飞快掉头，闪出了他的视线。

钟御卿阴沉沉地坐在沙发上，双手交叉在胸口，眼眸全是无法掩饰的愤怒。那个女人忍耐了那么久，为的就是今天，当着所有人的面，狠狠扇他一巴掌？还击得太漂亮了！

让他都没有做好接招的准备，现在一塌糊涂满身狼藉地坐在这里，还没有想好对策应付参加婚礼的那些人。

“老板，会追回来的，不用担心……所有的路线都安排了人手，不会走远……”蓝逸站在一边只能这样安慰，也算是自我安慰。

钟御卿这么多年在商界起起伏伏，哪怕是金融危机，或者即将破产，都不曾露出这种表情来。

“现在到了南三环路，前面有个红灯路口，会有长达两分钟的红灯，就在那里拦截。”张墨阳的办事效率极快，已经飞快地部署好一切。

“撤回来。”钟御卿坐在沙发上，狭长的黑眸半闭着，不知道在想着什么，半分钟后突然吐出两个字来。

“撤……撤回来？”所有人都以为自己耳朵出问题了，要是新娘不出现，今天的婚宴怎么办？难不成现在立刻准备另一个替补新娘上去？

“全部撤回来。”钟御卿一字一顿地说道。

几十个人满大街追一个女人，说出去也太丢钟御卿的脸。他以前没这么追过女人，现在也不可能追逃走的新娘。既然她敢做出这么大胆的决定，他会让她后悔莫及。

“但是没有新娘……婚礼怎么举行？”蓝枫问道。

“天底下，不是只有她一个女人。”钟御卿眉眼冷淡，翻江倒海的怒气已经被压下去大半，只是声音还是很冷。

张墨阳点头，他也觉得婚姻不是儿戏，这时候去找个临时新娘，会让唐小爱处于最尴尬的位置。

“那现在怎么办？ 没有新娘子……”

“有什么难办的？”钟御卿突然开口，打断了身边的争执声，“对嘉宾实话实说。”

实话实说？

唐小爱在飞机上。 她像个流亡者，更像是被追捕的逃犯，忐忑不安地四处逃亡，每一根神经都绷得紧紧的，生怕某个人会突然出现在她的面前，将她就地正法。 这一次，她不只是给自己带来了麻烦，更让家人也陷入麻烦里。

钟御卿应该不会对她的父母太过分，因为那只狐狸最会伪装，不会轻易露出恶魔的一面。

“不要担心家人，钟御卿虽然十恶不赦，但他不会对老人下手，最多只是公报私仇，欺负欺负你弟弟而已。”秦峻宁这时候落井下石。

唐小爱的脸色变得煞白，她就是在担心弟弟的未来。

“别怕，现在你是我的艺人，我自然也会帮唐文正。”秦峻宁一天之间，精神焕发得跟昨天判若两人。 虽然还是胡子拉碴，虽然还是颓废的长发，但是他的眼睛重新有了活力和斗志。

“我能逃得了多久？”唐小爱没心思和他开玩笑，她现在的心情就像是飞机失事时的心情，充满了绝望和颤抖。

“你想要逃多久？”秦峻宁脸上那抹玩世不恭的笑意突然消失了，换成了少见的认真和凝肃。

“永远。”唐小爱不知道永远到底有多远，只想这辈子都不要再遇到钟御卿。

“我了解钟御卿，他对女人不会长久。”秦峻宁看着飞机外那轮又大又清冷的月亮，已经快到中秋节，还有些残缺的月分外亮。

“我只知道，他不会容忍别人给他添乱。”唐小爱现在越来越后怕，她当时走得那么坚决，如今冷静下来仔细想想，没有新娘的婚礼，钟御卿一定羞怒万分。

那么多名流富商，还有一些媒体上的朋友，到时候传出去，钟御卿的脸面何在?

“你现在很害怕？”秦峻宁看着唐小爱深藏恐惧的眼神，钟御卿可真是个坏男人，在她心里种下了那么深的魔障。

唐小爱闭上眼睛，她是害怕，害怕无所不在的钟御卿马上就出现在她面前，将她押回“刑场”。

“那现在就回去，还来得及。”秦峻宁几秒后，声音才浮在空中，像是遇到气流般带着一丝不平：“才八点多而已，临时飞回去，赶到婚礼现场也不过十点，正好是最热闹的时候，新娘子突然出现……要不要回去？”

他的声音有些发紧，和之前春风得意的模样完全相反。秦峻宁恨自己要问出这种话来，可他又期望唐小爱能说“不”。就像之前想签她为艺人，秦峻宁总是要试探，正是因为某种不自信。像他这种要风得风要雨得雨的男人，不该有任何不自信才对。

可是秦峻宁对唐小爱，就是不自信。有时候，他宁愿用恶魔的一面，来掩盖他的那些不踏实——怕失去的不踏实。

再往深处想想，也许秦峻宁在唐小爱面前会有某种不自信，是因为他和钟御卿之间，有着一种只有两个人才知道的微妙关系——秦峻宁一直都是高高在上的太子爷，和钟御卿在一起互相帮扶那么多年，有一天钟御卿从穷小子，翻身成为商界的领军人物，而他呢，因为太贪玩和懒得规划未来，越来越沦落，发展到让钟御卿来救济自己……

曾经，他身边来来往往的女人，都是凤凰孔雀，而现在，凤凰孔雀更青睐当初身无分文的穷小子……

秦峻宁不得不反省自己的能力。要逼迫一个极度自信自负的人去承认最亲密的朋友更强大，显然是一种自尊上的压力。所以，从某些方面来说，他们是朋友，更是亲密的敌人。

秦峻宁一直都期望，能够在唐小爱身上赢回一局。如今的转机，不知道是命运给他的机会，还是另一种考验。

“对不起。”唐小爱表情又黯然下去，她真的对不起埃斯克罗的“培育”，虽然是利益关系，可秦峻宁待她不薄：“是不是我回剧组，编剧又要重新写剧本？”

唐小爱真怕自己会被编剧暗杀掉，她这一走一回，得动多少人力啊？

“嗯，直接拍第二部，第一部你露个脸就行了。”秦峻宁毫无压力地说道。

“你真是……奸商。”唐小爱立刻明白了他的意思，第一部她就跑了个龙套，大肆宣传一下，为第二部做准备，然后在电影院门口等着大丰收……

“过奖了。”秦峻宁看了眼她的脸色，“睡一会吧，从明天开始你就没有休息的时间了。”

“我不困。”唐小爱怎么可能睡着，她可能提心吊胆一直失眠下去。

“唐小爱，如果前面是地狱，也有我陪着你。”秦峻宁突然握住她冰冷的手，低低说道，“所以，不用害怕，我和你一起。”

唐小爱眼神有些复杂地看着他的手，这只手很温暖，贴近心的地方暖暖的。

“秦峻宁，说说当初吧。”唐小爱坐在车里，已经下了飞机，但是片场离机场有四五个小时的时间，她现在依旧没有一丝困意。

“什么当初？”秦峻宁反问。

“当初选择我的真正原因。”唐小爱对那些事只是模糊地猜测，虽然钟御卿没有否认，但她更想知道过程。她和钟御卿不同，一个只要结果的人，和一个在乎过程的人，很难相处融洽。

“是迅翎的女魔头告诉你的吧？”秦峻宁像是知道江馨月和唐小爱

透露过信息。

“我总是想不通，为什么他要让我进娱乐圈，又在我刚刚被包装好时收回去……感觉自己就像他的产品。”唐小爱苦笑，男人的心思，女人也无法明白。

“有一种人，属于他的东西，无论是好的还是坏的，他总是不喜欢别人分享，宁可放在永远看不到的角落闲置，或者烧毁，也不愿给其他人。”秦峻宁点燃一支烟，他最近抽烟比较多，指间都有些发黄。

“但是，钟御卿从不会将女人归纳到属于东西的范围内。”深吸了口烟，秦峻宁淡淡说道，“他是个太聪明的人，知道成人世界的各种规则，女人只会给他带来麻烦，所以就算是肉体关系，他都要处理得干干净净。”

“我不知道你们最初是怎样开始，他把你的资料给我时，还没有将你当成他的猎物和所有品。”秦峻宁当时试探过，钟御卿对唐小爱的态度很冷漠，就像是随手丢掉的手帕，别人愿意用这块手帕当抹布就当抹布，愿意在上面刺绣就刺绣，他不管。

“只是把你丢给我，让我打造，给你一份有前途的事业。”秦峻宁回想当初，唐小爱的青涩和稚嫩，还有那份对男人的警惕，忍不住笑了，“那时候你真是块普通的石头，穿着过时的衣服，不会打理自己，又很文静，没有话题可造……我真不想要你。”

“不过朋友所托，我没法拒绝他。”秦峻宁那时候还常常刷钟御卿的卡，来填补自己的亏损，“所以，我就想办法签了你。”

“当然，我怕钟御卿到时候反悔食言，在我把你打造红了之后，又将你要回去，所以逼着你签了份不平等条约。”秦峻宁毫不隐瞒自己做过的恶劣事情，“可他最后还是把你抢走了……”

“那我这次是不是又给你添麻烦了？”唐小爱紧张点和关心点显然和秦峻宁不同，她现在只怕自己又让秦峻宁陷入麻烦。

“反正已经很麻烦了，再麻烦点也无所谓。”秦峻宁笑了起来，掐灭烟头，从怀里掏出不停震动的手机。

绿嘉国际，宾客尽欢，虽然没有新娘的婚礼还是第一遭，也有很多遗憾，但是绿嘉国际还是从另一面弥补了这种缺憾。

当所有人被灌得晕乎乎的，绿嘉国际的高层就派上了用场。到了最后，婚礼似乎变成了盛大的商业聚会，宾主间把酒言欢，谈的更多的是生意上的往来。

难得这么多富商巨贾同聚一堂，绿嘉国际岂能浪费这样的好机会？

钟御卿站在空无一人的大阳台上，对着清冷的月色，静静等待着。

“让她接电话。”听到那边接通的声音，他淡淡说道。

“有什么事和我说就行了。”秦峻宁原本不想接电话，可想想迟早要面对他，不如早点有个了断。

唐小爱已经知道是谁打过来的电话，她整个人都变成了防御姿态，仿佛是一只遇到敌人的刺猬。

“我要和她说话。”钟御卿的语气很清淡，却充满着不可违抗的力量。

“钟御卿，你……”秦峻宁的话还没说完，手机就被唐小爱攥住。

“你干嘛？”秦峻宁看着唐小爱紧张复杂的神色。

“我……我和他说。”唐小爱的声音都变得紧绷干涩，她将手机硬生生拿过来，轻轻贴到耳边。

钟御卿拿着手机，靠在栏杆上，听着那边沉默的声音，也沉默不语。他还穿着白色的新郎装，一袭白色西装在月光下反射着朦胧的乳白色光影，让他整个人变得柔和很多。只是那双眼，深寒得让人心生颤抖。

唐小爱觉得自己的心跳加速，血液不安地涌动着，那边沉默的时间越久，她就越觉得窒息。

“什么时候回来办理手续？”许久，钟御卿的声音冷冽地响起。

“明天就让律师去办理。”唐小爱感觉他想骗自己回去，然后再囚禁起来。

那边又沉默下来，令人喘不过气的压迫，从手机里都能感觉到。钟御卿扶着栏杆的手指，指节发青，他不过是在试探，没想到她这么迫不及待。

唐小爱心脏乱跳等待着那边的回答，她希望钟御卿说“好”。但是没有，那边沉默了好久，突然通话中断。

钟御卿攥着手机，力道大得要将手机捏碎。

“钟总，一个人赏月呀。”妩媚的声音从钟御卿身后传来，钟御卿转过头，已经敛去了神色中的冰寒，带着一丝浅淡的笑意，丝毫看不出他的心里在发怒。

“这不是有你陪着？”钟御卿盯着江馨月，眼神像是带着倒钩，把珠光宝气的女人魂儿勾得七零八落。

“这么重要的日子，有我陪着有什么用？得新娘子陪着才行。”江馨月挑起眉，凑到钟御卿面前，笑着贴近他，“不然洞房多冷清。”

“洞房也可以找人陪着。”钟御卿一直含着笑，看了眼她低低的衣领，那眼神像是手指，可以直接抚摸到女人的肌肤。

“钟总真是不拘一格。”江馨月笑得越发妩媚，一贯强势的表情说不出的娇媚。

“请。”钟御卿浅淡的笑意变得意味不明起来，笑着说道。

唐小爱心情复杂地坐在车里，那边一言不发地挂断了她的电话，让她有种很不好的感觉……山雨欲来风满楼的感觉。

“同意离婚了？”秦峻宁也有不妙的感觉，钟御卿不可能轻易放过唐小爱。十多年的交情了，从少年时期一起生活学习，当然清楚他是什么性子的人。

“不去想了，他愿意怎样就怎样吧。”唐小爱沉默了片刻，勉强按下心中的不安，不想让秦峻宁跟着她一起担心。

开弓没有回头箭，她现在已经是离弦的箭，无论前方是什么，都只能一直飞下去。

“草原的夜色很漂亮。”秦峻宁也适时的转移话题，打开窗户，草原的夜很冷，带着露水的味道。

“嗯，星空也灿烂。”唐小爱看着那轮不甚圆满的月，周围的星星都很亮。

“剧组的人要是看到你，一定都不敢相信。”秦峻宁笑了起来，说道，“小昭他们很想你。”

“我也很想他们。”

有一搭没一搭的话，渐渐趋于安静，唐小爱低着头，靠在车窗的那边，越来越浓的夜，她终于撑不住睡了过去。

秦峻宁又想到他第一次带着她去撒哈拉沙漠看星星，半夜她困得靠着自己的肩安静地睡过去。那样娇憨纯纯的睡颜，一直定格在他的脑海中。

而今，唐小爱睡着了，都充满着不安和焦虑，让他不知道应该怎么把她送到从前。

最初的地方，永远是最美的。钟御卿说得不错，无论一个人从弱变强，还是从强变弱，他们永远都不是时光的对手，对过去总会有种莫名的感情。

唐小爱再次站到摄影机前，就仿佛看见了自己的过去。在镜头前水光掠影的那些日子，如同是一场梦。而这些冰冷的机器，那么真实地记载了这些梦的痕迹。

虽然身边的那些人还一样，可她依旧觉得有种物是人非，找不到过去的感觉。

“小爱，有人探班。”突然，M姐走过来，对唐小爱说道。

探班？唐小爱顿时浑身紧张起来，眼前甚至一阵发黑。

“你弟弟还真厉害，竟然一个人能找到这里来。”M姐没有看出唐小爱的异常，她正忙着看拍好的录像带道。

弟弟？ 唐小爱像是缺氧的人，被丢进了氧气瓶里，立刻又活过来了。 要是钟御卿，M姐和秦峻宁怎么可能还那么淡定？

“姐，你怎么又在拍戏了？”唐文正一看见姐姐，就立刻开门见山地问道，“不是退出娱乐圈了吗？ 结婚那天到底怎么回事，妈妈差点就被气死，快点跟我回去……”

唐小爱没有想到弟弟一见面就说这些话，还要把她带走。

“文正，你先放手。”唐小爱被他拽到一辆租来的越野车边，皱起眉头，她现在还穿着戏服，裙子绊住了脚，没法快走。

“姐，我是代表全家人来接你回去。”唐文正把她拉到车边，认真地看着唐小爱，“知不知道那天有多尴尬？ 家长们都在，你却跑了……还好姐夫处变不惊，公公婆婆也够大度，否则，爸妈都不知道该怎么办才好……妈妈到现在还在医院，老毛病又犯了……”

“妈妈在医院？”唐小爱没想到会这样，虽然她想过家人的处境会非常尴尬，但是她无法将长长的下半生交给那样的男人。

“而且还无法联系到你，就算走了，也要通知一声家人吧？”唐文正倒像个男子汉了，他将手机递给唐小爱，“妈妈让我见到你，立刻和她通话。”

唐小爱一直没有想过钟御卿会用这样的手段，利用她的家人，不动声色地逼迫她，让她乖乖回去。 她直到和妈妈通话，也不曾联想到钟御卿会用这样的方法。

“妈？ 你怎么样？”唐小爱此刻只紧张妈妈的病情。

“姐……妈妈这次要动个大手术，有一笔巨大的手术费。 是姐夫出钱出力，但是妈妈一直不肯做，要等你回去……她不愿让你欠下情债。”唐文正很小心地用着词，“她希望你能回去，是想和你好好谈这场婚姻。 如果你真的不喜欢姐夫，或者你们之间有什么无法弥补的伤痕……她不会做这个手术，让你欠姐夫的情。”

“我已经让人订好了票，陪你一去回去。”秦峻宁的声音突然传了过来，显然，他听到了姐弟俩的对话。

“伯母的医药费，我会帮你出。”秦峻宁伸手轻轻搭上唐小爱的肩膀，“你不必担心欠下我的情，我会从你身上扣回来……所以，不喜欢……就不要再勉强自己。”

唐文正握住姐姐冰凉的手，妈妈是被气得进了医院，旧病复发，需要手术是因为检查出身体里潜藏的病症。

唐文正看了秦峻宁一眼，心里有些排斥他。他和姐夫虽然接触不多，但从钟御卿那里学到的东西可不少，他的那个网络平台，虽然钟御卿没有提过，但是唐文正心里雪亮，除了钟御卿，没有人会那样无限制地支持他的事业。低调又完美，这是唐文正给钟御卿的定义。

他只认这一个姐夫，这辈子也就这一个姐夫，没有变数。所以，他对秦峻宁会有小小的敌意。

“老板，我会和你电话联系。”唐小爱走到秦峻宁面前，歉疚地说道，“这次又给你添麻烦了，对不起。”

秦峻宁轻轻皱起眉，她总是那么客气有礼，让他感觉到一种隐约的距离。似乎总是无法真正贴近，无论他对她有多好，她都觉得那是一种恩情，而不是感情。

“你还欠我很多，不要到时候回不来……又放我鸽子。”秦峻宁伸手将她发梢的枯草拂去，草原的风，总是吹得人心中杂草丛生。

“不会。”唐小爱挤出一丝微笑，“只要妈妈没事了，我就立刻回剧组，和你们一起……奋斗。”

秦峻宁无声地伸出手，攥住她的手，放在左胸口用力压了压。这是剧组里面最近“流行”的加油鼓励，虽然唐小爱不明白为什么每天他们经常研究这种东西，但她感觉到了秦峻宁心脏的搏动，很有力的搏动。

“再见。”唐小爱不喜欢这种每天换来换去的“流行”，她最多只是握手和拥抱。轻轻抱了抱秦峻宁，又抱了抱小昭和M姐，唐小爱挥挥手，转身和弟弟离开。

有的时候，“再见”是永远不再相见。唐小爱希望自己不要碰到这样的再见。

唐小爱担忧牵挂妈妈的身体，唐家的新女婿，显然关心的是另一件事。

钟御卿作为女婿，似乎无可挑剔。尽管他非常忙，依旧陪在唐妈妈身边，专心细致照顾老人，送饭端水，几乎都是亲自来，在唐妈妈精神好一点时，会说一些趣事逗她开心，陪她出去晒晒太阳……

晚上八点多，唐文正发了条短信过来：“姐夫，我们回来了。”

唐文正发短信的原因，是想让钟御卿准备一下，他也是个传统的男人，对姐姐和姐夫之间的事持传统观念——无论什么矛盾，都是家庭内部矛盾，不能上升到离婚地步。

而唐小爱一心挂念着妈妈，虽然脑中偶尔会闪过钟御卿的影子，但相比妈妈的身体，她的个人问题变得渺小起来。

“妈妈在绿嘉国际？”唐小爱看见来接机的人，才突然想到这个问题。接机的是钟御卿的司机——蓝逸。

“绿嘉国际里有最好的医生，最好的环境，我们还方便照顾，这不好吗？”唐文正反问。

唐小爱沉默下来，在这种事情上，没必要和弟弟争论，只要妈妈能够得到最好的治疗，绿嘉国际也好，其他医院也好，都是一样的。

“姐，那天到底为什么走？”这句话，在飞机上唐文正就问过很多次，只是唐小爱没有回答。

“我会和妈妈解释的。”唐小爱不愿意和弟弟多说，因为在她心里，弟弟始终是小孩子，而且又是男孩，不会理解这些事情。

唐小爱没想到自己这么快就回来了，她推开病房的门，看见妈妈躺在床上，似乎等她很久了。

钟御卿不在。

“要是我没病，你这辈子都不准备回来了吧？”唐妈妈倒是开门见山，看见唐小爱推开门，淡淡地说道：“文正，你出去，我有话要和你姐姐单独说。”

唐小爱立刻走到床边，扶着妈妈，将枕头放得舒适点。

“现在的孩子们，心思实在太复杂了，简简单单的事情，也会被他们弄得一团糟。”唐妈妈坐起来，靠在枕头上，看向唐小爱，“丫头，你说是不是？”

唐小爱无言地点点头。

“知道你爸爸以前那么多恶习，我为什么还坚持和他一起生活吗？”唐妈妈握着唐小爱的手，再次问道。

“妈，你的病……”

“妈妈的病，在心里。”唐妈妈的手很粗糙，是长期劳动留下的老茧，与唐小爱细嫩的双手，形成鲜明的对比，“身体得了病，有药物可以治疗，可是心里得了病，就没药可治了。”

“妈妈，你的身体……”

“小爱，先回答妈妈的问题。”唐妈妈的文化并不高，她说的也都是大白话，话糙理不糙，“为什么我忍受了那么久，也没和爸离婚？”

“因为……感情，还有我和弟弟……”唐小爱不想提到过去。

“我和你爸其实是包办婚姻，一开始，哪有什么感情？”唐妈妈紧紧攥着唐小爱的手，“结婚前，也就只见了几次面，没有什么花前月下，也没有山盟海誓，结婚后，才慢慢有了感情，然后又有了你，有了文正，你爸爸虽然喜欢上赌博，可……日子不只是看和谁过，更重要的是看怎么过。你们这群年轻孩子，头脑一个比一个聪明，知道怎么去享受物质世界，却不知道去抓住幸福。说说吧，那天为什么跑了？”唐妈妈见女儿又露出烦恼的表情，只好停止唠叨，切入正题。

“过不下去了。”唐小爱用唐妈妈刚才说的话来回答，“日子……跟他过不下去。”

“为什么？”唐妈妈继续问道。

“因为……没有感情。”唐小爱咬咬唇。

“告诉妈妈，你的心里喜欢他吗？”唐妈妈柔声问道。

“一直在努力。”唐小爱将脸埋进柔软的被子里，半晌才说道。

“结果呢？”

“很不满意。”唐小爱老老实实回答，其实准确地说，是失望透顶。

“不想再给双方一次机会？”

“如果觉得和他还有可能，我就不会在那天走了。”唐小爱抬起身，看向妈妈。

“既然这样……明天早上一起回去吧。”唐妈妈轻轻抚摸着女儿的长发，“我已经老了，你和文正的幸福，比我的命要重要。”

“妈，我不会让你有事的，放心吧，不会有事。”唐小爱抱住妈妈的脖子，这世界上，最好的永远都是自己母亲，无论贫穷和富贵，母爱一样的伟大。

“那你和小卿……要不要再聊聊？”唐妈妈拍拍女儿的背，钟御卿这几天的表现，她看在眼里，他的表现如果不是伪装出来的，还真是无可挑剔。

唐小爱不想再见到钟御卿，她坐在病床边和妈妈聊着生活和感情，直到夜深，妈妈睡着了，她才起身，轻手轻脚走出病房。刚打开门，就看见唐文正靠在墙边。

唐文正已经等她两三个小时，现在快到午夜，他还没离开，看来还是有话想对她说。

唐小爱在医生的值班室里看着病历。她看不懂那些冗长而专业的词，还好今天值班的医生是海鱼鱼。

请教了好多关于母亲病情的知识，当唐小爱知道手术费虽然高昂，但成功率也很高时，终于稍稍松了口气。

“小爱，你准备带伯母出去治疗？”谈话的最后，海鱼鱼状似无意地问道。

“嗯，我带妈妈出国去做手术，你不是说美国的 S. V 医院这个手术已经很成熟了吗？”唐小爱点点头。

“老板已经将这领域里最顶尖的医生请过来了，准备明天下午就开始做手术。”海鱼鱼找出一份资料，递到唐小爱面前，“为什么一定要让伯母去其他地方呢？ 绿嘉国际会给伯母最好的医疗环境。 而且，老板和你是一家人，他可以帮你更好处理好这件事，应该没有什么事比伯母的健康更重要吧？”

“是没有任何事比妈妈的生命更重要，但是……”唐小爱看着那份关于这份手术的资料单，抿了抿唇继续说道，“鱼鱼，我和他……还不是一家人。”

“不是一家人？”蓦然，阴沉沉的声音在门口响起。

听到这声音，海鱼鱼心里一惊，当然，唐小爱更是受惊般立刻站起身，看向门口：钟御卿。

他不知道什么时候来到值班室的门口，穿着黑色的衬衣和黑色的西裤，袖子挽到了肘部，露出线条清晰有力的线条来。

黑色让他变得很有压迫感，尤其是那双墨黑的双眸，让人喘不过气来。

唐小爱虽然从剧组回来时，匆忙换掉了戏服，可她的发型转妆容还在，带着端丽古秀温婉的古典美人气质，与充满胁迫和性感的现代男人似乎格格不入。

“啊！ 我还要去看看那些小护士们有没有记得给病人量体温……我去监督监督。”海鱼鱼赶紧开溜，将剩下的空间交给这两个人。

唐小爱觉得孤立无援。 她想到妈妈对她说的那些话：想要婚姻里那些带着幸福含义的东西，就得好好经营。感情和金钱一样，是人这一生永远无法离开的东西，但是，它比金钱更难得到。

“妈妈的情况，还有什么不了解的，可以问我。”出乎意料，钟御卿对临阵逃婚的唐小爱没有采取任何行动，居然还很“友好”地说道。

“手术的事，还想和你确定。”唐小爱用力让自己镇定，所以她开口时，语速很慢。

“文正已经签了字，手术明天下午两点进行。”钟御卿刚看到她时，真想把她撕了，可真见她站在面前，又硬生忍住了怒气，真要掐死她，还是有些舍不得。

“费用的事，也想和你谈谈。”唐小爱在克制着自己的声音不要发颤，不要打飘，“我会自己承担……”

“医疗费明细单，明天手术前，我会让秘书拿给你。”钟御卿发现自己太容易被她挑起怒火来，原本压抑的心情在心底冲荡着，随时可能爆发。

“谢谢。”唐小爱沉默了片刻，看向阴沉沉不说话的钟御卿，“上次电话里说的事，你看什么时候有时间……”

“电话里说的什么事？”钟御卿一直平稳的声音里已经暗流涌动，他走进值班室，一双阴鸷的双眸紧紧盯着唐小爱。

“手续。”唐小爱又开始喘不过气来，她困难地扭过脸，看着值班室一侧的单人休息床，“什么时候去办理？”

“谁同意了？”钟御卿低下头，声音里露出一丝戾气，他的手指也有些失控地掐进她的腰里。

“你那天不是在电话里面说……你做什么？”唐小爱没想到他如此善变，明明问她什么时候办手续，现在仿佛根本没给她打过那通电话。

她的话没说完，身子一轻，就被扔到了那张休息床上。

“你不要碰我！”唐小爱自从知道他是那晚的男人，他又不愿意解释任何之前的事情，她就总觉得两人之间的关系很肮脏，有种被套住被欺骗的痛苦感觉。

尤其是沈墨，她总觉得是因为自己，才让沈墨幸福的高干家庭一夜沦落。这些都拜钟御卿所赐。

“钟御卿，我不是你的玩具，要么，把我当成你的妻子，要么，把我当成一个人……”唐小爱厌恶地想把他推开，她早就想对他说“NO”，对他说，不要无爱的性，不要无爱的婚姻！

对唐小爱来说，她人生中最大的转折点，不是那一夜，也不是步入娱乐圈，而是——婚礼上的反抗。唐小爱要争取自己的幸福，那种完全透明的，没有任何杂质的幸福。

“妻子？你还知道什么是妻子？婚礼当天跑了……现在回来口气可真大，医疗费独自承担是吧？秦峻宁要是破产了，你就是去卖身，也卖不到那个价吧？”钟御卿将她翻过身，他气急了，气到控制不住怒火。

“现在翅膀硬了，就给我乱扑腾，你嫁给了我，除了秦峻宁那二愣子，你以为还有人敢收留你？你那么想走，好，明天手术结束，你给我走，我看你能走到什么地方！”

钟御卿其实对她的行踪了若指掌，唐文正能找到姐姐，也是钟御卿给的线路。

“够了……”唐小爱收紧手指，再也受不了他的控诉，“你……你不但精神虐待我，还身体摧残……”

钟御卿原本火大得想把她丢进油锅里，但不知为什么，听到她这句指控，突然满腔的怒火被啼笑皆非的情绪代替，他还从没听过唐小爱这样的控诉。

“精神虐待？”钟御卿又一巴掌打在她的臀部上，只是力道变轻了很多，“我什么时候精神虐待过你？抱歉，我的记性不好，麻烦你一一指出来。”

钟御卿按住试图挣扎逃跑的唐小爱，他就像经验十足的老猫玩弄一只小老鼠，不费吹灰之力便将她控制死死的。

“你从一开始就骗我……你把我扔到娱乐圈里……”太多太多，唐小爱一时间想不到那么多，“你不准我有自己的生活，不准我有任何朋友，你在精神上囚禁别人的灵魂……”

“唐小爱，我要是想虐待你，不用亲自动手，你就会哭着来求我……”钟御卿抓揉着她的臀部，那种手感，让他的心渐渐涌起了一种渴望。

“是，你随便就能让我下地狱，所以这样被胁迫的婚姻，不平等的关系，我不要。”唐小爱咬紧牙。

“唐小爱，要不是妈妈明天手术，我今晚绝对不会轻饶了你。”钟御卿听到她说“不要”，眼神又变得可怕起来，他这次已经非常大度。

唐小爱在气喘吁吁的挣扎中，听到他这句话，微微一愣。她已经注意到，钟御卿喊过几次“妈妈”，非常熟练自然的口吻，没有任何疏离感，仿佛她妈妈，是钟御卿的亲妈。而且他似乎真的在照顾妈妈的情绪，难怪弟弟和妈妈都希望她能够再考虑一下。

将唐小爱从可怜单薄的单人床上扯起来，钟御卿粗鲁地将她长发随便抓到颈后，看到她脸上的妆还没花，那双有些疲惫的双眸透着明澈的星芒——她似乎和自己“撕破脸”后，就再也不愿意隐忍下去，从眼神到说话，都是直白的，毫不掩饰自己的厌恶。

第八章

唐小爱又回到了剧组。她是悄悄走的，只是对病床上的妈妈说，拍摄完手头的广告，就会回来看她。

剧组的人，似乎都没料到她会回来这么快。

唐小爱是太愧疚，她当初扔下剧组离开了，弃公司和合同不顾，现在妈妈手术成功，她不敢再耽误剧组的时间，所以回来之后，比以前更刻苦。她刻苦的原因，不止是偿还沉重的人情债，还有为她与钟御卿商议达成的两个月的期限做艰苦的努力。

虽然对一个已经一夜成名的艺人来说，两个月的时间有经典的代表作，几乎不可能。

“小爱，这个镜头结束后，可以休息了。”秦峻宁也发现唐小爱回来之后，变得更加上进，以前唐小爱只是完全服从公司安排，现在她不仅服从公司安排，还在拍戏期间，主动问起专辑和采访这类的事情。

最令秦峻宁觉得奇怪的是，钟御卿对唐小爱的态度越来越不明晰。秦峻宁也算了解钟御卿，知道他绝不会忍下唐小爱婚礼逃跑的事，可这次从唐妈妈手术到现在，一切都顺利得不可思议……

“老板，晚上的通告还来得及吗？”唐小爱脱去厚重的戏服外套，内里的薄衫已经被汗水浸得贴在身上。

“十点才开始录影，飞机只要不晚点就来得及。”现在的片场在柔美的水乡，交通不像北方那样麻烦，倒是秦峻宁反而不忍心太压榨员工，“小爱，你最近太拼命了吧？”

“你不是说沉寂一个多月，想赶上以前的成绩要多努力吗？”唐小爱接过小昭递过来的热毛巾，撩起长发，擦了擦后颈的汗，大夏天拍古装戏，果然会闷死人。

“有小昭给你安排一下曝光率就行了，上节目太费精力，等电影杀青后，有你想跑都跑不完的通告。”

“老板，按照这个拍摄速度，一个月后确定能杀青？”唐小爱不确定地问道。

“其他的戏份有 M 姐负责赶进度，你的几场重头戏只要结束，剩下的戏份不用半个月就搞定了，不过后期制作也许要久一点，预期在十一黄金周上映。”秦峻宁最近对唐小爱的态度可温柔了，不过只限于拍戏结束后。

拍戏的时候，他依旧是专横的老大强，一个镜头 NG 太久，他就会开始发飙。

“重头戏……”唐小爱真的很怕重头戏，因为她实在不喜欢武戏，只拍了一场，就差点摔断胳膊。

“小爱，这个给你。”秦峻宁从衣服兜里掏出手机来，递到唐小爱面前，低低说道，“要是想家人，可以直接打电话，不用再申请。”

“你这么放心我了？”唐小爱接过手机，她以前接打电话，都要通过身边的助理，没有任何自由。

“看得紧有什么用，人的心，又不能用锁链拴住。”秦峻宁倒是经过这次打击看得透彻了，幸福泡沫中的肥皂，不是攥得越紧就越牢固。

唐小爱见秦峻宁眸光中似有温柔的水光，是不是没有经历过失去的人，永远不懂怎么去珍惜？

钟御卿辗转反侧，习惯了枕边有一个女人存在，在唐小爱离开自己十天后，他一忍再忍，还是忍不住想反悔，将她抓回来。

揉了揉浓密的黑发，钟御卿怎么也睡不着，索性起来将电视打开，现在已经是深夜一点多，某个电视台在重播白天的综艺节目。

虽然钟御卿清楚唐小爱现在的情况，可无法见到她的真人，总觉得远远不够。前两天，听说她拍摄武戏的时候，威亚出了点问题，差点摔断了胳膊，然后媒体又报道，她和刘进的戏份也开始了，一个根本不擅长武戏的女人碰到刘进，无疑是小白兔被大灰狼逮住了。

真不明白，为什么放着好好的豪门太太不做，偏要去自讨苦吃！

他就算囚禁的意味多一点，也好过让她每天受皮肉伤吧？钟御卿的遥控器定格在某个电视台上，正在播放采访唐小爱的节目。从电视里看见老婆，那种说不清的感觉又涌上了心头。既不愿让那么多男人看见她的美，可又觉得自己很骄傲，让别人为之神魂颠倒的女人，做了自己的媳妇。

钟御卿的喉咙更紧了起来，伸手摸到电话，拨了一串号码过去。

那边响起了接通的声音，没一会，带着一丝睡意的娇憨声音低低传了过来："喂？"

唐小爱几天没合眼了，难得今天能睡个子时觉，睡得正香，枕头边的手机响了起来。

她没力气掀开眼皮，摸起来就接了。现在给她打电话的，只有三个人——妈妈、文正、助理小昭。

钟御卿盯着电视里在后台拍摄的画面，唐小爱换上了一套有史以来最性感的衣服，在摄影师的要求下正在摆拍。

黑色的烟熏妆，黑色的低胸上衣，黑色的吊带袜，黑色的超高跟鞋，手里拿着黑色的皮鞭……她完全是黑暗女王的化身，和现在清纯形象大相径庭，那股女王气场呼之欲出。

"喂？"唐小爱又迷迷糊糊的喊了一声，那边没有人说话，她扔掉手机，几乎立刻陷入梦乡。

钟御卿盯着电视上的风情的唐小爱，再次拨通电话，依旧不开口。

唐小爱再次扔掉手机，她困极了，觉得或许在做梦……

钟御卿听到那边挂断的声音，咬了咬牙，第三次拨通她的电话。电视机里，性感诱惑的红唇，若隐若现的乳沟，纤细的腰肢，修长的双腿……唐小爱的性感照被放大在荧幕上，烈焰红唇，眼神魅惑，完全是女王的强大气场。

“喂？！”唐小爱第三次接电话，口吻变得不耐烦起来，如果刚才那两次接电话不是做梦的话，她真想立刻关机。

因为担心妈妈的病情，唐小爱在工作时，会让助理拿着手机，睡觉时也不关机，怕那边打电话过来自己没有接到。唐小爱微微眯起双眸，扫了眼见鬼的催命电话。

这一看，她的睡意全消失了。她没有存入钟御卿的电话号码，但是那串数字，却早就刻在了心里。来电显示的号码，正是钟御卿的。

“有什么事？”唐小爱原本困意十足的声音，刹那间清醒过来，低低问道。

首先浮在她心里的念头，是妈妈的病。会不会妈妈病情恶化？

钟御卿看着电视里的唐小爱，依旧沉默，有些话原来真的很难说出口。

“是不是……妈妈出事了？”唐小爱的声音微微发颤，她一骨碌坐起身，紧张地揪起了心。

“钟御卿，你说话！”听不到那边的回话，唐小爱决定挂断，给弟弟打电话。

“妈妈没事，我有点事。”钟御卿的声音，这时候才慢条斯理地传过来。

看不见他的表情，只听他从容不迫的声音，就让唐小爱感到……十分恼火。

“那我能帮到你什么？”唐小爱忍住怒气，他现在还是自己法律意义上的丈夫，加上这段时间妈妈一直在绿嘉国际“蒙受”他照顾，所以唐小爱只能按捺下怒火，尽量平静地问道。

“虽然我们约定两个月的时间不干涉对方自由，但是夫妻间的事，总不能也暂停下来。”钟御卿在电话里语调很淡定。

唐小爱无语，她完全不知道该怎么应付他。几秒钟后，她干脆直接挂断电话，然后关机。

关了机，可唐小爱再也睡不着，虽然已经不准备和他过下去，但只要那张结婚证在，唐小爱就觉得不安。正在翻来覆去回忆着曾经点点滴滴，她的房门被敲了敲，小昭略带睡意的声音传了进来：“小爱？钟先生说伯母想和你通话……”

小昭的手机根本不能关机，因为要随时处理突发的事情，她大半夜接到钟御卿的电话，听到是和唐妈妈有关，立刻爬起来找唐小爱。

“钟御卿，你不要骚扰我的助理，他们都很累，没你那么闲……”唐小爱开了机，咬牙切齿地说道。

“唔，谁让你关机？只好给你助理打电话，请她代为传话。”钟御卿没想到她刚才竟然敢挂断自己的电话，放出去的小马驹会变成野马，想套住很麻烦。

好在他对套女人，一向有自己的一套办法，虽然这套办法对唐小爱无效，也并不妨碍钟御卿是个御女高手。

“我现在在剧组，你的事麻烦你自己解决。”唐小爱一肚子的怨气，她可是几天几夜赶着拍戏通告，没合过眼，加上武戏总是受伤，现在浑身疼得只想挺尸。唐小爱的话硬生生绕了个圈，硬邦邦的语气说道，“我很累，要是没其他事，我想睡了。”

刘进现在对“钟太太”的态度，也完全不同了。

钟御卿和唐小爱结婚领证的事，全世界都知道了，唐小爱现在不是普通的明星，万一闹大了，这可是对绿嘉国际的总裁夫人下手。

“小爱，刚才你要是这样，我会真把你踢飞……记得要借位，千万别出错了。”刘进比武术指导还要专业，正在对唐小爱耐心地做着准备动作。

他是老奸巨猾的聪明人，既然唐小爱已经是钟太太身份，也只有多加照顾，以后还能和绿嘉国际套套人情。

唐小爱所谓的重头戏，就是和刘进拍的这场武戏，她原本要养足精神，一天拍完这长达十分钟的精彩打戏，可昨晚半夜被钟御卿骚扰得根本没睡好，最后爬起来吃安眠药，才恍恍惚惚进入梦乡。

“记住了全部动作？”对刘进来说，唐小爱是个天赋很高的演员，因为记忆力好，模仿力也强，镜头感十足，又够努力，比起其他演员要有很多优势，可就是太文弱。

“都记住了。”唐小爱点点头，开始和刘进再过一次场。

秦峻宁在一边接电话，有资深的武术指导和 M 姐在，他要轻松很多。

“A、B 机准备。”挂断电话后，秦峻宁就准备开始拍摄。

唐小爱临上场前再次补妆，因为实在太热，一身厚重的戏服都快拧出水来，得不停擦汗。

和做钟太太相比，拍戏的确很苦，但是唐小爱宁愿在烈日下晒着，也不想被金丝笼囚着。

小昭始终很紧张，秦峻宁也是如此。

只要唐小爱拍摄有危险的武戏，几乎整个剧组的工作人员都要跟着提心吊胆。虽然给她全身上下都投了保，但剧组里没有人希望唐小爱受伤。不止是受伤会耽误进度，唐小爱是秦峻宁的头牌艺人，她出了事，所有人都得等着挨训。

也许就是因为太过细致紧张，在唐小爱从空中跌向地面时，保护气垫又没有及时放到位……

“咔！”秦峻宁一瞬间脸色灰白，气急败坏地站起身，冲向唐小爱的位置。

保护垫之所以叫保护垫，就是为了保护艺人的身体。唐小爱是擦着十公分的保护气垫边缘滚下去的，半边身子擦着青石板飞出去了三米远，当即眼前一黑，晕了过去。

虽然武戏中经常出现这种失误，对刘进来说，这样的突发情况已经遇到无数次，可以轻松应对，做好保护自己的措施。

但对经验不足的唐小爱来说，她每次受伤，都是货真价实不打折扣的伤，根本没法像武打替身那样身手灵敏就地滚两圈，缓解冲击力后再爬起来。

“先不要碰她。”刘进和武术指导也急忙跑过来，阻止助理的举动，生怕唐小爱摔断了骨头。

有经验的武术指导只要摸一摸唐小爱的肋骨，就知道情况严不严重。

“怎么样？”秦峻宁看着被摔晕过去的唐小爱，紧张地问道。

“还好，骨头没断。”刘进也跟着摸了摸唐小爱的胳膊，“可能震到了大脑，先别动她，让她醒过来再说。”

“骨头没断就是还好？”秦峻宁差点吐血，唐小爱是他的宝贝摇钱树啊，断了枝叶伤了根，他会让群人跟着陪葬的。

“医生过来了，秦总你别担心。”小昭已经通知剧组里面的医生，她也很紧张，刚才那一幕看着一眨眼工夫，描述起来平平常常，可在他们现场的人看来，差点心脏都吓得停止了。

唐小爱从两层楼高的地方直接翻下来，保护气垫就差半秒的时间……

“刚才是怎么回事？不是演练了两三遍了？为什么保护气垫没到位？你们是怎么给我弄出这样的意外？”秦峻宁不能碰唐小爱，一通怒火全发泄到工作人员身上。

“秦导，消消气，等医生看了再说。”M姐也急忙走上前，将那群脸色煞白的工作人员赶到一边去，免得碍手碍脚。

唐小爱原本就是埃斯克罗的摇钱树，就算她不是娱乐圈里的人，钟太太的身份也让那群工作人员担待不起。片场里面本来就意外很多，加上又是武戏，能毫发无损地拍完整场戏，那才是见鬼了。

场面一时间混乱不堪，远处，一辆黑色轿车飞驰而来，与宁静的水乡小镇格格不入，极具现代感的轿车冲破了古典气息的画面。

一辆车冲进剧组的封闭空间，一个身材修长的男人从容优雅地走下车。

看到那个男人，秦峻宁的脸色由铁青变得苍白，随即又转青，扭头对着忙做一团的工作人员大吼："说了不准任何人踏进这里，不准任何人探班，你们都在这里干嘛？"

真是屋漏偏逢连夜雨，这时候钟御卿来了，情况不是更糟？别说唐小爱受了伤，就算安然无恙，应付钟御卿都很吃力。

钟御卿并不知道自己来得这么"巧"，他昨晚一整夜都没睡，凌晨五点就让柳青玉给他安排好时间，上午就飞到这座小镇临近的城市，中午顺便见了几个合作伙伴，吃了顿商务餐就坐车过来了。原本他只是想等唐小爱拍完戏，和她算算昨晚的账，谁知她刚好跌伤……

这次，不是要和唐小爱算账，而是要与秦峻宁算算账了。所以秦峻宁才有种屋漏偏逢连夜雨的糟糕感觉。

唐小爱觉得自己睡了很长很长一觉，再睁开眼时脑门疼，半边身子也刺痛无比。她睁开眼睛，落日的余晖刚好从窗棂斜斜地射了进来，古色古香的大床上，铺着绫罗绸缎……乍一看，还以为自己穿越了。

"小爱，感觉怎么样，头晕吗？"小昭见唐小爱醒了，心中彻底放下一块大石头，医生说只要在六个小时内醒过来就没问题，要是超过八个小时没醒，就得直接送最好的医院检查脑神经。

这才三四个小时，唐小爱就醒过来了，看来真像经验老到的武术指导说的那样，只是皮外伤。

“还好，胳膊好疼……”唐小爱微微一动，她的头还好，只是有点犯恶心而已，可身上疼得不能动。

“只要头不晕就好，整个剧组都吓坏了，老板还在发火呢。你先别动，我让医生进来再检查一下。”小昭让唐小爱别乱动，立刻转身出去喊医生。

唐小爱看着漆着朱砂的大柱子，她跌到坚硬的青石板的刹那，并没有想到自己会受伤，只觉得一股锐痛传遍了全身，随即因为惯性的冲撞，后来的事她就不记得了。

外面的脚步匆匆传来，唐小爱转过眼神，看见的不是医生的脸，而是让她心跳骤然一停的英俊面容。钟御卿……他怎么会在这里？秦峻宁也随即出现在门口，古典的房间里，站着两个西装革履的男人，太有穿越感了。

“你可算醒了。”秦峻宁抢先一步冲到床边，挡在钟御卿的面前，“现在感觉怎么样？还认识我吧？”

医生说摔得严重的话，就会摔出失忆症来，秦峻宁倒宁愿她失忆，谁都不认识了最好，以后就只能跟着他，为他服务。

“嗯。”唐小爱如果知道医生这么说过，恐怕也希望自己像电视剧里的失忆女主角，干脆来一次失忆。

即便装作不认识钟御卿，也是一件好事啊！可惜她没来得及排演失忆的戏份，现在看见钟御卿空降过来，脑中更是乱糟糟的一片，不知道他过来想做什么。

“嗯什么？不认识我吗？”秦峻宁伸手去捏她，想把她催眠了，让她醒来后再也不认识钟御卿。

“别乱碰朋友的老婆。”钟御卿微微皱起眉，唐小爱现在是已婚少妇，不是当初那个单身女孩。

唐小爱听到钟御卿的话，下意识地微微侧过头，想避开秦峻宁的手。她不是故意在钟御卿面前避嫌，而是平时习惯了和男性保持距离。

“医生来了，能让他先为小爱检查一下吗？”小昭找来医生，看见床边站着的两个男人，心里不觉叫苦，她现在最怕这两个老板碰在一起，钟御卿总是喜欢不阴不阳不温不火地撩拨秦峻宁，而秦峻宁又是最受不了别人撩拨的火爆脾气，在一起真是天雷勾地火，非要闹得宇宙爆炸不可。

秦峻宁和钟御卿这会倒是很配合地站在一边，紧紧盯着医生动作。

这会最紧张的人，应该是医生和两个小护士。

“咝……”唐小爱被碰到伤口，不由倒吸了口冷气，吓得身经百战动过无数手术的医生也收回手，不敢再动。

“钟太太，很疼吗？”医生连称呼都改了，平时在剧组，大家都是喊“小爱”，现在钟御卿在一边站着，他们不觉都改了口，少了几分亲热，多了几丝恭敬。

“还能忍受。”唐小爱见医生都不敢有大动作，知道他们很紧张，“用力点，没事。”

钟御卿见她强忍着疼痛的模样，再次皱了皱眉，她的戏服，是他亲手脱掉的，右侧的半边身子和胳膊，被凹凸不平的青石板几乎蹭掉了一层皮，现在在血肉上换药当然疼。

“这里交给我，你们都出去。”钟御卿等医生给唐小爱打完针，说道。

“她是我的艺人，安危由我负责……”秦峻宁冷冰冰地开口。

“你的艺人我当然无权干涉，但她是我的妻子。”钟御卿打断秦峻宁的话，口吻也不客气，看来刚才他们就交涉得不好。

“进入剧组就要按公司的规则办事，我可没闲心去管艺人的家庭。”秦峻宁抱着胳膊，只要唐小爱没事，但他就是看不爽钟御卿的做事风格。

“这已经是第几次拍戏受伤了？ 你不觉得你们剧组的安全措施差得过分吗？”钟御卿早就心里冒火，唐小爱不是第一次出事，她之前拍青春剧时，就曾经被道具碰伤过，只不过那时候她还是不是他老婆，钟御卿眼不见心不疼。

现在不一样，想想他几个小时前赶到片场，看见一群人围着昏迷中的唐小爱，那种感觉就像是看见车祸现场，而出车祸的是他的家人。

“别对我的剧组指手画脚，你要是真把她当成妻子看待，她也不会出来卖命赚钱。”秦峻宁的这张嘴毫不客气，往钟御卿最介意的地方攻击。

果然，钟御卿沉默下来，空气中开始弥漫着让人不舒服的沉闷气氛。

钟御卿抬起脚，沉默着走到床边，医生和护士立刻忙不迭地退后，恨不得立刻离开这个房间。

尽管钟御卿非常恼火，对唐小爱也始终愤懑，但在“外人”面前，他并不想让别人看出他们夫妻之间出现裂痕。

钟御卿是个心眼多的人，他不想让某些人有机可乘。只要他手里还攥着结婚证，无论谁都别想染指他的妻子。婚姻和他想象中的某些点很相似，比如——女人很麻烦，会牵制他自由的生活。婚姻中，似乎必须要有一个人不自由，才能成全另一个人的自由。

“你们要看我给她上药吗？”钟御卿拿过护士小姐手中的棉签，语气开始不耐烦。

他很少会在别人面前，将喜怒摆在脸上，在医生他们的眼中，会以为钟御卿是因为娇妻受伤而大发雷霆。

“让护士来吧。”唐小爱本来不头晕，看见钟御卿就觉得脑壳子疼。她现在可不想和这男人独处。

钟御卿轻轻瞥了她一眼，那眼神写满了威胁和压迫，语气却柔和了很多，像个体贴入微的好丈夫：“我不会弄疼你的。”

唐小爱听着他的话，觉得万分别扭，也许是好多天没见，又开始不习惯他的存在。加上拍戏太累，唐小爱偶尔会出现一种幻觉——往事都是假的，她和钟御卿之间的故事，只是在拍戏……

“钟御卿，你是想下硫酸把我的艺人弄死吧？”秦峻宁冷不丁插话，他的话一向不好听，现在又在生气，更没好语气。

“峻宁，带你的人都出去，我想和她单独聊聊。”钟御卿彻底不耐烦了，今天站在这里的是秦峻宁，如果换成其他人，把唐小爱弄成这副半死不活的模样，还在一边说风凉话，他绝对会让那个人下半辈子再也说不出一句话来。

“老板，我没事了，别担心。”唐小爱也听出钟御卿的恼怒，在这种时候把钟御卿惹毛了可不好收场，她急忙帮腔，恳求地看着秦峻宁。

钟御卿是说翻脸就翻脸的人，唐小爱领教过他的手段。私底下，她反正已经破罐子破摔，惹他再生气也无所谓，可现在还在剧组，万一钟御卿恼了，将她软禁回去，这段时间的工作就白忙活了。

“我就在外面，有什么事喊一声。”秦峻宁忍了忍，咽下那口气，这次也有他的错，如果钟御卿真追究起来，剧组可真吃不了兜着走。

雕花的木窗上，日影已渐渐消失，南方盛夏的夜来的很晚，已经快到晚上七点半，还有着淡淡余晖。香炉里青烟袅袅——剧组都将蚊香丢在香炉里燃着，水乡的蚊虫多，其实在这里拍戏更辛苦，每天忍受着酷暑和蚊虫，食不安睡不稳地赶戏。

“现在还想留在这里拍戏？”钟御卿见所有人都走了，他这才开口，口吻中的恼怒更不掩饰。

唐小爱很想反问为什么不，她只是受了点皮肉伤，剧组里其他艺人也经常受伤，夹到手指碰伤脑门的流血事件几乎每天在发生。

“宁可把命丢在这里，也不想和我回去？”钟御卿想起看到她躺在地上昏迷不醒的一刹那，他说不出自己是什么感觉，怕她永远睁不开眼睛了，怕她再也不能对他笑对他怒，对他温顺得像绵羊……

“没那么严重，只是受了点……工伤。”唐小爱有些压抑地转过脸，钟御卿的情绪似乎很不好，她不想这个时候火上浇油，让剧组跟着遭殃。

“工伤？”钟御卿眼里似乎闪过一丝嘲讽的冷笑，将她受伤的右臂扯起，上面已经抹了药膏，还是肿得可怕，“到底是为什么？为钱的话，我可以给你很多……”

钟御卿虽然退让一步，但始终还是不能理解唐小爱内心深处的想法。他并不觉得自己隐瞒那一夜有什么罪过，更不觉得禁锢唐小爱的自由有什么不好。

所以，钟御卿无法理解唐小爱想离开他的真正动机。

“你不是很讨厌娱乐圈？不是不喜欢抛头露面？两个月的时间……可以去做其他事，我给你一家设计公司去做总监，怎么样？”钟御卿替她慢慢擦着药膏，说来奇怪，他亲手把唐小爱弄伤也不会有感觉，但看别人因为失误让她受伤，就有股压不住的怒气。

钟御卿现在看她伤成这样，满是怒气的心里，有着清晰明了的心疼。

唐小爱的胳膊微微一颤，因为他弄疼了伤口。

“是你让我进入这个圈子，现在又让我离开，你的心思……真奇怪。”唐小爱轻轻开口，钟御卿始终想掌控她的人生，即便是现在，还在试图让她回到他安排的命运里。

“因为你现在从事的工作，有着无法预知的危险。”钟御卿尽量克制着恼火，看在她是病人的份儿上，不想对她发脾气，“就算拍戏，这种戏份也可以找替身解决吧？你到底在和谁拼命？”

“做什么都有危险，普通人走在路上，也会遇到飞来横祸……”

“唐小爱，注意你的态度。”钟御卿发现她对自己的态度越来越强硬，也越来越差，以前他说话，她从不敢乱顶撞，现在几乎每句话都要被她驳回。

“你为什么来了？”

“你说为什么？”钟御卿磨牙，他发现自己根本不该退让，现在第一次在女人面前那么被动，连发火，都不知道应该用什么方式发泄。

“来探班？”唐小爱心里可不觉得他是来探班的，钟御卿从来不会单纯地过来探班，从结婚前就这样，结了婚更不可能过来探班。

“探尸。”钟御卿越想越觉得后怕，当事人倒好，昏迷不醒，把旁边的人都吓坏了，尤其是她后背被青石板擦出了大片的血，在白裙的掩映下，让他整个人后背发寒。

第一次有那种头皮发麻的紧张感，即使医生一再说没伤着骨头，只是脑部受了轻微震荡才晕厥过去，可钟御卿还是要让绿嘉国际的医疗团队专机赶过来。结果他们还没到，幸好唐小爱醒得早，否则钟御卿在外面恐怕和秦峻宁话不投机又要动手。

“我又没死。”唐小爱被他又擦疼了，轻轻皱了皱眉，如果钟御卿愿意多花点时间和她沟通的话，也挺好。

“你敢死试试？”钟御卿看她无所谓的态度，真想把她敲晕，带回去关起来。

可最终，他还是很小心地准备把她抱起，为她后背上药。

“每个人都会死的，我们都不例外。”唐小爱轻轻瑟缩了一下，虽然和他做了夫妻，可还是不喜欢被他碰，尤其是这段时间。

“我允许吗？”钟御卿更加不悦起来，伸手将她的睡裙扯下。

他给唐小爱换上了宽松的睡裙，领口十分大，可以轻松地扒下来，不会蹭到伤口。

“你……”唐小爱开始觉得钟御卿今天有些反常，从他一进屋，她就看到了他眼神里的怒气，然后……只是觉得他很生气，可现在几句话一说，怪怪的感觉开始围绕着她，她开始接不上钟御卿的话了。

他一贯强势霸道，但今天似乎有些不同。

可能是她摔坏了脑子，可能是很多天不见，又被他的气场影响了，总之，唐小爱开始浑身不舒服，心慌气短伤口疼，还要被他蛮横地训斥……

她怎么没得摔失忆呢？！

“唐小爱，我警告你，别挑战我的底线，否则我以前说过的话统统会收回去，你这辈子都别想再见天日！”钟御卿一看见她背后侧面的一条长长的伤口，咬牙切齿起来。

唐小爱原本就浑身不舒服，现在干脆全麻了，只觉得电流“滋滋”地从充满男性味的身上灌进了自己身体里。

她太容易受到钟御卿身上的磁场干扰，或者说，钟御卿身上具备让雌性荷尔蒙发疯的特质，只要他靠得稍微近点，就会被绯色的气息笼罩，怎么都挣扎不出来。

“你还不知道你错了……”钟御卿听到她还想狡辩，索性堵住了她的嘴，她是不知道，那一刻，他的心里闪过的是怎样的惊涛骇浪。如果她死了……

“好疼……”唐小爱被火辣辣的疼痛牵引出来，从口中低低挤出两个字来，钟御卿忘记了控制力道，将她受伤的胳膊压得快流血了。

“还知道疼？”钟御卿勉强放过她的唇，可能是太生气，他的气息也变得不稳，喘息的样子很迷人，有着致命的性感。

唐小爱低下头，抬起轻伤的左臂，抚上自己的唇，脸色嫣红，不知道在想什么。

“知道疼就别做了，回家安安心心……相夫教子，抛头露面任人评头论足多累？”钟御卿也能说出“相夫教子”这四个字，听起来让人感觉很怪异。

“休息一天就没事了，皮外伤而已。”唐小爱试着抬起右臂，肘部青肿得不能自如活动，显然不是一天就能恢复的。

她不由有些懊恼，如果没有出现意外，就能顺利结束重头戏的拍摄，两个月的时间已经消耗了四分之一，她还什么成绩都没有……

“做我的女人有那么痛苦吗？”钟御卿见她伤成这样都不愿松口，他真想亲手结束她的未来。

唐小爱不语，让她进这个圈子的人是钟御卿，现在要求她退出的人也是他，钟御卿始终想让她像个玩偶，按照他的路走。

“你想要的，我都给你，可以跟我回去了吗？”钟御卿见她沉默，苍白的面容上还带着一抹嫣红，受伤后的她更是我见犹怜，他的心微微一动，又想到最初见她的时候……

她总会让人想到最美好的时间，遇到的最好的人。

“我想要留下来，做自己的事。”唐小爱没想到他竟然这么容易就退让了，真的是“士别三日当刮目相待”，魔鬼的性子说变就变了，当然，她不会相信钟御卿真的会什么都给她。

“我不反对你留下来做自己的事，但是唐小爱，你要清楚你做的事，为自己带来的是什么。”钟御卿是商人，他无论做什么事，都要预先策划，投资风险和回报是必须看到的。

唐小爱现在就是风险大于回报。那些名利，她要是喜欢，他也能给她，不用她拿命去搏，只要安安稳稳在家待着就可以。

“我知道。”唐小爱的心跳渐渐恢复平缓，和那间透不过气的房间相比，外面的空气有多新鲜美好，她最清楚不过。

夜色渐渐笼罩在水乡，唐小爱半趴在床上，绿嘉国际的医疗团队已经赶来，她幸好被保护气垫的边缘缓冲了撞击力，没有震伤大脑和主要神经系统。

“唐小爱，你为什么现在那么讨厌我？一点都不愿听我的意见？”钟御卿靠在床头，看着唐小爱淤青紫肿的后背，幸好她现在没怀孕，否则出个什么意外，伤了肚子里的孩子，他不可能那么轻易放过秦峻宁。

唐小爱不说话，趴在枕头上仿佛睡着了。

“我真想把你捆回去……”钟御卿有时候想对她用暴力手段，可是一想起她已经是自己的妻子，不觉就心软了。如果唐小爱始终不肯走向他要的结果，他当然不会继续这么好脾气。

“唐小爱，你这样都能睡着？”钟御卿磨牙，他发现唐小爱真的睡着了。

这几天拍戏太累，加上她吃了点消炎止痛药，即使虎狼在身边，也能这么趴着睡过去。

钟御卿非常挫败，她对自己也太没感觉了吧?

伸手轻轻抚上她柔滑的长发，钟御卿的眼中闪过一丝无奈和柔软。

他们相处的日子，他对她用过各种手段威逼利诱，从来都是威逼居多，可到了现在，无论怎么利诱，她都不愿意再靠近他……婚姻啊，到底是什么东西? 为什么让他有种无力失控的感觉?

唐小爱是被一股麻麻的疼痛弄醒。已经是早上，晨光和花影从窗户投射进来，房间异常明亮。

伤口正在上药，尽管动作很轻柔，她还是惊醒了。

“醒了?”钟御卿的嗓音带着些许暗哑，淡淡问道：“可我一整夜也没合眼。”

“你说了给彼此一点空间和时间，两个月的期限还没到，为什么要那么快反悔?”唐小爱扭过头，看向身后的男人。

“房间里少一个人，不习惯。”钟御卿几秒后，语气淡然地说道。

唐小爱只觉得心弦又被他撞了一下，尽管他语气淡漠，可偶尔吐出的话，总是会撞倒她的心里去。

也许是她自作多情，也许是拍戏拍得胡思乱想，对钟御卿亦真亦假的话，总是忍不住去想会不会有更深的意义。

“培养一个习惯，只要一周的时间，适应了就习惯了。”唐小爱半晌才说道。

“戒掉一个习惯需要多久?”钟御卿依旧淡淡地反问。如果不看他的表情，从他的口吻里面听不出任何情绪。

“和培养习惯一样，当然也是七天，科学家研究……啊，好疼！”唐小爱在说学术问题，只可惜没说完，肩膀上的伤口被用力碰到，疼得她尖叫起来。

“我不想听这些乱七八糟的东西，两个月，是让你去找自己的路，可我没让你彻夜不归。”钟御卿不是来听她一本正经的说教，他清淡的语气变得不耐烦起来，“这部戏我给你机会拍完，杀青之后不管你在哪，不管你要参加什么活动，都必须晚上回家。”

唐小爱忍着疼，趴着没动。

“外人怎么想，我无所谓，但你父母还在绿嘉国际，我家人也时常会来探望，你借口工作，半个月也不回去一次，让家人怎么想？你也该替自己家庭想想吧？”钟御卿其实应该属于“凤凰男”，从小家境不好，长大后拼命努力对自己的家庭更是维护备至。

他在商界打滚那么多年，知道怎么扬长避短，将自己的缺点全部掩盖住，人人都以为他完美无缺，却很少人知道内心强烈的独占欲和自私。

“等杀青后，我会抽时间回去的。”唐小爱当然想多陪陪妈妈，可现在就是因为钟御卿，让她对秦峻宁和剧组那么歉意，接了活总不能继续放他们鸽子吧？

“这几天你还能拍戏？”钟御卿见她语气也软下来，他看着她后背的伤，依旧口吻冷淡。

“就剩最后几场戏了，咬咬牙也就坚持过去。”如果是拍现代戏，唐小爱还能坚持带伤上阵，但古装戏不同，大夏天的要里三层外三层裹得很厚实，不但会把伤口捂出炎症，连大动作都没法做。

“你想坚持到和妈妈睡一个病房？”钟御卿依旧冷冷地反问。

唐小爱抓着被单，不知道该说什么，只听见一声开门的声音，紧接着她裸露在外的后背，立刻被薄薄的空调毯盖住。

“你应该敲门。”钟御卿的语气更冷，盯着不敲门直接闯进来的秦峻宁。

“小爱醒了？”秦峻宁根本不理会钟御卿，他只看见唐小爱露在被子外的两条纤细胳膊——右臂青紫交加。

“嗯，老板，我今天也许不能继续拍摄……”唐小爱扭过头，还没说完话，就被钟御卿打断。

“她的伤没法穿衣服。”

干脆利落的话，让唐小爱脸色微微一红，心里不由暗骂了钟御卿一句坏蛋。虽然别人都以为秦峻宁和她已经到不能再亲密的份上，可唐小爱最清楚他们之间清清白白的关系。他们俩有些像艺术家和艺术品的关系，又像是伯乐和千里马……

甚至可以说，他们是知己……虽然秦峻宁不可能承认他有红颜知己，唐小爱有时候真的很嫌弃秦峻宁的粗鲁作风……

“医生也说要休息几天，小爱你先回埃斯克罗，小昭会给你安排其他工作，等伤恢复了，再回剧组。”秦峻宁视钟御卿为空气，对唐小爱低低说道。

“又会耽误这边进度吧？”唐小爱不想回埃斯克罗，在剧组她还自由点，一回去，和钟御卿只有百丈远，做什么都感觉被监控。

“没事，你要是养不好伤，耽误的可不是几天时间，后期的宣传会全部跟不上。”秦峻宁说完，这才看了眼钟御卿，没好气地说道：“出来。”

朱砂漆成的红色圆柱边，秦峻宁一声不吭地抽着烟，他最近虽然整理了一下仪容，可看上去还是很沧桑。

“唐小爱……我是不会放的，除非她自己要求退出娱乐圈。”抽完两支烟，秦峻宁才开口，“至于你昨天开的那些条件，我都不接受。我想她也不可能接受。”

钟御卿表情淡然，坐在走廊边的长椅上，听着秦峻宁继续说。

“以前是我错了，我以为钱能买到一切……”秦峻宁踩灭烟头苦笑，“什么都用钱去打点……打点到最后才发现，除了钱，我一无所有。

最可笑的是，到了最后，连自己最好的朋友，都用这招来对付我……”

“最好的朋友，你是指我吗？”钟御卿后背靠到雕花栏杆上，抬起头看向秦峻宁，用无辜的口吻征询。

“除了你，还有谁敢在我面前扔臭铜钱？”秦峻宁原本冷静的神色一瞬间崩溃，他伸手拽住钟御卿的衣领，“这次别想用钱打发我，我不是叫花子，要人不要钱！”

“我说过给你钱？”钟御卿依旧是淡定的口吻和表情。

“闭嘴！”秦峻宁就知道一开口准爆炸，最讨厌他用那么冷静表情说着嘲讽人的话，“钟御卿你给我听好了，这一次，不管唐小爱和你离不离婚，我都不可能再让她回去。”

“你想对你朋友的妻子做什么？”钟御卿没有任何波动地反问。

“我要是想做什么，还轮到你娶她？”秦峻宁恨死了，他根本没想到不想结婚的钟御卿，会拐跑唐小爱。如果知道钟御卿有结婚的意向，根本不可能给他可乘之机。

“你考虑过我太太的想法吗？”钟御卿总是会用不咸不淡的冷静口吻，刺激得秦峻宁失控，“她想回去给我生孩子，难道你还逼着她继续拍摄那么危险的戏份……”

“这次是意外！拍戏没有危险不危险的说法，而且……你刚才说什么？”秦峻宁像是听到了一个天大的笑话，几秒后大笑起来，“钟御卿，你对唐小爱一点都不了解吧？她能把你一个人丢在婚礼现场，你知道那意味着什么？”

“嗯，意味着什么？”钟御卿果然一脸不了解的模样。

“我知道的唐小爱，就像现在躺着不能动的唐小爱，即使她受伤，即使她生病，即使她都快死了，也会咬牙撑到最后，把眼前的工作完成，无论她喜不喜欢。”秦峻宁收起笑容咬牙说道，“她胆小，她懦弱，她不敢得罪比她厉害的大人物，她从小就在生活的打击下，知道怎么明哲保身，只要能忍，她就不会去反抗……可她竟然在那么重要的场合，做了不该做的事，你还不清楚意味着什么吗？”

钟御卿云淡风轻的表情，有一丝凝结。他比秦峻宁还要清楚唐小爱的忍受力，所以，怎么可能不清楚她离开自己的勇气和决心？

“因为你——钟御卿，你把她逼到绝境，你让她无法再委曲求全！”秦峻宁了解钟御卿的那些恶劣手段，唐小爱不说，他也知道钟御卿在婚后没让她感觉幸福，“要么活得轰轰烈烈，要么在你的囚禁中等死，唐小爱这一次，算是做了最正确的选择，换成我是女人，绝对只会把你当成上床对象……”

“可惜你是男人。”钟御卿打断秦峻宁的话，男人是不会明白女人的想法。

“钟御卿，我会打造出一个闪瞎你眼睛的国际巨星，会有无数男人为她痴狂，而她，是曾经任你掌控的前妻。”秦峻宁狠狠吐出“前妻”两个字，让钟御卿眼底倏然冷却成冰。

“我很期待。”钟御卿的眼底一片冰寒，可薄唇却牵出美好的笑容，“不过她永远不可能是我的前妻，你也不用浪费感情在我太太身上，传出去只会让人笑话。”

“你把唐小爱带去领证的时候，我已经是个笑话了。更何况这个圈子，我本来就是娱乐别人的人，还怕多个话题吗？”秦峻宁说完转过身，往走廊的尽头走去。

钟御卿抬起手，捏了捏眉心，笑意渐渐淡去，他昨晚没睡好，现在有些疲倦。

深深吸了口气，钟御卿也站起身，看着蓝天下的红砖白墙，摄影机里的这座秀美园林，和唐小爱身上的古典气质真是绝配。他突然很期待看到电影上映，看看大银幕上的唐小爱，是否能像秦峻宁所说的那样，带着东方韵味，站在国际化的舞台上……

不过，无论什么时候，她的身份都是钟太太。

唐小爱在助理的陪伴下，回到了埃斯克罗。因为身体原因并没有去探望妈妈，她不希望身上的伤让妈妈担心。

总之，行程很保密，有钟御卿打点，连狗仔都没碰上。

唐小爱回到埃斯克罗后，钟御卿竟然一路跟着，一副不准备回去的模样。

“小昭，把资料整理给我吧。”唐小爱一直在和助理说着工作上的事，她恨不得立刻进录音棚，把钟御卿隔绝出去。

“我已经让工作人员去拿了，你先换药，别念着工作。”小昭的话还没说完，手机就响了起来，她在埃斯克罗是最忙的人，因为唐小爱重新回来，负责最红的艺人，当然要花十倍的精力。

“我去音乐指导那边，小爱有什么事，让工作人员处理。”小昭匆匆要走，看到钟御卿还站在一边，停下了脚步，“……钟总，您也早点回去歇着。”

“你回去吧，有护士给我换药。”唐小爱这才像想到钟御卿，对他说道。

她穿的衣服很宽松，尽管如此，坐飞机的时候还是很痛苦，因为全身都摔得淤青，坐立难安。

“护士不知道你哪里敏感。”钟御卿当着工作人员的面，从容自若地说道。

唐小爱“腾”的一下，脸又红了。还好这是在埃斯克罗的内部，要是在媒体面前，她肯定又要被媒体娱乐。

“药放着，都出去。”钟御卿像是在自己家里，淡淡地命令那群人。

“钟御卿，我想休息。”唐小爱见他不肯走，微微皱起眉头。

“我没有不让你休息。”钟御卿的表情始终很平静，等所有人都走了之后，才走到唐小爱身边，盯着她的眼神，有些复杂起来，“怎么一副如临大敌的模样？我对你来说，那么没安全感？真的那么无法忍受我？”

钟御卿见她不说话，伸手想为她整理头发，可唐小爱却下意识地躲避他的手，这让钟御卿想到秦峻宁说的话：钟御卿，你把她逼到绝境，你让她无法再委曲求全！

钟御卿的手，顺势抓住她的长发，他最讨厌唐小爱躲避自己，每个细微的逃避动作，都会让他生气。

“唐小爱，你心里应该清楚，只要我不想放，你就算躲到天涯海角，都逃不出去。”钟御卿的手指缓缓插进她的长发里，将她的后脑勺固定住，让她无法再躲避，“所以……”

“所以我只能继续服从，做个木偶？”唐小爱看着钟御卿的眼睛，她就知道他是善变的，从他口中说出的任何话，都不能信。

当初他承诺的两个月期限，也不过是随口说说，无论他在商场上是否一诺千金，对她，钟御卿始终是心血来潮，不会有任何保鲜的承诺。

“没有你这样令主人头疼的木偶。”钟御卿的手指从她柔滑的肌肤上划过，她如果真是木偶，完全受他的牵制，倒也不用费那么多的精力。

“我累了。”唐小爱干脆利落地下逐客令，一副想立刻休息的模样。

钟御卿的喉结动了动，他试着让步，可他的每一次退步，对应的是唐小爱的冷漠反应，这样只会让他越退越远，和唐小爱的距离越来越大，最终让别人有机可乘。

唐小爱一声不吭地趴在床上，忍着背后传来的疼痛，她知道钟御卿现在肯定恨不得杀了她。 突然，疼痛的感觉被酥痒代替，温软的唇，轻轻贴在她的肩膀上，钟御卿开始吻她。

唐小爱感觉身上爬满了毛毛虫，身体开始紧绷发烫，钟御卿说得没错，他了解她身体的任何一处敏感带。

“我身上都是伤，你也能提起兴趣？”唐小爱本来想忍忍，让他觉得无趣快点回去，可钟御卿显然对她青紫交加的身体，还有兴致。

“你心里在骂我什么？”钟御卿的手在她的腰上流连，仿佛看得到唐小爱心中所想。

“你很过分。”唐小爱很想劈头盖脸地骂他。

“内衣模特的摄影师，有没有夸奖过你的线条？”钟御卿已经替她上完药膏。

“你能让我自己来吗？”唐小爱在被他“蹂躏”了两分钟后，忍无可忍地开口。

她的脸快被擦破皮了，热毛巾一遍遍从脸上和脖子擦来擦去，这要到什么时候才让她休息？

“不能。”钟御卿很小心仔细地避开她的伤口，开始擦拭她的后背，低低说道，“小爱，我们重新谈谈吧。”

“那你想说什么，快点。”唐小爱咬咬牙，浑身都烦躁不安。

“真不该让你跟着峻宁，脾气也被他带坏了。”钟御卿不紧不慢地说道。

“和秦峻宁有什么关系？ 是我喘不过气了，胸前压得很闷。”唐小爱立刻撇清和其他男人之间的关系，因为她现在知道钟御卿是个什么样的人，他专横跋扈，尤其不能听到她说别的男人好。 尤其是那一次，她提到前男友沈墨，钟御卿做出的闷屁反应，让她见识到他的心胸多狭隘……而钟御卿在婚后，也并不怎么刻意遮掩自己的喜怒，他强迫唐小爱接受他的一切，不允许任何反抗和抵制。

“你想和我聊什么，可以说了。”唐小爱只希望快点结束谈话，让钟御卿离开。

“我觉得，我们之间不需要给彼此空间和时间，一切恢复原貌，我不喜欢改变。”钟御卿厌恶每次只能在电视上看到她。

婚礼那天，他就该给她上一把枷锁，永世禁锢。

“你总是不守信诺。”唐小爱从没见过哪个男人比钟御卿善变，就算是不靠谱的秦峻宁，也没钟御卿那么难相处。

“你这是在指责我？”钟御卿微微眯起双眸，看着她伤痕累累的后背，对女人他就没有承诺过。

“钟御卿，我想有自己的生活，我不想每天被囚禁在房间里，人生全被安排好，没有任何的惊喜和希望。”唐小爱不喜欢做艺人，可她现在没有其他选择，而且欠下秦峻宁的人情债总要还。

“你已经嫁人了，还想要什么惊喜和希望？”钟御卿的声音冷了起来。

“你让我很害怕。”唐小爱闭上眼睛，轻轻叹了口气，和一个毫无安全感又善变的男人在一起生活，心里会很累。

尤其是这个男人又是绝对的大男子主义，掌控欲强烈，别人听上去似乎他很有魅力，可真要每天面对面相处，生活里的小摩擦绝对能让人发疯。

“我什么时候对你不好？ 没有家暴吧？”钟御卿调整一下姿势，充满着男色的诱惑。

“你可以给我很多钻戒，可以给我很多衣服，可以让我吃喝无忧，可那不是我想要的。 因为你今天可以给我那些东西，明天也可以给其他女人那些东西……用钱买到的好，不是真的好。”唐小爱才突然发现自己无法再忍受这种无爱的婚姻。 她想努力去争取自己的权利。 但是钟御卿，不给她任何的权利和自由。

“女人真够麻烦。”钟御卿几秒后，才挤出几个字来，他喜欢现实的物质的东西，喜欢控制别人的心，可却没想过要为女人付出精神和灵魂上的什么东西。

“以后我每天都陪你，不用再抱怨了吧？”钟御卿觉得自己已经为唐小爱付出了很多，这些年他睡过的所有女人加在一起，也抵不过这半年来在她身上花的时间和精力吧吧？

“我不是要你每天陪着……算了，你回去忙工作，别管我了。”唐小爱很失望，那么精明的钟御卿，却完全不懂她的心。

她想要的，是爱。 可钟御卿一开始就说得很清楚，不要爱。

“唐小爱，要知足。”钟御卿心里也很恼火，如果不是她后背的那些伤，他真想把按倒，把她的心拴死。

“是我不知足，我要的太多，明明一开始你就定下了规则……”唐小爱的胸口有些酸胀起来，疼痛的感觉顺着心脏蔓延开，“可我……可我还是没能按照你的规则去做……以为自己真的是你的妻子，所以想要的越来越多，也越来越累……”

“你想要的，我都会给你。”钟御卿的心里没来由地微微一抽，有股说不出的感觉，沿着五脏六腑扩散开来。

“你会对每个女人都这样说。”唐小爱自嘲地笑了起来，“玫瑰、钻戒、信用卡，还有浪漫的夜晚……”

“我并不是对每个女人都说这句话。”钟御卿承认自己对女人一向“体贴”，但他是商人，对女人的体贴，也仅限于身体交易上。

“你最会骗人。”唐小爱掩饰不住自己的难过，钟御卿是个善变的骗子，原本以为她这样一无所有的女人，不值得他去欺骗，可最终还是有被骗的感觉。

“那你说，你要什么我没有给过你？ 就算现在你要出去拍戏，我把你强制捆回家吗？”钟御卿只能看见唐小爱青紫交加的后背在微微颤抖，她确实有种让男人想怜惜的柔软和柔弱神态。

当初看中了她，还有她的柔弱似水的性子。 像他外表圆滑，可骨子里强硬阳刚到极点的男人，其实很危险——过刚易折，他越强，就越需要柔软的枕头，在累了的时候，可以修养身心，不至于真的把自己折断。

可唐小爱现在一点也不柔顺，这让钟御卿很烦躁。 无论商场如何得意，一回家就感觉全世界都在和他作对。

唐小爱就是他的全世界……钟御卿的逻辑能力那么强，却从未想过这样的问题。

“感情。”又是这两个字。 唐小爱已经和他说过很多次，她要感情，可钟御卿始终像是听不到。 因为在钟御卿的商业头脑里，他已经在唐小爱身上投资足够多的精力了。

“唐小爱，你别逼我把你捆回去！”钟御卿本来是想和唐小爱谈谈未来的路，这一次他允许唐小爱去设计自己的未来，但必须在他给定的框框里，可唐小爱又和他谈“感情”，一听到这两个字，钟御卿就头疼。

泪水拍湿脸颊，唐小爱冷静了很多，拉罗什福科说的真对：我们唯一不会改正的缺点是软弱。

她最恨软弱，所以当积攒起所有的勇气和钟御卿对抗时，唐小爱有一种说不出的成功感觉，她战胜了软弱，但并没有赢得胜利。和钟御卿的对决里，她永远是个失败者，她所战胜的，不过是自己的心魔。

如今，软弱的感觉再次席卷全身，唐小爱抬眼看向镜子，那里面的女人一副乖乖巧巧的模样，从五官到神态，都充满着静谧闲雅的温柔，没有一丝的攻击性，让人想到草木，长在寂寥的旷野上，随着春夏秋冬生死荣枯……

第九章

一直在录音棚里待到深夜，唐小爱像是陷入一首首情歌里，对着眼前的曲谱，一遍又一遍地唱到喉咙沙哑。

音乐小组的老师给她筹划第二张专辑，原本就已经定好了几首歌，只是唐小爱前段时间因为“结婚”，这张专辑也就耽搁了下来，如果不是秦峻宁的要求，这几首高质量的歌曲要塞给另一个唱将，打造其他人的专辑……

录音棚里，音乐总监和词曲创作人，正在给唐小爱说着要怎么去演绎那首主打歌。

唐小爱坐在沙发上，微微前倾着身，似乎正在聆听。可她有些游离的眼神，出卖了此刻的内心。

“小爱，今天好点了吗？”小昭匆匆走进来，看见几个人正围着唐小爱谈这首歌，立刻问道。

“好多了。”唐小爱一直想着怎么摆脱在钟御卿，如果能立刻回到剧组，也比每天面对他好。

“要不要去看看伯母？”小昭连这些细节都考虑到了，因为明后天要出席两个大型活动，可能唐小爱的“病假”到此结束，又要开始在外面来回奔波。

唐小爱从小就不喜欢逃避，她会直面生活带来的苦难，但是面对钟御卿，她一直都想逃避。

干净整洁的病房里，眉眼慈祥的唐妈妈，脸上似乎蒙着淡淡的忧虑。

“妈。”磁性的声线响起，钟御卿推开房门，喊了一声。

“小卿。”唐妈妈转过头，看到钟御卿，露出一丝笑容来，“来。”

“妈，哪里不舒服吗？”钟御卿正准备上飞机，柳青玉给他打电话，说唐妈妈要见他。

钟御卿知道唐小爱中午的时候过来看过唐妈妈，下午两点多才离开。可他没有过来打搅，而是继续处理自己的工作，让母女俩单独谈心。

“我身体没事，你今天是不是很忙？”唐妈妈不是身体不舒服，而是女儿走了之后，她想和钟御卿再谈谈。

“陪妈妈说话的时间还是有的。”钟御卿微微一笑，他当然很忙，虽然时间可以调节，可接下来要赶赴的会议很重要，只是他的表面看不出任何烦躁。

“今天小爱回来了。”唐妈妈示意他坐到床边，说道。

“哦，她这几天一直在埃斯克罗里录歌。”钟御卿很平静说道。

“女孩子有份工作，可以自给自足确实很重要，可小爱……最近是不是太忙了？”唐妈妈观察着钟御卿的表情，见他只是笑而不答，又缓缓说道，“而且似乎身体也不太好，我建议她换一份工作，不要那么累，可她很固执，还想继续走现在的路……”

“妈，她喜欢做什么就让她去做，约束太多只会让她反感。”钟御卿在唐妈妈面前，始终是好男人的形象。

“小卿，对妈妈说实话，”唐妈妈叹了口气，突然问道，“你真的喜欢她吗？”

她这些天用过来人的眼光，仔仔细细去看钟御卿的一举一动，唐妈妈丰厚的生活阅历告诉她，钟御卿外表有多完美，对女人来说就多么没有安全感。

不仅如此，钟御卿为人处世的滴水不漏，更让唐妈妈担心。她看尽了世情，知道钟御卿总有什么缺点，是外人看不到的。这样就更危险了。看到的缺陷，可以去弥补和防备，可那些看不到的……

“不喜欢为什么要结婚？”钟御卿将问题丢了回去，微笑着反应。

“我也问过小爱这样的问题，你知道她是怎么回答的吗？”唐妈妈看着钟御卿始终优雅完美的笑容，不等他回答，就自己回答了，“她说了两个很不确定的字——有缘。”

钟御卿微笑，他了解唐小爱，这两个字对务实又现实的唐小爱来说，确实充满了虚无缥缈的不确定性。

当一个人开始将人生命运和爱情染上宿命的色彩，她就已经对命运开始臣服了。

“小爱从没对我说过这种字眼，我不知道，她后面是不是还有两个字保留了。”唐妈妈尽量说得非常委婉，有缘无分这种婚姻，她不希望发生在女儿身上。

“有缘有分，不是很好？”钟御卿故意曲解，他和唐小爱结婚的目的并不纯粹，其中夹杂了太多的人性欲望，最缺少的或许就是感情。

“但愿是有缘有分……”唐妈妈站在女儿的角度考虑，也觉得务实低调的唐小爱，不可能主动去招惹一个走到哪里都闪闪发光的男人。

当然，她成为明星后，周围的追求者和爱慕者都会变得不一样，可依照唐小爱的个性，会选择一个没有杀伤力和危险、对她充满温情爱护的男人作为终身伴侣。

“妈，不要多想，我和小爱之间很好，只是因为工作关系，不能每天都黏在一起。”钟御卿看见唐妈妈眼里的担忧，立刻说道，“我这几天谈完生意，让小爱也处理好手边的事，大家聚在一起家庭会餐，怎么样？”

钟御卿今天早就知道唐小爱下午的活动安排，她身上的皮肉伤好得很快，一直内服外用着药物，已经恢复了大半，只不过没法立刻去拍打戏，大幅度的运动不可能做到。

所以他上完药，也开始安排自己的事。

唐小爱要空间，他给。虽然有时候生气，恨不得把她捆在身边，可冷静下来，钟御卿还是没法真的对她那么做。

虽然他会说，她是奴隶。可在婚姻中，谁都是主人，谁也都是奴隶，没有绝对的奴役和被奴役。

尤其是她在婚礼上的做出的惊天举动，让钟御卿突然明白，有些东西，或许并不是他所能完全掌控的。比如，唐小爱口中的“感情”。

唐小爱在上访谈类节目，她依旧穿着宽松飘逸的长裙，端端正正地坐在椅子上的模样很沉静，丝毫也看不出前几天差点摔死的惨烈经历。

主持人也在问她“感情”。婚后的唐小爱，话题显然更多，尤其是和钟御卿闪婚的内情，让许多人都很好奇。

这算是唐小爱结婚后的第一次单独接受情感类节目的采访——自从她复出后，之前“谣传”她退出娱乐圈的八卦，全部变成了她因结婚而休息的消息，这是埃斯克罗公关做的调整。现在大家大部分认为唐小爱前段时间的消失，是因为“婚假”。

当然，有一部分人猜测依照钟御卿的身家和个性，是不可能让唐小爱再回到娱乐圈，而唐小爱的复出，只是因为秦峻宁的知遇之恩，或者是秦峻宁和钟御卿之间的感情依旧存在，所以她才会加入新电影的拍摄。

即便埃斯克罗的公关在宣传，放出话来，表示唐小爱也开始筹备第二张专辑，今年也会参演另一部电视剧的拍摄，可依旧有不少媒体觉得，唐小爱不会留在娱乐圈多久，她随时都会退出这个圈子。

而且唐小爱的长相和气质，还有温柔的性格，完全是成功男人背后的贤妻良母，不像个对名利热衷追求的女强人。

唐小爱一结束节目，就匆匆从特别通道离开。坐进保姆车里的唐小爱，在台前的精神状态被疲惫取代，垂眸看着手机上的来电，不知该不该接。

现在她可以有自己的手机，对外联系不必通过小昭，因为她是“已婚”女人，秦峻宁原本将她管制得死死的，就是防止她被外界太多的东西侵扰和引诱，但是现在不需要了。

手机不停响着，唐小爱半分钟后，终于按了接听键。

“结束了？身体感觉怎么样？”钟御卿像是普通的丈夫，关心妻子的身体和工作。

“正准备休息。”唐小爱的语气很冷淡，显然不想被他打搅：“今天我想对妈妈坦白，如果不是因为她情绪要保持稳定，我真想……”

“想什么？”钟御卿见她突然收住话，已经猜测到后面的内容。她还是想和自己离婚，只不过是时间问题。

唐小爱看着外面的路灯：“我们不是很适合，性格和生活习惯上，很多东西都没法磨合，你难道真没感觉到？”

“蚌壳里面掉入沙子，会很疼，对吧？”钟御卿在电话里，听不出他的情绪，他似乎很淡然，“沙子和血肉，你觉得可以磨合吗？”

这是今天唐妈妈对他说的话，用很浅显的故事，来说婚姻的道理。再融洽的夫妻，也是两个“异物”，要融进彼此的生活，注定会有摩擦和碰撞。就像蚌壳里的沙子，如果不能分离，就只能去包容，忍住痛苦，在时间的长河里，慢慢打磨成圆润的珍珠。

“沙子是不会疼的，疼的是蚌。”唐小爱沉默片刻，突然说道。

用血肉去包裹那颗尖锐的沙子，这样的比喻里，谁愿意做那个独自承受痛苦的蚌?

“你认为我是进入你生活里的沙子?”钟御卿正站在豪华的游轮上，看着盘旋的海鸥淡淡问道。

“我的生活里有很多沙子。”唐小爱觉得命运很喜欢和她开玩笑，总是在她成长的道路上，放置许多荆棘和沙子，让她用痛苦去打磨生命。

“我是让你最无法忍受的那一粒?”手指轻轻敲着栏杆，钟御卿看着碧海蓝天，面对这样浩瀚的美景，许多小脾气都消失了，只剩下一种强烈的感觉——这样美丽的景色，让唐小爱也看到。

他在强烈渴望着能够分享此刻的风景，或者说，钟御卿希望在此刻，身边能有人陪他一起，感受大自然的瑰丽。

没有听到唐小爱的回答，钟御卿在海风中慢条斯理地说道：“如果你感觉我是一粒沙子，那我是你最后一粒沙子。”

言下之意已非常清楚：无论接不接受，她都必须用尽力气，去包裹着那粒沙子。

“我们之间，始终无法相互了解。”唐小爱终于开口，重复自己刚才的话，“我的生活里有很多沙子，可你并不是我的生活中的沙子。”

钟御卿的黑眸中，闪过一丝淡淡的水光，如同有海鸥从他眼里飞过。

“钟御卿，你的世界很大，你的世界也很精彩。不像我，在狭小的空间里拼命生活。”唐小爱撑着额头，这边已经夜深了，而钟御卿那边却是白天，那首歌唱得真好，白天不懂夜的黑……

“所以呢?”钟御卿平静地问道。

“所以……你可能感觉不到疼。”唐小爱低低说道，“而我，才是那粒小小的沙子，在你的世界里，被一层层裹住，无论怎么努力，都无法再回到那条宁静的小河流，与阳光，与野草，与粉蝶，与春花，与未受污染的清澈溪流，与自由自在的鱼虾小鸟相依相偎……我被封锁在密闭的空间里，没有阳光野草花蝶，除了黑暗和窒息，还是黑暗和窒息。”

说完，唐小爱挂掉了电话。

钟御卿气定神闲的表情，在她说完这句话之后，一点点崩塌。握着手机的手缓缓垂下，钟御卿从未想过，她和自己，到底谁是沙子谁是蚌……

仿佛一语惊醒梦中人，钟御卿身体里滞后的疼，猛然扩散来来。她才是那颗沙子……而他一直意识到，那种寝食不安辗转反侧的感觉，是因为异物进入了自己的身体的不适应。

他的世界或许真的太大了，所以直到现在，才感觉到某个角落，阵发出的尖锐疼痛。

并且越来越疼，疼到他不得不伸手按住心脏位置——沙子就藏在这个地方，不显山不露水，仿佛是世界上最好的特工间谍，无声无息地潜藏着，在等待适当的时机跳出来，将他的心刺得血肉模糊。

那个适当的时机，不只是婚礼上的逃离。而是婚礼后，那完全不压制的抗拒和反击。

那粒藏在他心里的沙子，从安静温柔的状态，突然开始挣扎，想要冲破他的血肉的禁锢，回到外面的世界，所以，他才感觉到不安和不适，甚至有撕裂的痛苦……

一粒还没打磨成珍珠、想要冲破包围逃离的沙子。

钟御卿当然不可能让她逃走，否则他心里硬生生被撕扯开的伤口，谁来填补？钟御卿是一个有着良好习惯的男人，其中一个优秀习惯，就是当他发现有什么异常状况发生时，或者有什么可能潜在的威胁时，一定会做好完备防范措施，避免纰漏。唐小爱不是男人心中的朱砂痣，她只是河流里一粒平凡普通的沙粒。

不动，不语，不会主动侵害到别人，静静地伏在河底，看着浮游的生物，也并不羡慕。

若是无意中被蚌吸入软肉里……唐小爱才会有让人疼痛的感觉。

无论是朱砂痣和白月光，都只是被秦峻宁包装出来的形象而已。

“小爱，这是下周的通告，准备一下。”小昭在一棵胡杨树边找到发呆的唐小爱，自从唐小爱回剧组之后，也许是因为身上还有伤，也许是因为其他原因，总觉得她又变了一些。

“好。”唐小爱的膝盖上放着台本，她接过通告单，依旧坐在胡杨树下发呆。

一千年不死，死后一千年不倒，倒后一千年不朽，胡杨树在某种程度上，像一场让人奢望的美丽爱情。

千年又千年，不知道什么样的爱情能轮回三千年不朽。

唐小爱只好扫了眼通告，看见下周末的安排，立刻一个激灵：“这是什么？”

“拉丁舞大赛。”小昭不走，就是因为知道里面的通告会让唐小爱为难。

“我为什么要参加？”唐小爱顶多会点民族舞，而且她又不是什么刚出道的新人或怀揣着明星梦的小姑娘，作为一个已经有作品问世的明星，她就算参加，也应该是评委或者嘉宾吧？

“这是全明星拉丁舞大赛，CBS 电视台举办的，请的全部是二线以上的明星，似乎有什么投资商投了很多钱，不止是要冲收视率，还可能是想捧红某个一直处于二线地位的女星，所以……”小昭对唐小爱完全不隐瞒，把知道的内幕全说了出来，虽然唐小爱对娱乐圈的事并不感兴趣。

“那就重金砸她好了，我们去凑什么热闹？”唐小爱果然没兴趣地打断小昭的话。

“因为大牌明星的加入，才会让这个节目有看点，收视率节节升高……”

“小昭姐，我的意思是，既然已经内定好了，为什么我们要去掺和？不是浪费时间吗？”唐小爱不喜欢凑这样的热闹，她也不明白公司为什么要安排她参加这种比赛节目，去当绿叶衬红花她并不介意，可这明摆着没有什么意义。

“老板收了钱。”小昭无奈地耸耸肩，反对也没用，秦峻宁和CBS的高层本来就熟得没法推辞，加上人家给的出场费又高，就接了下来。

“可我不会跳舞，当嘉宾露露面我不反对……”唐小爱不喜欢做自己不擅长的事，那样会显得吃力又笨拙。

“老板来了，你和他说吧。”小昭一转头，看到秦峻宁刚刚结束一组镜头，往这边走来，她立刻说道。

这部电影里，唐小爱的戏份基本结束，虽然在宣传上她是主角，可戏份其实并不多，现在基本可以结束了，如果后期制作还有什么问题，可以随时补拍。

“小爱，最后一个镜头要准备了，争取一次过，结束后我带你去吃大餐。”秦峻宁看着坐在胡杨树凸起树根上的唐小爱，她还穿着戏服，白裙飘飘，黑发黑眸，朱唇粉颊，仿佛刚刚从古代走出来的女子。

“这个全球明星总动员的拉丁舞比赛，能不能取消？”唐小爱站起身，将通告单递回秦峻宁的手中，问道。

“我请了最好的拉丁舞老师来教你，所以不用担心，依你的努力，会表现很好。”秦峻宁抖了抖通告单，眼神依旧落在唐小爱的脸上。

“我腰上还有伤，没法在这么短的时间里学新的舞蹈。”唐小爱这次很不情愿参加大赛，她不喜欢站在一个比赛的舞台上，被人评头论足。

“初赛不过是走走场，不用太卖力气，导演组已经打好招呼，只要没什么大问题，评委会让你通过的。”秦峻宁也考虑到她的伤，在医生确定都是皮外伤后，才做出了让她参加比赛的决定。

“你确定？”唐小爱低下头，看着自己的裙角，这最后一场戏，在荒漠边缘拍摄，夜晚拍完戏后，她对着漫天的星光，会想到自己的曾经。

“合同都签好了。”秦峻宁知道她几乎对公司的一切决定都会服从，尤其是前段时间对任何活动都有着积极的态度，这次不想参加比赛，肯定是心里真的不情愿。

但是这次活动是经过相关部门的开会研讨，确定对唐小爱会起到更好的正面宣传，才做出来的决定，并非只是简单的人情关系和价钱关系才让她去参加。

唐小爱很久没跳舞了，虽然在刚进入埃斯克罗时，被强化训练了一段时间，可要和那些有厚实基础的人相比，用专业的眼光去苛刻，她还是没有底气。节目组单独为她准备了一个练功房里，外面有个群体练舞室，许许多多她见过的没见过的明星聚集在那里，和舞伴争分夺秒地训练。

因为时间非常紧张，两天之内要编排出让人眼前一亮的舞蹈来，并且和陌生的舞伴配合完美，对非专业舞蹈艺人来说都是个挑战。

唐小爱是个要做就会努力做到最好的人。虽然知道节目已经内定好了冠军，可她既然答应了秦峻宁来到这里，就会把自己最好的一面呈现。

“Oh，抱歉。”操着并不熟练的中文，黑人舞蹈老师一把拽住跌倒在地的唐小爱，很歉意地说道：“先休息五分钟。”

舞蹈老师叫Rob，虽然来中国才两三年的时间，可已经做过数十位明星舞蹈教练，很多大牌明星开演唱会，都会约Rob老师亲自编排舞蹈。

唐小爱现在的状态非常差，她没有进入这支舞要表达的感觉。

“小爱，喝点水。”小昭一直在一边看着，听到Rob老师的话，立刻拿着水，递到唐小爱的面前。

“很抱歉，我有些找不到感觉。”唐小爱接过水，几秒后，低低说道。她从 Rob 老师略带失望和焦虑的眼神里，知道自己的表现不如人意。

“爱和信任。”Rob 老师听到她这么一说，这才开口，“你没有让我感觉到这两样东西。所以，我们休息，你再听听音乐。”

唐小爱有些沮丧地靠着大镜子，她这段时间一直心神不宁，因为钟御卿突然不给她打电话了。自从那天，他们在电话里争论了“沙子”和“蚌”之后，钟御卿一次也没有和她通过电话。

她倒是每天给妈妈和家人打电话，从他们的口中得知，钟御卿似乎出国了，在忙公司的事，已经十天了还没回来。

Rob 老师说，这支舞蹈表达的是“爱和信任”，其间融合了浪漫风情的伦巴和俏皮活力的恰恰、热情奔放的桑巴，编排的舞步很容易记住，但是要跳出里面的韵味并不是那么容易。

用 Rob 老师的话，一支舞蹈的灵魂，需要舞者也用灵魂去诠释，要用灵魂去出的触动所有人的心灵。

“能换歌曲吗？”唐小爱突然问道。

这支舞蹈，就是根据一首浪漫的英文歌编排的，换歌曲就等于要换舞蹈。唐小爱一听到这首歌曲，就有种说不出的难过感觉，一想到结局是悲剧，怎么可能跳出欢快和热情？

“这不是理由。”Rob 老师一边说，一边伸手放在胸口，“你要用心去感受这支舞蹈。”

“抱歉，我做不到……我希望你能考虑换个音乐，虽然这个提议非常荒谬，可我真的无法让自己的情绪丰满起来。”唐小爱再次沮丧地低下头，看着自己掌心干净的纹路，明天晚上就要录制，还是全国直播，她心里的压力很大。

“听说最近海边开了家非常棒的海鲜烧烤，我带你去吃点烤海鲜，怎么样？”突然，秦峻宁的声音在门口响起，他这两天并非每时每刻都陪着唐小爱，因为这边电视台认识很多人，有不少应酬，只是在闲暇时间才会过来看看。

唐小爱摇摇头，她还得继续排演，无论换不换音乐，她都要将舞蹈练好。

“走吧，放松一下，说不准可以调整好状态。”秦峻宁早就看出唐小爱不在状态，她在婚礼时离开，重新进入剧组后就很反常，受伤之后回去休息两三天，回来后更加不对劲。

“还要继续排舞。”唐小爱的动作已经很标准，她的学习能力毋庸置疑，老师教过的脚步和动作，两三遍下来都很到位，但是老师要求的“灵魂”，她始终做不到。

“去放松一下可以的。”Rob 老师也开口了，他更清楚唐小爱舞蹈动作的熟练度，并不担心她的动作会出错，唯一担心的就是这支舞的灵魂。

“别不给我面子，我会发飙。”秦峻宁见唐小爱还是一动不动，走到她面前，伸手把她的手腕攥住，带着强制性将她拽了起来，“走。”

唐小爱的眉头微微皱起，她实在没心情出去玩。走出电视台大楼，才知道夜深了，她已经不知不觉在练舞房里待了一整天，现在坐在车里，浑身酸疼。

海边的海鲜烧烤店比比皆是，其中刚开的一家店，没有贵宾卡是无法进入的，据说里面的海鲜各色各样，做法也千奇百怪，但最出名的还是烤海鲜。

秦峻宁点菜的时候，唐小爱一直在发呆。她今天在车上也很少说话，对秦峻宁大部分话都充耳不闻，像是沉迷在自己的世界里。虽然平时唐小爱也很沉默，不喜欢主动说话，但对他的话完全不理会还是很少见的。

“小爱，这几天是不是没和家人联系啊？”秦峻宁点完餐之后，看着坐在对面没说话的唐小爱问道。

其实唐小爱的通话，他都知道，只是现在不想太去关注。

自从唐小爱被钟御卿拐去偷偷领了证之后，秦峻宁始终在反思，他不知道自己攥得紧紧的东西为什么会溜走。

“昨天晚上还和妈妈通话了。”唐小爱想到今天累得要死，还没给妈妈打电话，立刻拿出手机，“今天还没打，差点忘了。”

“这个点应该快睡了吧。”秦峻宁看了眼手表，已经快十点了。

“快十点了，是睡了。”唐小爱一整天都在排练，可一整天的心思都不在排舞上，她就像个机器人，被牵引着做各种各样的动作，找不到灵魂所在。

“我以为你不在状态是因为担心母亲的身体。”秦峻宁盯着唐小爱，转动着中指的戒指，“看来你也并不是因为妈妈的病情，而是其他原因。”

唐小爱一直淡定的表情有丝变化，她扭过头看着包厢里的巨大壁画，没有说话。

“是因为钟御卿吧？”秦峻宁几秒后，问道。

秦峻宁一语中的，唐小爱的眼神闪过一丝慌乱，她不想被周围人看出自己的隐私。

“他好像很长时间没和你联系了。”秦峻宁见她的表情里那丝辩解，继续问：“出了什么问题？ 不想告诉我？ 小爱，你越来越不信任任何人，包括我。”

“我很信任你。”唐小爱的神情有一丝松动，她今天被舞蹈老师一再说没有“爱和信任”，现在又听到秦峻宁说这样的话，心里突然很悲凉难过，她真的让人感觉到没有爱没有信任吗？

“你不信任。 不信任任何男人，不止我。 给他打个电话吧。”秦峻宁见她又沉默下来，他现在已经很谨慎，不想那么快触碰到她的伤口，所以平时也尽量只谈工作，不说私事。

可现在实在看不下去了，唐小爱和钟御卿之间无论发生什么事，都要去沟通解决，不管结局是好是坏是悲是喜。

“嗯？”唐小爱反应好像慢了一拍，也许是因为她还在想着前面那个问题，片刻后才问，“给谁？”

“钟御卿。”秦峻宁将手机拿出来，慢吞吞地按着键，“如果打个电话心情就会稳下来，为什么要憋着？”

“秦峻宁，你……别打。”唐小爱听到那个名字，急忙制止。

“已经拨通了。”秦峻宁将电话推到唐小爱面前，一反常态，很安静地看着她，那眼神里，没有往日的暴躁和轻浮，像是雪山脚下的一池碧水，清幽幽地泛着细细的涟漪。

唐小爱看着电话上面的那串号码，趁着那边还没有接起，立刻伸手挂断。

“我不想和他通话。”唐小爱将手机推了回去，就算要通话，她也不会用秦峻宁的号码。

“如果你挺‘享受’现在的感觉，我也干涉不了……”秦峻宁的眼神始终落在她的脸上，语气却突然悲伤起来，“我本来就干涉不了你们之间的事……不是钟御卿不允许，而是你没有将我划分到你的世界去。”

唐小爱再次避开秦峻宁的眼神，她的世界是有些封闭，里面放置的人并不多，除了那几个相知相熟的朋友，就是家人，秦峻宁虽然身份是她的经纪人和老板，可她很早就把他当成了朋友。

“小爱，有没有想过你的生活会出现另一种变化，那就是……”秦峻宁的话还没说完，手机响了起来，钟御卿回了电话过来。

“接不接？”秦峻宁止住刚才的话，问道。

唐小爱摇了摇头。

“你想一直这么逃避着？”秦峻宁再次问道。

唐小爱还是摇头。

“那我替你接了。”秦峻宁面对唐小爱经常变得没脾气，她明明不爱说话不爱讨好自己，可他就是忍不住想去照顾保护一块臭石头。

“峻宁？”钟御卿正在海边的别墅里，靠着阳台看日出，“找我有什么事？”

这里和唐小爱那边的时间差有十个小时左右，这里的清晨，是那边的深夜。

“没事就不能找了？”秦峻宁一和钟御卿对话，立刻变得尖锐起来。

“唔，你没事的时候，从来不找我。”钟御卿扶着栏杆的手指在轻轻叩着，他的语气虽然平静，可一些细微的表情里已经透出烦躁。

那不是今天才有的烦躁，而是这些日子积攒下来的烦闷和躁动。是秦峻宁给他打电话，而不是唐小爱。他真的想发怒，这些日子每天面对碧海蓝天，看着如此壮阔的美景，应该什么烦恼都没有才对，可钟御卿的心里，无时无刻不在想着一个女人。

“我有事的时候也不会找你。”秦峻宁冷哼。

“嗯，那你到底是有事还是没事？”钟御卿叩击栏杆的手指微微加快速度，他的心越来越不平静。

“没事，就是看你死了吗？”秦峻宁没好气地说道。

唐小爱一直坐在对面不吭声，她听不到电话那边钟御卿的声音，但心脏跳得很快，感觉钟御卿就在自己身边，随时会出现。

“托你的福，还活着。”钟御卿语调有些懒散。

“你身边是不是有很多女人？”秦峻宁突然很敏感地问道。

唐小爱听到这句话，眼神微微一闪，站起身往外走去。

“小爱你去哪？”秦峻宁立刻问道。

钟御卿微微皱起眉，唐小爱果然和秦峻宁在一起。

“我身边没有女人，你身边倒是有一个。”钟御卿端过咖啡，示意女佣下去，浅浅抿了口，压下心中的烦躁，淡淡说道。

“刚才有女人的声音，我听到了，还是个洋妞。”秦峻宁耳朵敏感，刚才一句听不清的轻柔外语，让他立刻疑心顿起。

“把电话给她。”钟御卿沉默了几秒后，终于无奈地投降了，他原本咬牙坚持着不给她打电话，但现在不说不行。

秦峻宁这臭小子嘴巴一向很坏，不知道会在唐小爱面前乱说什么。虽然他不在乎别人的想法，可唐小爱太容易被忽悠。

“她走了。”秦峻宁靠在椅子上，带着几分沧桑的脸上，又浮现起一丝玩世不恭的笑容来，“我说钟御卿，你不想要就放手，这么半死不活地吊着很有趣吗？”

“她去哪了？”钟御卿懒得理他。

“钟御卿，你这个人啊！越来越没劲了……你听好了，你可以不珍惜唐小爱，但也没必要这样折磨她，毕竟夫妻一场，不要太过了。”

“我怎么折磨她了？”钟御卿似乎觉得这种话从外人口中说出格外可笑，反问道。

“反正，你会后悔。”秦峻宁微微眯起眼睛，脸上玩世不恭的笑容突然消失，转而是少有的沉肃，“这次我对你太失望，真的太失望。”

秦峻宁虽然口中一直不服钟御卿，但他心里对钟御卿却不得不佩服，钟御卿做事的风格偶尔略显阴沉，但他无论做任何事都完美无缺，除了这次婚姻。

唐小爱重新回到房间时，秦峻宁已经打完电话，指间熟练翻转着手机，一脸沉思的模样，不知道在想什么心事。

“刚才和钟御卿通过电话，他答应离婚。”秦峻宁看见唐小爱回房，立刻收回了漫游的神情，挑起眉说道。

“什么？”唐小爱不敢相信自己的耳朵，钟御卿这么容易答应离婚？最近这段时间，他从不主动和自己联系，也许是厌倦这种关系。

“嗯，他说他从国外回来后，就准备办手续。”秦峻宁看着唐小爱的眼睛，慢吞吞地说道。

“真……真的？”唐小爱依旧不太相信。

“当然是真的，他现在身边美女如云，乐不思蜀，不信的话，你打过去问问。”秦峻宁将手机又递到她的面前，示意她打电话确定一下。

唐小爱的表情似乎又有些微变化，她扭过头，没有接过手机，语气很淡：“不用，回来办了就是。”

秦峻宁见她的模样，眼里闪过一丝说不清的光芒，带着某种逼人的寒气：“确定不用？”

“嗯，不用。”

钟御卿走到哪里，身边都不缺女人，不像她，性格保守又死板，身边千帆过尽，她也不为所动。

“要不要喝点酒恭喜一下？”秦峻宁又挂上玩世不恭的笑容，问道。

“恭喜？”唐小爱像是还没回过神，如果钟御卿回来后真的立刻办理离婚手续，她应该真的解脱了吧？

拉丁舞比赛的直播现场异常热闹，数千观众纷纷举着自己偶像的名字，在舞台下面狂呼。

后台，唐小爱坐在镜子前，闭着眼睛似乎在冥想。她被安排在最后一个出台，也就是所谓的“压轴”。

第一个出台的是非常有分量的国际巨星，出道二十多年，拥有粉丝无数，更有亚洲舞王的称号，他的出场无疑引起了巨大的轰动，连后台的走廊上都听到尖叫声。

唐小爱的世界完全静音，她的排舞室安静得只能听到呼吸和心跳。她希望在上台前，能让自己的内心更平静一点，可往事一幕幕像是电影倒带，飞快地从脑中掠过。

从小到大，她就没多少快乐的时光，想想自己从平淡卑微到万人瞩目的华美转变，其中并没有带给她多少幸福的感觉，相反更清晰地看到人生路途上的无奈和风霜。和钟御卿结婚后，原本以为有个避风港湾，却没想到这是个死海，没有阳光没有风，没有生命没有雨露，只有死亡和绝望的腐烂气息……

如今，钟御卿准备放她离开，她这只飘飘荡荡的小船不知道能不能驶出迷雾，找到美丽的小岛靠岸。

“不用紧张，即使感情没有进入，只要舞步不乱就没多大问题，过关肯定 OK 的。”Rob 老师不知道什么时候站在她身后，用语调上扬的口音说道，“虽然我想要最好的状态，但也不用太勉强。”

“音乐再放一次。”唐小爱抬起手，低低说道。

Rob 伸手按向播音器，优美的旋律立刻响起，这首歌异常好听，可唐小爱就是想换个歌曲。

因为只要听到歌词，她就想哭，完全没有心情跳舞。那些歌词翻译过来，其中有这么几段话：

我们矢志不渝
同你一起与全世界为敌
来世
我会让你留下
所以我不必说
你是离开我的那个人
离我而去的人
再多的钱也买不到时间机器
再多的戒指也不能取代你
我本该告诉你，你对我是多么重要
如今，我为此付出代价

来世
我还是你的女孩
我们信守诺言
同你一起，与全世界为敌
来世
我会让你留下

唐小爱每次听到这些，根本跳不出欢快的味道，所以她才强烈要求改音乐。尽管 Rob 老师一再说，这首歌词里面有深深的爱和信任，而爱和信任无论什么时候都是正面情绪，所以要跳出对生命和爱情的热爱来。

唐小爱抬手抚着额头，她都快记不清自己曾爱过什么人，也不记得自己和谁信守诺言矢志不渝。

Rob 老师看着唐小爱对着镜子跟着音乐，踩着节奏舞动，眼里似乎闪过一丝笑意，随即也跟上她的舞步，和她最后一次排练。

近万人的大会场里，场面热烈得过分，显然这个节目第一期开播就满堂红。因为请的全是老牌巨星和新生代红星，第一场的噱头十足，宣传上十分到位，大家看见都是偶像级巨星，当然会关注。

会场外，停着一辆黑色宾利，在一排明星大腕的座驾中，显得格外低调。轿车里的男人，却一点都不低调，穿着高级定制的西装，手腕上的表，至少是七位数起跳的价格，闪着冷硬又华美的光芒。

“老板，差不多了。”开车的蓝逸低低说道。

手腕上的表所指的时间是九点五十，直播现场预定唐小爱十点左右上场。唐小爱已经在台后站着静静等候，外面正传来老师苛刻的点评。

她的妆容有些夸张，长长的飞翘的睫毛晕染着一丝神秘的风情，勾勒出完美身材的斜肩裙子下，是漂亮的流苏，只要微微一动，就会闪过让人心跳的弧线，性感的大腿弧线若隐若现，让一边的工作人员都看得有些晃神。

“他们的分数挺高，不过别紧张……”小昭始终站在唐小爱身边，检查她的妆容头发和舞裙。

“秦总去哪了？”唐小爱的表情没有多少紧张，她已经习惯了面对观众和摄影机。

只是今天有些奇怪，晚上吃过饭后就再也没看见秦峻宁。平时秦峻宁在她越临近演出或者上台，他就越不会离开，一开始是因为唐小爱没经验，所以秦峻宁亲自带着她，后来只要他有时间，就会习惯性地在后台陪到最后。

“好像和台里的人谈事去了。”小昭眼神一闪，推着唐小爱往前走去，“一号机推过来了，快点准备。”

唐小爱一抬眼，一号机果然推了过来，她立刻露出一丝笑容，听到主持人的报幕后，和舞伴相视一眼。

音乐声响起，唐小爱在站上舞台的刹那，聚光灯打过来，整个舞台又成为她的。即使她并不是个会跳舞的人，但是能掌控所有目光，她早已不是那个青涩木讷的校园书呆子，从摄影机的背后看去，她是个带着巨大气场的耀眼星星。

仿佛天生的舞者……带着镣铐跳舞的舞者。

会场从欢腾到安静，用了十多秒的时间，而会场的后面，在疯狂激动的人群中后，静静站着一个男人，深邃的眼神里带着几丝冷锐的光芒，盯着舞台上那个刹那转变的性感女人。

唐小爱在幕前幕后的区别非常大，只要有镜头存在，她绝对会成为另一种人——为镜头而生的人。而幕后的唐小爱……没多少人真正了解。

舞台上的强大气场会被一种至柔至弱代替，她不再是镜头前可望而不可即的耀眼明星，她只是一个柔弱的女孩，似乎可以轻易被任何人控制。

钟御卿突然明白了自己为什么要娶她。站在这个位置，看着绚烂华美的舞台，钟御卿会娶她，是因为渴望保护她。他从人群中，一眼看到她站在街边发传单，那时，她就如同在危险丛林里，发觉不了任何猎食者气味的小兔子。

看到她清澈温润的目光，立刻，他就将这个女人的未来放在了心上。原本希望她能在秦峻宁的带领下，慢慢强大，在娱乐圈这个残忍混乱的圈子里，能变得刀枪不入、百毒不侵。

但不知道从什么时候开始，他改变了初衷，不想让她被浸淫成另外的人……

最后一段音乐缠绵又带着一丝悲伤，仿佛在向一个人承诺永远，可最后却没能信守诺言。

钟御卿已经举步从台阶往下走去，所有人的视线都被舞台上的女王吸引，没有人注意到唐小爱的"老公"悄悄到场。

钟御卿的眼神紧紧锁在舞台上的唐小爱，她站在舞台，完全变成了王者，自信干净的眼神，整个人散发的强大能量，都会让人迷恋，完全抓住了所有人的目光，和私底下安安静静、温温柔柔甚至腼腆害羞的形象完全相反。

正是因为这种性格行为上的反差，才让人更觉得她有种奇异的个人魅力。

钟御卿终于看到，她是他身体里潜藏着的那粒沙子。那粒小小的沙子，禁锢在他的心中，不再安静温柔地躺着，想要冲破他的血肉的禁锢，让他开始感觉阵痛……

音符落下，雷动的掌声响起，舞台上灯光慢慢转亮，唐小爱看到身边舞伴投过来的赞叹目光，就知道自己表现很好。

不管上场前的状态多糟糕，都不能否认唐小爱是比赛型人才，她一向在考场赛场上会发挥出色，过五关斩六将，一鼓作气冲到最后。 也许这是她人生中，积累下来最多的财富和经验。

两个主持人笑着从侧台走上来，女主持正是最近正当红的利嘴周青。

唐小爱一直在排舞室里，和周青没有见面，两个人之间曾经的“不和”传言，一度让媒体报道很久。

周青火辣辣的眼神递过来时，也带着隐隐约约的刺芒，这是唐小爱结婚后第一次和她见面。

“小爱真是拼命，短短两天时间就把这支舞跳得那么好。”男主持明峰先开口说话，随即笑着问下面的观众，“大家喜欢刚才小爱带来的热舞吗？”

观众席上一片欢腾的声音，唐小爱看向身边的舞伴，发挥好也是Rob老师的功劳。

“让我们先听听评委团的意见。”周青难得没有毒舌，但显然也不想让摄影机在唐小爱身上多停留，所以立刻将话题丢给评委，让摄影机转向评委席。

唐小爱这时显现出她的反差来，只要她安静地不动，带着几分腼腆羞涩的微笑，立刻从让人仰望的耀眼明星，变成了让男人想要怜惜的对象。

“非常干净的一支舞。”最严苛毒舌的老师竟然没有挑刺，眼神里似有赞赏。

“这是我见过的最能代表东方美感的身材，唯一可惜的是，舞衣太保守。 那么漂亮的腿部线条，为什么不多露一点？ 是不是啊？”中间的舞蹈家说着，将话筒往身后递去，只听到后面一片尖叫声。

“你不懂，这要留给下场比赛。”另外一个评委笑着打趣。

唐小爱只觉得汗颜，她有些不好意思地低下头，听到评委的话，心里倒是松了口气，今天看来没给秦峻宁丢脸，也不辜负她几天来的努力。

唐小爱始终都是坚持一分耕耘一分收获的人，她努力过的多多少少要看得到回报，无论是否和自己的付出成正比。

“在评委亮分之前，还有个惊喜要送出来。”在男主持要开口说话的时候，周青突然抢了一句台词。

男主持明峰微微一愣，显然这句台词太突兀，事先没有对好，所以即使他随机应变的功夫好，也僵硬了半秒，随即问道：“惊喜？”

“没错，大家千万不要转台，否则本世纪最大的惊喜你们就要错过了。”周青的语气里似乎有那么一丝酸意，并没有表面上听上去那么欢快。

“那我们现在……来看看大屏幕。”

唐小爱还没看大屏幕，就听到现场的尖叫声，还有评委席上几个评委眼里或惊诧或含笑的眼神。

唐小爱转过身，看向身后的大屏幕，里面正放着一段 VCR，无声黑白，一看就知道不是普通人能“导”出来的。

里面是一个练功房，唐小爱看到还没正式出道的自己，素面朝天，一个人在练功房里压腿，上面的日期是今年一月十五号。蓦然看见当初那么青涩的自己，唐小爱第一个感觉竟然是想哭。

她不知道还有人会偷拍当时根本没出道的自己，并且还用心记录下来时间和天气。

镜头转换着，记录着她每天不同的生活。也许是因为安静的黑白片，更衬托着她恬静闲适的气质，如同暗夜里静静绽放的莲，有淡淡的香。

唐小爱已经知道这是公司的安排，因为那些拍摄的画面，只有公司随行人员才可能在场。

但是她不知道公司为什么要来这段VCR，今天的舞台上她不是女主角，只是一个配角，公司安排太多的题外话，会让她抢了主角的光芒。

当镜头对准在车里满脸娇憨睡意的内秀女孩时，唐小爱的心脏猛然一跳，她记得这个场景，是在去沙漠的时候……这个短片是秦峻宁导演的。

大屏幕因为摄相机在微微闪动，她的睡脸被放大在屏幕上，没有任何妆容，带着奇异的温暖和安适。

有些事情就是如此，描述起来很慢很慢，仿佛每个细节都是人生最重要的组成部分，可放在屏幕上，只是一闪而过的镜头。镜头对准一片星光灿烂的夜空，因为是黑夜，大家已经分不清到底是黑白色的世界，还是五彩绚烂的世界。

唐小爱看到那场盛大的流星雨，心中也仿佛滑过一个个炽热的陨石，最后变成冰凉的沉甸甸的存在。她突然想逃，逃开这个不属于她的华美舞台，逃开那些观众各种各样的眼神……

镜头闪过她在绿嘉国际代言的那一夜，如同绽放的昙花，黑白无声的画面配上了音乐，色彩也呈现出来，让她看上去星光熠熠暗香袭人。

她第一次接广告，第一次在录音室开口唱歌，第一次独自面对疯狂的媒体，第一次触电……短短五分钟的纪录片，将唐小爱台前幕后的一切完整地呈现出来，记录她从出道到今天的风风雨雨。

最后，一切又归位黑白色调，画面定格在她排舞时，面对镜子的认真表情。

音乐停止，一切安静得可怕，只有敲击键盘的声音传了出来，上面一个字一个字的闪现——唐小爱，我爱你……

而往台上走去的钟御卿，已经收住脚步，站在人群中，看着大屏幕慢慢变得漆黑一片，那行字如同心跳般在闪动着。

灯光越来越暗，最终一片漆黑，躁动的人群在黑暗中再次沉寂下来，近万人的大会场，只能听到彼此的呼吸和心跳。

唐小爱在有些漫长黑暗中，想往后退，她在什么都看不到的情况下，触觉和嗅觉会变得格外敏锐。她嗅到了令人不安的味道，这种味道提醒着她快点离开。

可是唐小爱还没挪动脚步，一道刺眼的光圈打在她的身上，定格了她的动作。另一道灯光亮起，打在了右侧的男人身上，光束缓缓往她身边移来。

唐小爱在一片漆黑中，只能看到秦峻宁的脸，她心里叹息一声，看到那个短片，她就知道，只有秦峻宁才会拍摄出来那些背后隐藏的、甚至快被淡忘的细节。

两个光圈缓缓合并，秦峻宁已经站在了唐小爱的面前，他的表情在灯光追随下有些迷幻，眼神也温柔得不可思议，与平时那个霸道不讲理的秦导完全不同。

唐小爱想挤出一个笑容，她应该是训练有素的，无论面对什么情况，都可以用最完美的笑容来应对。可是她唇角牵了牵，怎么都笑不出来。

秦峻宁一直认为自己不可能只爱一个女人，他根本不相信天长地久，更不相信永远。他只相信，男人是下半身思考的动物，任何决定和冲动都是因为自己欲望的驱使。

他和钟御卿不同，秦峻宁一直承认自己的欲望，并不觉得这是什么难以启齿的事，就像他发现自己很喜欢唐小爱，那种喜欢和欣赏已经变成爱时，立刻就想让她也知道。

只是那时候，唐小爱已经和钟御卿在一起，迅速宣布退出娱乐圈，根本没有给他任何机会。只有在失去的时候，才知道痛彻心扉的喜欢叫做真爱。

钟御卿站在寂静的人群中，如同融入夜色中的孤鹰，无声无息盯着舞台上突发的一幕，刚才那全场黑暗的半分钟，他本可以将唐小爱直接带走，但是看了那个短片，钟御卿却改变了心意。他知道那个短篇出自秦峻宁之手，因为……有种没心没肺的感人，只有秦峻宁才有这样的才华，钟御卿一直都知道。

他们是知己，是至交，是无论怎么打架都不会真的置对方于死地的兄弟，彼此了解对方最本质的东西……

舞台上依旧上演着无声的戏，唐小爱和秦峻宁对视着，她没有回避视线，而是用眼神在拒绝这样的“戏码”。

那明亮干净的眼神清清楚楚写着：别玩这种游戏，她不会配合的。

可秦峻宁像是看不到她的眼神，右手从容优雅地往口袋里探去。

“谢谢。”唐小爱突然说话，并且出人意料地上前一步，迅即关掉麦克风，紧紧拥抱将她一手打造出来的东家。

“秦峻宁，你想做什么？”唐小爱在拥抱他的时候，有些焦虑地低低说道，并且先申明自己的观点，“事先没彩排的节目，我不会做。”

她一向都很聪明，只不过很多时候不会用尖锐的态度去处理不喜欢的事。唐小爱喜欢温和低调的方式，不会伤及别人，不会留下太惨烈回忆的方式，处理人事关系。从短片的开始，唐小爱应该比现场的任何人都清楚接下来会发生的事。

“小爱，你怕什么？”秦峻宁发觉她在拥抱时，左手紧紧按着他的右臂，像是怕他从里面掏出什么怪物来。

“老板，咱别丢脸了，快走吧。”唐小爱恳求地看着秦峻宁，这种场合要是来场告白游戏，简直就是一场让人无法拒绝的逼婚大戏。

对，就是逼婚。秦峻宁能忍那么久可不容易，从唐小爱离开埃斯克罗之后，他就一直在想，怎么才能让自己的喜欢的人变成自己拥有的。这个过程漫长而艰辛，秦峻宁经历的感受和纠结，并不比钟御卿少。

“只要你戴上我的戒指，就不再是钟太太……不是早想离开他？我帮你……”秦峻宁在她耳边说道。

唐小爱紧紧攥着他的胳膊，始终保持着拥抱的姿势，她沉默下来，在满场的寂静中，感觉到自己心脏搏动的速度。

“唐小爱，你还在犹豫什么？”秦峻宁像是在诱惑她，“那么讨厌现在，为什么不去改变？我虽然不够好，但不会像钟御卿那样让你难过……”

“谢谢。”唐小爱突然打断秦峻宁的话，她知道如果当着亿万观众的面答应这样的求婚，无论是舆论还是其他压力，都会让她和钟御卿的这段婚姻彻底破碎。

唐小爱很想让破碎的更破碎，可是，她不想也搭上另一个人的未来，那样未免太自私。

“小爱，你别傻……”秦峻宁这时候不可能让她全身而退，他要求唐小爱上今天的节目，早就排演好了这场戏，无论如何都要导完。

说话间，秦峻宁已经一点点抽出手来，一只脚也稍稍后移，似乎下一刻就会单膝跪下求婚。但是秦峻宁还没有开始下一步动作，瞳孔猛然收缩，一动不动地站立着，看着唐小爱放大的脸。

钟御卿也静立在黑暗中，瞳孔缩小，看着舞台上突变的一幕。

唐小爱做这一行，避免不了在一些社交场合上与人亲密接触，比如拥抱、贴面礼……可她从来没有这样主动吻自己的老板。在这种公共场合，又是现场直播，唐小爱竟然抬起头吻了秦峻宁。

虽然她的长发随着动作滑落到腮边，挡住了半张脸，可摄影机还是清清楚楚地拍摄到唇与唇相贴的模样。

灯光刹那熄灭，人群依旧安静。直到灯光再次亮起，舞台上只剩下两位主持人，唐小爱和秦峻宁双双消失。

这场哑剧，会有足够多的版本流传出来，让其他人去猜测。但是除了当事人，没人知道其中的暗流。

后台，唐小爱的化妆间被粗鲁地关上，隔绝了其他人或好奇或艳羡或嫉妒的眼神。

“老板，你疯了？刚才是直播……我谢谢你，真谢谢你，但是你不能……”唐小爱一看见门关上，立刻开始和秦峻宁拉开距离，有些抓狂地说道。

“唐小爱，你真是个笨蛋。”秦峻宁打断她的话，就是因为直播，所以说出的话，才有那么多人见证和监督，他……这辈子就不能再反悔，会对她负责一辈子。

要知道对一个浪子来说，能戒除其他女色，决意将自己的后半生拴在一个女人身上有多难。可是唐小爱竟然用那种方式“堵”住他的嘴，毁了他的求婚大戏……

现在台上估计一片混乱，秦峻宁本可以不走，即使她不配合，也将独角戏唱完，但唐小爱在最后又对他说了一句话：她怀孕了。

秦峻宁不该相信她的鬼话，因为唐小爱和钟御卿见面的次数就那几次，即使有了，也瞒不过小昭和他的眼睛。但是在直播现场，他还是犹豫了，片刻的犹豫，被唐小爱拽回了后台。

“你骗我，骗我！”秦峻宁见唐小爱开始保持沉默，火更大，一手将她推到椅子上，盯着她的眼睛，“唐小爱，你这辈子也只能骗骗我了，有本事去骗钟御卿，把你的自由和未来从他手里骗回来啊！”

唐小爱被推到椅子上跌坐的瞬间，脸色微微一变，眼神中似乎闪过一丝痛苦，但忍了忍，垂下眼睛依旧没有说话。

“为什么要骗回去？”低沉的男音从外面传了过来，化妆间的门被打开，钟御卿靠在门边，指间夹着一根抽了一半的烟。

唐小爱的脸色更难看了，钟御卿什么时候回来的？他是不是已经看到了舞台上的那一幕？不过……现场直播的场合，唐小爱每一个举动，都已经做好了被全世界人议论的准备。

钟御卿抬起眸，他在和秦峻宁说话，可眼神却落在唐小爱的脸上。她还穿着舞衣，纤秾有致的身体曲线毕露，妆容比起平时太过浓艳，将她真实的脸色遮掩得严严实实，只能看到那清冽的眼神闪过的慌乱。

“钟御卿？”秦峻宁转过身，语气里似乎没有多少惊讶。

“累了吗？”钟御卿掐灭烟头，来到唐小爱面前，对她伸出手来，“走吧，我们回家。”

唐小爱看见他伸过来的手，没有动。

钟御卿眼里闪过一丝淡淡的水光，微微俯下身，准备将她拉起来。

秦峻宁这时立刻伸出手，挡住钟御卿的手。

“她不愿意。”秦峻宁的口吻已经非常不好，脸色也阴沉能滴出水来。

“小爱。”钟御卿此刻根本不理会秦峻宁，眼神始终没有离开唐小爱的脸。

唐小爱站起身，她已经不止一次看见这样的场景，钟御卿和秦峻宁，两个看似相同又截然不同的两个男人，站在她的生命里一左一右，拉扯着她的灵魂。

今天在舞台上，当秦峻宁上台时，唐小爱在一瞬间，有种想哭的冲动。 因为太迟了……秦峻宁的那枚戒指，拿出来得太迟……

如果在最初，如果在最初……

“你去哪？”秦峻宁和钟御卿看见唐小爱起身，难得又异口同声问道。

唐小爱脚下有些发飘，她想离开，至于去哪……谁知道呢？ 有钟御卿在，她的明天永远不是自己的。

唐小爱突然觉得灯光熄灭了，她的眼前一片黑暗，什么都看不到。

“小爱。”秦峻宁眼疾手快抱住起身往地上倒去的唐小爱。

钟御卿没有动，脸色瞬间变得凝重，看着白色座椅上的那一小滩血迹。

第十章

秦峻宁一脸惨白地在医疗室门外等候着，和冷静沉稳的钟御卿相比，看上去他更像是准爸爸，面对妻子早孕出血的状况乱了分寸。

“都怪我……这几天排舞太累，她根本没休息好……”秦峻宁一直在喃喃自语，“唐小爱本来就是个不舒服也不肯说的笨蛋……”

秦峻宁突然想到他在化妆室将唐小爱狠狠推到椅子上，当时唐小爱的眼里似乎闪过一丝痛苦，但始终没吭声，该不是他当时用力过度……

“老板，别这样，喝点水。”小昭也跟了过来，她同样很心焦，现在只能希望唐小爱没事。

钟御卿靠在门边，双手插在裤兜里，冷静得过头就会带着一丝冷漠。仿佛里面的人不是他的妻子，只是个陌生人。可他在口袋里捏成拳的手，浸满了汗水。

虽然他对自己的骨肉也很在意，但和唐小爱的性命相比，她肚子里的孩子不重要。

医生说，唐小爱肚子里的小宝贝还没稳稳着床，因为最近太累和体外撞击，所以可能出现脱落情况，现在要等检查情况出来，才能知道能不能保住胎。

钟御卿对医生说的唯一一句话是：“全力保住母亲。”孩子还能再要，而他的女人只有一个。

“都是我不好，都怪我……”秦峻宁无比懊恼悔恨地捶着墙壁，他如果知道唐小爱真的有了，怎么可能让她去练舞？

一只带着些许汗湿的温厚的手，握住了他的拳头。

“早孕出血，医生都说了，大人不会有太大的事，你能安静点吗？”钟御卿的语气很平静，秦峻宁却能听出里面蕴藏着的焦虑不安，还有一丝捉摸不透的危险。

他可以想象，如果唐小爱醒不过来……钟御卿口上这么温柔，可手里却会对他做出的事……秦峻宁狠狠踢了一脚墙壁，转过身坐在了椅子上，唐小爱意外怀孕，都是钟御卿的功劳，可是他现在没法去指责钟御卿。

小昭站在一侧也有些不知所措，今天的事太突然，当唐小爱被救护车接走，守在外面等待的媒体堵得里三层外三层，根本无法处理。秦峻宁的情绪又那么糟糕，小昭也不敢用媒体的事去烦他，只能焦急等待着，希望唐小爱母子平安。

唐小爱醒来的时候，看见纯白的天花板，有种时光轮回的错觉。仿佛回到了最初，她被沈墨带走的那段时光。

“醒了？”温和的男人声音从一侧传到她的耳中。

唐小爱听到这个声音，又闭上了眼睛。真像回到了过去……这些日子仿佛只是一场纷纷乱乱的梦。

“宝宝暂时没问题，不过这段时间还是要在医院里静心养胎。”钟御卿见她闭上眼睛不理自己，他也不生气，丢出这样一句话来。

唐小爱听到“养胎”，心脏猛然一缩，她……怀孕了？在晕倒之前，都不知道自己的身体里，已经装着一个小小的种子。她也根本不想在这种时候怀孕……

“我们有孩子了，开心吗？”钟御卿始终让人难以探明他真实的心思，每一句话都没有额外的情绪。

唐小爱伸手抚上自己的小腹，昨天她被推在椅子上，小腹一痛，钟御卿出现，她的心思根本不在自己身体的异常上，只想离开……没想到竟然怀孕……

“妈妈那边也不用担心了，等你稳定点就回去住。”钟御卿真是面面俱到，连唐妈妈那边都考虑到了。

“如你所愿了吧？”唐小爱过了很久，低哑着挤出这句话来。

钟御卿端着一杯水，走到她身边，露出一丝春光明媚的笑容来：“难道你不高兴？”

唐小爱扭过脸，不再说话。孩子的父亲是他，没什么值得高兴的。想到她和孩子的未来，生活在一个冷漠无情的铁笼中，唐小爱就觉得害怕。为什么生活总是有那么多出人意料的情节？

秦峻宁站在病房边，隔着透明的大玻璃，眼里依旧带着黯然和懊恼。因为他知道，无论是从法律还是人情，唐小爱怀孕，他和她之间的可能性会变得更小更小。

“老板，小爱已经没有危险了，是不是应该想想办法怎么应对外面的那些媒体？”小昭走到秦峻宁身边关心地问道。

秦峻宁的眼神从唐小爱脸上收回，像是强行拉回某种牵绊。

“老板……”小昭看见秦峻宁一言不发往外走去，立刻跟上去，生怕他也出什么事。

“让紫元过来处理，我想一个人静静。”秦峻宁停下脚步，说完后，头也不回地离开。

浩瀚的大海边，秦峻宁走在沙滩上，鞋子和裤脚被洁白的海浪打湿，他仿佛没有任何感觉。

不知走了多久，秦峻宁终于停下脚步，看着一波又一波的海浪，插在口袋里的手拿出来，掌心那枚戒指在阳光下泛着耀眼的光芒。

秦峻宁这些年，送过很多东西给女人，唯独这样的钻戒，他第一次拿出来……他这一生，有很多很多的女人，从不缺乏感情，却怎么就错过了唯一的真爱？

秦峻宁站在礁石上，一挥手，掌心的钻戒往碧蓝碧蓝的海水里飞去，在浪花中，连一丝涟漪都没有就被吞没。

他的心，也跟着钻戒一点点沉入大海中，被冰冷的深海淹没。

现在唐小爱不想回去也必须回去，媒体看见医院救护车进入电视台，直播现场发生那么八卦的事，他们哪能放过这么好的机会？

也因为当时后台明星太多太杂，各大娱乐公司的明星和娱记都有，口风自然没那么严实，关于唐小爱在后台的八卦就有各种版本流传进来。最离谱的是，有媒体说唐小爱怀了秦峻宁的孩子，钟御卿大怒之下，不知道怎么让她流产了……

各大媒体、报纸、杂志都头版头条刊登着这些新闻，唐家人和钟家人自然也都知道了。

唐小爱每天接到妈妈的电话，言语间全是关心和担忧，希望她能早点恢复回家。

不说舆论的压力，只两个家庭和妈妈的身体状况，就让唐小爱不得不回去。更何况她的肚子里，有钟家的子嗣。

唐小爱的手放在小腹上，看着车窗外倒退的风景，她怎么都想不明白，自从有了离婚的念头后，她在这种事上一直很小心，生怕自己怀了孕被牵系住……

“在想什么？”钟御卿握住她微凉的手，柔声问道。

唐小爱抽回手，依旧看着外面的风景，脸色温温凉凉，没有多余的表情，像一朵静止的花。

“医生说，心情要放好点，不然对宝宝不好。”钟御卿伸手抚上她的脸，将她的面颊掰过来，声音依旧很温柔。

“我不想说话。”唐小爱有些困乏，温温柔柔地请求，“让我安静待一会行吗？”

“是不是还在想离婚？”钟御卿索性也不再转弯抹角，她心里在想什么，他一直都知道。可是她这模样，着实让他有些想发怒。

“现在还能离吗？”唐小爱看了眼自己的小腹，脸上没有一丝笑容。

“不能。”钟御卿凑近她，薄唇贴到她未施脂粉的脸颊上，低低说道，“以前不能，现在不能，以后也不能。”

唐小爱闭上眼睛，唇边隐约浮起一丝苦笑。遇到钟御卿，她能不认命吗？

“你以后会对他好吗？”唐小爱在漫长的沉默中，轻轻揉了揉小腹，突然问道。

“问这种问题很可笑。”钟御卿的手一直按在她的手背上，低低说道，“是我的孩子，能不好吗？”

“对他，只要比对我好就行了。”唐小爱半晌，吐出一句话。

这句话又像一粒沙，掉进了钟御卿的心脏，有种异物摩擦的痛苦。在她心里，他对她到底差到了什么程度？

“放心，孩子会有个完整幸福的家庭。”钟御卿特意将“完整幸福”咬得很重。

“但愿。”唐小爱看着窗外起伏的风景，钟御卿这样的霸权主义者，当父亲的话，只怕孩子会被他画更多的圈，从小就面对着同龄人不该面对的压力。

绿嘉国际。

露天大阳台上摆着一桌美味佳肴，唐家人和钟家人围坐在桌边，一边聊天一边欣赏着灿烂的云霞。

钟御卿又将家里所有的亲人都接了过来，他很会利用亲人之间的关系，调和自己和唐小爱的矛盾。

“小爱，这段时间千万不能再去接工作，妈妈之前就告诉过你，前三个月很重要，不能应付那么多繁琐的事情，你看你不听话……还好你和孩子都没出什么事，真是谢天谢地。”唐妈妈最近每次和唐小爱说话，都会用这种调调开头，不准她再出去接工作，勒令她在家养胎。

“你妈说得对，前几个月是要小心点，咱们家又不缺钱，用不着出去工作，更用不着在这种时候还跑出去赚钱。”钟妈妈心直口快，她对上次唐小爱婚礼落跑的事就不高兴，唐小爱怀孕，钟妈妈稍微欢喜了点，可唐小爱怀孕还要跑出去接工作，还差点伤了肚子里的宝宝。

想到未来被肚子里的孩子牵系住，唐小爱突然有种作呕的感觉，她立刻放下筷子，捂住嘴站起身，快步往外走去。

在洗手间里干呕着，唐小爱胃里泛着酸，心里也泛着酸，到最后吐没吐出，倒是把眼泪呛出来了。 唐小爱低下头，伸手在水龙头下接着水洗脸，再抬头时，一条洁白的毛巾递过来。

她迟疑了几秒，还是接过了毛巾，擦着脸。

钟御卿看着镜子里的两个人，她穿着平底鞋娃娃服，看上去像个没毕业的青涩学生，娇小瘦弱得让人心疼。

“妈妈说的那些话，别放在心上，她只是担心你。”钟御卿站在洗手台前，从镜子里看着唐小爱的眼睛说道。

“嗯。”唐小爱放下毛巾，半晌才冒出一个字。

她以前就不爱说话，现在回来了更像是得了孕期综合症，自闭孤僻，每天说话几乎不超过百字，哪怕面对母亲和弟弟。

“是我不好，怀孕的事全怪我。”钟御卿见她放下毛巾转身就要走，他伸手拽住她的胳膊，开口道歉。

钟御卿很少会主动道歉，哪怕是他的不对，他都不会轻易承认，最多用另一种方法去解决。

“嗯。”唐小爱还是发出一个音节。

“别这样。”钟御卿攥住她的胳膊之后，顺手将她搂在怀中，薄唇贴在她额上的发丝，“我会担心。”

“我很好。”唐小爱低哑着开口。

她会很好。为了肚子里的孩子，也会很好。

“我知道我不是个好人，以前对你可能做过一些伤害的事情，但是……决定和你结婚，我已经把你当成我的人，无论悲伤欢喜，快乐痛苦，我都准备好和你分享。”钟御卿紧紧搂着她，虽然唐小爱一动不动，没有任何的反抗，顺从得像木头，但钟御卿还是觉得她会像水一样从指缝中溜走。

“知道了。”唐小爱的声音里带着一丝恹恹的语气，似乎累了。

“你不知道！”钟御卿的手臂微微一紧，她不知道，她是那颗沙。在他心里被慢慢打磨成珍珠的沙粒，想要逃出他生命的那粒沙子……

“我知道。”唐小爱的语气里染上了不耐烦和微恼，她最近的耐心和情绪都不好，虽然每天有心理医生辅导，可孕期综合症一发作，怎么都压不住自己的脾气。

不止是无休止地悲观，唐小爱常常听着别人说话就开始落泪，甚至看到别人穿太过艳丽的衣服也会有呕吐的感觉，比如明亮快乐的橙黄色，会让她烦躁得想撕碎。

“你如果知道，就不会这样对我！”钟御卿在她耳边低低说道。

“钟御卿，我怎么对你了？”那股厌恶压往上涌，唐小爱突然挣扎着推开钟御卿，冷冷扬起脸，盯着他的眼睛。

钟御卿让她挣脱开了，因为她怀了孕，而且早期出血，他担心自己力度太大会伤着她。

“你对我，根本不像是妻子对丈夫，连和我说句话都吝啬到这种程度，是不是有点过分？”钟御卿尽量让自己的态度不那么强势。

“你对我，像丈夫对妻子吗？”唐小爱反问。

钟御卿看着唐小爱走出房门，他做了一个很细微又很性感的小动作——微微苦恼地咬住了自己的下唇。

钟御卿和她似乎在对峙着，两个人之间的气流在不安地涌动着。

“把药吃了。”钟御卿先打破沉默。

因为她穿着家居裙站在浴室的门口，细长的四肢和柔顺的头发被从浴室涌出的强烈光线包裹着，让她看上去柔弱又无助。

床头柜上放着几瓶营养液，钟御卿拿起一瓶，晃了晃，为她打开。他顺手握住她的手，将她扯到自己面前，围住她的腰，将脸贴在她的小腹上。

唐小爱一动不动地站着，感觉时光变慢，变慢，慢慢拉成一种岁月和生活的形状，里面晃荡着光阴的影像，如同她第一次站在电影院，看着光线投向大屏幕……

那些酸甜苦辣悲欢离合，随着光影的流动在脑海播放着。

“吃了药就睡吧，我今晚有其他事，可能要通宵。”钟御卿终于松开她，说道。

唐小爱顺从地吃药，她最近吃什么吐什么，加上之前出血，绿嘉国际的医疗团队每天为她肚子里的小主子忙翻了，整天都在想着怎么提取更好的绿色天然补品。

钟御卿看着她躺下，伸手为她盖好被子。

唐小爱轻轻闭上眼睛，她越来越不喜欢现在，钟御卿对她越好，她就会觉得前面有着可怕的深渊，会埋葬她的一生。

额上落下温热的一吻，随即灯光被调到最温馨的暗度。钟御卿看着昏黄灯光下的唐小爱，眸中露出一丝无奈，转过身离开。

钟御卿知道唐小爱不想看到自己，虽然前几天他用尽方法想和她亲密点，可都没有收到成效，现在她看到自己就想吐，钟御卿也有种胃部抽搐的疼痛感。

靠在台球桌边，钟御卿闭上眼睛，掩去眸中所有的情绪。指间的烟雾缭绕着，他不是个爱抽烟的人，可唐小爱怀孕之后，几乎每天夜里，他都会躲到她看不到的地方，一根根抽着烟……

“老板。”蓝逸不知道从那里冒出来，低低喊道。

“去安排吧。”钟御卿深深吸了口烟，那张脸掩在烟雾后，让人看不到真实的表情。

“这样……真的好吗？”蓝逸不放心地问道。

钟御卿没有说话，掐灭烟头，伸手拿起台球杆，俯下身架杆。

漂亮利落的一杆出去，一声脆响，所有球被打散开来，像是一朵朵颜色各异飘落的花。

真的好吗？一分钟后，台球桌面上只剩下一颗白球，钟御卿放下台球杆，心中早就做了决定。

清晨的阳光照耀在绿嘉国际大厦，对面的埃斯克罗也拉出一条长长的影子，在地平面上如同平行的两道直线。

秦峻宁站在办公室的落地窗前，眺望着对面的那座大楼。

“老板，媒体方面已经打点好了，剧组宣传方面也重新安排了，这是策划部的意见书，您过目。”紫元敲了敲门走进来，将一份资料放在秦峻宁面前，说道。

“放桌上，你出去吧。”秦峻宁依旧看着对面，淡淡嘱咐。

“老板，钟总想见您。”紫元没有立刻出去，几秒后小心翼翼地说道。

“不见。”秦峻宁冷淡地说道。

“可是……他已经来了。”紫元的话音刚落，钟御卿就出现在他的身后。

秦峻宁转过身，一双带着血丝的眼睛看向钟御卿。

“不请我坐吗？”钟御卿微笑着问道。

“还用我请吗？”秦峻宁反问。

“那我能请你喝杯早茶吗？”钟御卿走到秦峻宁面前，伸手往他领带上探去。

秦峻宁皱了皱眉，最终没有躲避。

钟御卿只是替他理了理领带，动作温情如同兄长对弟弟。

“走吧。”钟御卿整理好秦峻宁的领带后，拍了拍他的胸口，“喝茶去。”

秦峻宁闭上眼睛，深深吸了一口，再长长吐出。

“钟御卿你以后再敢这么摸我，我就剁了你这只手。”秦峻宁想平静下来，可他无论怎么压制，看见钟御卿那张脸都想发飙。

“剁吧，只要你赔得起。”钟御卿笑着搂过他的肩，往外走去。

埃斯克罗的早茶厅里并没有多少人，靠落地窗边的雅座间里，坐着两个长相极为英俊的男人，那就是这两座大厦里多数女人都渴望和幻想的对象——钟御卿和秦峻宁。

“你能理解我的感觉？ 哈……钟御卿，你是在和我开玩笑还是想讽刺我呢？ 你说你失恋？ 哈哈哈……”雅座里，秦峻宁笑得连茶水都泼了，这也许是他这段时间来笑得最肆意的一次。

“是很好笑，但我的确失恋了。”钟御卿也笑了，带着一丝无奈。

“唐小爱现在已经在你的户口本里，肚子里还装着你的种子，钟御卿你居然跟我说你失恋……你知道什么叫失恋吗？ 我这样的才叫失恋！那么多的美女不要，居然喜欢上一个已婚孕妇！”秦峻宁突然不笑了，一扬手，茶杯在地上碎裂，热气腾腾的茶水溅到钟御卿的鞋子上。

“你知道世界上最痛苦的事是什么吗？”钟御卿微微扬起唇，眼皮都没动一下，淡淡问道。

“对我而言，就是看到最好的朋友娶了自己最喜欢的女人。”秦峻宁红着眼睛说道。

“对我而言，世界上最痛苦的事莫过于娶了喜欢的人，可那个人却恨着自己，一直想离开。”钟御卿始终保持着微笑，冷峻的面部线条变得柔和起来，又像个天使。

秦峻宁扯了扯唇角，再次笑了起来：“钟御卿，你也有今天啊！小爱果然是我带出来的，不行，我得去看她……”

“要看的话，去她老家吧。”钟御卿还是非常平静，表情没有一丝波动。

“你送她回家了？”秦峻宁惊讶地问道。

“反正她妈妈的身体也过了观察期，情况已经稳定下来，这里对她来说有太多不愉快的记忆，与其每天闷在笼子里，不如放飞野外。”钟御卿端起茶，细细品了起来。

阳光从落地玻璃上透过，撒在小木桌上，圆润的紫砂壶蒙上一圈一圈的光影，茶水在杯中像是凝固的翠玉，透着岁月静好的美。

从玻璃往外看去，绿嘉国际下面停着几辆车，一群人正站在其中一辆加长轿车边。

“呵，你还真够狠心，也不去送送？”秦峻宁看着车缓缓离开，讥讽地问道。

“她不想看到我。”钟御卿掐灭指间的烟头，往外走去，“走吧，喝两杯。”

“我这里可是无烟区，谁让你在这里抽烟了？”秦峻宁像是刚发觉钟御卿抽烟，突然愤怒地吼，“钟御卿，别把这里当成绿嘉国际！你别以为自己有娃了就可以随便抽烟，孕妇要是吸到二手烟更危害身体，你能不能有点公德心？”

“有那么喜欢她吗？”钟御卿停下脚步，转身看着秦峻宁，淡淡问道。

“你觉得我会对一个人保持多久的兴趣？”秦峻宁反问。

“能有一辈子吗？”钟御卿又问道。

“你什么意思？”秦峻宁皱起眉，语气带着某种不确定。

“如果她一直不想看到我，总要有个人去接手她的生活吧？”钟御卿又点燃一支烟，深吸了一口，在烟雾缭绕中，他看着秦峻宁的眼神有些迷离，“等她生完孩子，你可以继续打理她的未来，无论是事业还是生活……你都会策划得很好，对不对？”

“你到底想说什么？”秦峻宁讨厌绕弯子，虽然已经察觉到钟御卿话里的意思，但是像钟御卿这样的老狐狸，一向不会轻易表达出自己的真实目的。

“替我照顾她。”钟御卿言简意赅地说道。

“你还想和我开玩笑？”秦峻宁突然更想揍他了。

“我是认真的。”钟御卿盯着秦峻宁的眼眸，依旧是淡淡的平静的表情。

对钟御卿而言，最大的悲痛在他的脸上，都是云淡风轻。

对唐小爱而言，会有一种痛苦，让她失去表情，失去语言，失去爱和被爱的能力。

“认真的？ 你从我这里拿走唐小爱，还回来的时候附送一个小小爱？ 钟御卿，你可真会做生意啊！”秦峻宁突然大笑起来，他止不住地笑，甚至笑出了眼泪。

钟御卿看着秦峻宁，那扬起唇角，也笑了起来。

秋天已经来了，绿荫环绕的小镇凉风习习。

小镇最边缘靠近大山的地方，在黄昏时分炊烟袅袅，牛羊归家，空气清甜得能滴出水来，与喧嚣的城市相比，这里的一切都安宁祥和得如世外桃源，带着一种安定的美。

某个小院桂花树下坐在藤椅下的女人。细小如金子的桂花随着秋风从枝头摇摇晃晃坠落，飘落在小木桌上，也落在面容安静秀美的女人身上。

“小爱，穿件外套去，待会就要下露水了，别冻着了。”唐妈妈提着小桶，在给小院的花浇水。

“好。”唐小爱站起身，走到妈妈身边，伸手拿过水瓢，舀着水浇着那些灿烂无比的月季花。

如果从养生上来说，这里的空气和环境，再适合不过“清修”，而且吃的也是纯天然绿色食物，对孕妇来说，更是最好的居住环境，没有污染和辐射。

唐小爱的小腹已经隆起明显，她也越来越清晰地感觉到肚子里小生命的成长，那种当妈妈的感觉非常独特，甚至有一种对生命的敬仰和感恩。

唐小爱的孕期综合症也在这里消除大半，她每天看着这些盛开的鲜花，就会觉得人生也应该像这样花一样迎着阳光绽放，无论有没有人欣赏，无论有没有人采摘。

“明天是三号，海医生要过来定期检查吧？”唐妈妈用手洒着水，问道。

“好像是。”唐小爱的脸上浮动着夕阳的光辉，她在专注地看着一朵含苞待放的花蕾，眼里有着温柔的神色，和在绿嘉国际时的浮躁烦恼完全不同。

她现在充满着母爱，又恢复了那种岁月静好的安然娴雅。

“不知道御卿会不会过来。”唐妈妈放下小水桶，看向唐小爱，“打个电话吧，你看这都几个月了，就算他再忙，也要抽时间回来看看你吧？”

“有什么好看的？”唐小爱伸手摸上一朵艳红的花，长长的睫毛掩去了眼底那抹异色，淡淡说道。

“小爱，过来，爸有点话想对你说。”唐爸爸转身往内屋走去。

唐家住的还是原先的小屋子，但是里面已经焕然一新，经过世界一级设计师的亲自设计，唐家现在住的小屋子完全是田园风格，色彩清雅，惬意舒适的布局让人进来就不想离开。

这是钟御卿和唐小爱领证后办的第一件事，唐小爱当时根本不知道，当然，钟御卿做过很多事，她都不知道。

比如，现在唐爸爸对她说的这件事。

“老人院的投资方，要看看吗？”唐爸爸坐在窗户边的椅子上，手中转着两个核桃，手边放着一叠资料，“这是我前段时间去资料室看到的一点东西，这个老人院是绿宇慈善基金会筹建的。”

“绿宇？”唐小爱摸了摸隆起的小腹，她当然知道绿宇慈善基金会，绿宇的后台老板联系了百家知名企业，募集资金，建立起来的慈善基金会，每年都会请众多企业家和明星艺人前来捧场，当时她还在埃斯克罗，小昭给了她一份资料，要参加绿宇慈善的活动。

记得那么清楚，还因为她有幸成为绿宇慈善基金会宣传歌的演唱者。

“我虽然孤陋寡闻，和现在的时代脱轨了，可自从进了老人院工作之后，也会每天关注各界新闻，至少知道绿宇是个什么东西……”唐爸爸习惯地盘起腿，看见唐小爱没有拿资料，他自己拿起资料翻了翻，“虽说是纯粹的民间企业家发起的慈善组织，但是没人知道后台老板是谁，而且现在有政府背后撑腰，让各龙头企业都趋之若鹜，很厉害啊。”

“爸，那些跟我们没关系。”唐小爱有些无奈地开口，自从爸爸戒了赌，一心投入老人院的“事业”之后，就变了性子，每天比谁都上进，像是要把浪费在赌桌上的时间一口气补上似的。

“怎么没关系？ 绿宇的老板是我的女婿，你说有没有关系？”唐爸爸虽然脾气改了很多，但还是会着急上火。

唐小爱的表情有一丝僵硬，她终于伸出手，拿过爸爸手中的资料，随便翻了翻。

“那又怎么样？ 绿宇每年做的慈善不计其数，这只是其中一个投资而已。”唐小爱扫了眼手中的资料，放到桌上说道。

“这种小镇，谁会来做调查来做投资？ 小爱，你还不明白吗？ 如果不是因为你在这里，老人院怎么可能那么快就建立起来？”唐爸爸叹了口气，问道。

“爸，你也说了，这种事情需要时间去做，他们说不准是早就准备投资，否则短短一个月的时间，哪能全部设备、系统都弄好？”唐小爱还试图理智地为老爸分析。

“你不在家，你没有看到整个施工队开进来的速度，几乎一夜间高楼就起来了……”

“我回去看书了，晚上你们早点休息。”唐小爱站起身准备走。

“小爱，你看看这个房间，看看外面院子里的花花草草……哪一样不是按照你的喜好来弄的？ 甚至包括月季花的颜色，还有那几棵被运送过来的桂花树，全是御卿为你做的，还有这些……”

“这些对他来说只是举手之劳，只要他吩咐一声，下面自然有人去做，不……连手都不用举，只要动动嘴就行了。 为了他儿子，做这点事不算什么吧？”唐小爱只要一说到和钟御卿有关的事，就会控制不住情绪。

“你也知道他是孩子爸啊？ 那你就不能给他主动打个电话，让他过来看看你？”唐爸爸皱起眉头，语气变重。

“他工作那么忙，没必要跑来跑去。”唐小爱原本还想在家人面前维持自己和钟御卿表面上的关系，可是有些事是瞒不过老人的眼睛，父母都是过来人，而且钟御卿送她回来，两个多月都没来看她，摆明了夫妻间的关系有问题。

“他忙不忙是他的事，可你这边总要表示一下吧？ 我们倒是想让御卿过来，可人家每次都会问你的想法，怕你不愿看见他。”

唐小爱不想和爸爸多说，因为现在老爸已经被钟御卿拉过去了，准确地说，是他们一家人都被钟御卿不动声色地收买过去，现在只要出了问题，所有的矛头都会对着她。

“对了爸，绿宇的后台老板三年来没有人知道，就算再厉害的狗仔也挖不出一点料，如果那么轻易就让你查出来，只能说明一个问题——那个人想让你知道。”唐小爱站在自己的房门口，突然停下脚步，转头对爸爸笑了笑，“你们不会比我更了解他。”

唐爸爸看着女儿走进卧室关上房门，一脸莫名其妙。

唐小爱靠在床上，抱着一只大兔子，看着天花板发呆。 随着肚子渐渐大起来，尤其是怀孕四个月后肚子飞快长大的感觉，她开始不自觉地渴望一种温暖——孩子的父亲在身边软语温存的温暖。 但是一想到钟御卿会戴着完美的面具和她温存，唐小爱又会产生厌恶。

她的房间布置得非常温馨，小时候的一些很小的玩具，都被保存在橱柜里，钟御卿还给家里配了两个保姆，一个专门照看她的起居，一个专门照看她的饮食，据说这两个老妈妈比那些高级月嫂和营养师还要厉害。

她这两个多月不管想要什么，第二天都会出现在面前，唐小爱知道这是钟御卿做的。

她还知道，自己的家里一定有监控。 否则，爸爸妈妈是不会那么细心周知地揣摩她每一句有心或无心的话。

那种细致的揣摩人心，只有钟御卿能做出来。 就像某天，她在看着电视，遥控器只是在一档电视购物节目上迟疑了几秒，第二天那个电视购物的产品就被送到了家中。

还有某天，她在和父母吃着饭，突然提到一个在小镇根本买不到的食物，那是她在巴黎吃过的一种糕点，国内没有卖的，可第三天早上，她一睁开眼睛，看见床头柜上放着精心包裹的礼盒，打开来，正是在巴黎吃过的糕点，连牌子都一模一样。

钟御卿绝对悄悄来过。

钟御卿站在大屏幕前，伸手轻轻抚上唐小爱的脸。他是装了监控，尤其是唐小爱的卧室，全方位无死角的监控，无论什么角度，都能清晰地看到她的脸。

两个多月，看着她一颦一笑，看着她肚子像吹气球般胀大，钟御卿有种很奇妙的感觉，他很想亲手摸摸她的肚子，感受一下骨肉在里面沉睡的感觉。

屏幕上的触感冰冰冷冷，和真实的肌肤感觉完全不同。

他好想那个温温软软柔柔弱弱的女人。现在只想抱着她睡觉，只要能抱一会，他也是开心的。

钟御卿将脸贴到冰凉的大屏幕上，屏幕上是唐小爱躺在床上发呆的脸。对他来说，他是很喜欢控制对方的意愿和一切，想让对方首先缴械投降，甘心服从他。可是现在，钟御卿只想抱着她睡觉。

有人说，爱情并不是通过做爱的欲望而体现的，而是通过她与她共眠的欲求而体现出来的，钟御卿知道自己早已爱上她，不可自拔地爱上。

秋高气爽的天气，弥漫着桂花香味的小院子里很热闹。

一辆黑色的轿车从远处驶来，停在了院子门口。车门推开，穿着职业裙的一条美腿伸出来。

“小昭？你昨天晚上不是还在纽约吗？”唐小爱一看见来人，立刻惊喜地迎上去。

“谁让你那么想我，所以就包机赶回来了。”小昭轻轻抱了抱唐小爱，随即摸向她的肚子，“一个月多不见，这小宝贝可真能长。”

“快六个月了，再不长就糟糕了。”唐小爱笑了起来，说道。

小昭接过茶放在桌子上，继续和唐小爱亲热地聊着天：“小爱，这次我应该感谢你把我捞回来了，在纽约实在太累了，你刚给我打完电话，秦总就发话了，让我先撤回来。这是给你带的礼物，看看喜不喜欢。”

“喜欢。”唐小爱打开礼盒，里面是一瓶香水，她怀孕后就没有用过这些东西。

“全天然提纯的，所以不必担心对宝宝不好，晚上喷一点在枕头边，会让你睡得更香。”小昭说着，又从自己的大包里掏出一个礼盒，“这是KLY集团老总托我送给你的礼物，打开看看。”

“KLY？他怎么会送我东西？”唐小爱有些惊讶地打开礼盒，里面静静躺着一枚精致的手表，一看就知道价格不菲。

“那些商人当然不会白送你东西的。”小昭微微一笑，“上次不是说准备给他们这款手表代言吗？后来因为各种原因耽误了，现在他们还想着请你出山呢。”

“还是退回去吧，无功不受禄，收了心里过意不去。”唐小爱合上礼盒，推给小昭说道。

“他们送出来就肯定不想被退回去，而且那些奢侈品的老总们，也不在乎这点东西，只是维系以后的感情而已，你就拿着吧，就当给他们一个面子。”小昭摇摇头，唐小爱在娱乐圈这么久，还是不习惯那些规则。

钟御卿坐在沙发上支着下巴，看着一群人围着餐桌有说有笑，黑眸中流出一丝淡淡的孤寂。

“你这种人活该被抛弃，平时做事那么不给别人留余地，做事太绝，现在遭报应了吧？”和他并排坐在沙发上的是秦峻宁，正举着高脚杯品着红酒，淡淡说道。

“钟御卿，你非要等她给你电话吗？ 自己主动出现会死啊？！”秦峻宁见钟御卿不说话，忍不住开始骂人，“小昭本来在国外有正事，你倒好，专机把她接回来，你以为我的人是随便用的吗？ 太过分了！ 每次都是这样，把埃斯克罗当成你的东西了！”

钟御卿端起高脚杯，抿了口红酒，眼神锁在屏幕里唐小爱的脸上，始终没说话。

“像你这种闷骚又古怪的男人，难怪老婆会跑，换成我，我也不想见到你。”秦峻宁受不了钟御卿一直不说话，那种感觉特别压抑。

钟御卿去摸茶几上的烟和打火机，夹在指间，往唇边送去。

“你能不能别抽了？”秦峻宁一把将他的烟夺走，揉碎扔在垃圾桶里，皱起眉，“我没法接手唐小爱，你自己回收吧。”秦峻宁说出这句话后，突然异常烦躁，他拿过钟御卿手中的打火机，打着火，然后又熄灭，如此反复数次，才继续说道，“但是我和她的合约还没有解除，她虽然嫁给了你，可人还是我的，她的事业我不会轻易放弃。”

“为什么没法接手她？ 你介意她肚子里的孩子？”钟御卿灌了一大口酒，声音微冷，“我不是已经说了，孩子不会让你抚养，等生下孩子之后，我会和她离婚。”

“我倒是希望我是因为介意她肚子的孩子才放弃的！”秦峻宁露出讥讽的笑容，“可惜她不给我这个机会，她完全不给我任何机会！ 她根本就不想和我有任何发展，我又不是你这种无耻的人，可以不择手段把她抢过去囚禁起来，所以我现在只能退货！”

“我为什么要一直犯贱地去品尝失败的滋味？ 每次和她见面之后，我都想我到底在做什么愚蠢的事情，一次次接近，一次次失败，我不喜欢这样没有未来的感觉，我也讨厌没有结果的感情，所以我退出，我退出你们的世界！”秦峻宁拿起红酒瓶往嘴里灌了两口，胸口起伏着，“钟御卿，我讨厌死你了，你抢走了我的人就算了，还要给我恶心的恩赐，让我再去接近她，再去品尝痛苦，你到底有多恨我？ 我发现你的心真是黑的，难怪唐小爱那么怕你！ 恨不得一生一世躲开你，我现在也有这样的感觉！”

“我有那么坏吗？”钟御卿在秦峻宁发泄完之后，轻飘飘地反问一句。

“你……你已经坏到无药可救了，我现在多看你一眼，就觉得离地狱近一步，真够讨厌……看上去像是给我希望和机会，大大方方地把小爱还给我，可其实是想让我再尝尝被拒绝的痛苦滋味吧？”秦峻宁好想一酒瓶砸到淡定从容的某人脑门上。

“我是真心想还给你的。”钟御卿突然露出一丝微笑，他不坏，真的不坏，至少对秦峻宁不坏，但是从秦峻宁嘴里听到被唐小爱拒绝这种话，不知道为什么，还是很开心。

“闭嘴，你要是再说这种不负责任的话，即使小爱对我没感觉，我也把她带走！”秦峻宁怒气冲冲地骂道，“别把所有人都当成商品，想买就买，想扔就扔！”

“我是喜欢将所有东西商品化，除了感情。”钟御卿看着秦峻宁，低低说道。

“那就去找她！ 每次让我去算什么？ 我只是她的经纪人！”秦峻宁恼火地想把钟御卿抽死。

“但是她宁可见到你，也不想见到我。”钟御卿还能笑得出来，“峻宁，你说我是不是也很失败？”

“你那是活该！ 自己种下的恶果自己吃，反正我是不会当回收站，你自己看着办吧。”秦峻宁现在看到钟御卿就觉得自己五脏六腑都充斥着炸药，有一点火花就会爆炸：“还有，小爱现在的身体状况很好，每天宅着太浪费时间，我准备给她安排一点轻松的工作，你别给我在一边指手画脚。”

“谁说她宅着？ 她每天也有自己的事要做，你不能压榨孕妇的精力。”钟御卿刚才从监控器里听到小昭的话，就知道秦峻宁准备让唐小爱接活。

“我是你这种无良奸商吗？”秦峻宁皱起眉，看向钟御卿，“我最多只是让她做做代言，出席一点活动，接受接受采访，没事走动走动，又不会让她去拍武戏！”

“你敢让她再拍武戏试试。”钟御卿挑起眉，声线危险地沉了下来。

那次他亲眼看到唐小爱差点摔死，到现在回想起来还是会有一种抽疼的感觉。 也就是那时候，知道她不能死，不能从自己生命里消失……知道她是自己心里的一粒沙，可以开出美丽的花。

“忘了她还是我的艺人，按照合约，我本来不该放她任何假，而且她意外怀孕已经违约了，你知道这几个月我损失了多少吗？”秦峻宁说着说着又怒火上升，恨不得把钟御卿碎尸万段。

“损失多少，我赔。”钟御卿示意他站一边去，因为挡住了视频里唐小爱的脸。

“你还说我喜欢拿钱砸人，你自己才是最喜欢拿钱铺道的家伙！ 不是什么东西都能用钱摆平的，有本事先用钱把自己老婆的心买回来再说。”秦峻宁说完，转身离开。

钟御卿看着他用力关上房门，黑眸的笑意渐渐凝结。 的确，不是所有的东西都能用钱摆平，比如过去、未来，还有一个人的真心……

“已经确定是小公主了吧？”小昭问。

“嗯，女孩儿。”唐小爱喜欢女孩，如果生了个男孩，不知道会被钟御卿拿去怎么调教，长大后万一像钟御卿，她会气死。

“女孩好，听过那句话吗？给一个男人最大的惩罚，就是为他生个女儿。”小昭噙着温柔的笑意，“女儿是妈妈的贴心小棉袄，是爸爸的前世冤家，保准折腾死他。她哭的时候，他必须得哄，她摔东西，他还得接着，她尿裤子，让他去洗，你们娘俩就使劲折腾他……”

“你不了解他那种人，要是这小家伙真这么闹，钟御卿会把她丢到小黑屋关着。”唐小爱想想那个场景，突然有种说不出的温暖感觉，那种感觉就像是血液的温度升高了，熨贴得浑身舒服。

“去问问他会不会这么做。”小昭抓住了唐小爱眼底的那丝无意识的幸福感，立刻说道。

“啊？”唐小爱还沉浸在某种虚无的幻想里，因为肚子里这个小生命带来的幻想。

“我帮你问。”小昭说着拿起手机，找到钟御卿的电话，没等唐小爱反应过来，就打过去。

小昭知道秦峻宁和唐小爱已经不可能了，作为唐小爱的朋友，她唯一希望的，也就是唐小爱能回归幸福。不能和秦峻宁在一起，也要回到钟御卿的身边，否则，她和她肚子里的宝宝怎么办？

“不要给他打电话。”唐小爱握着手机，脸色微红，“这种事有什么好问的，以后生出来就知道了。”

“小爱，你不用和别人沟通吗？”小昭一脸无奈，给她揉着肚子，“就算你不用，宝宝说不准还想和她亲爹说说话呢。”

唐小爱低下头，不吭声了。

“你呀……”小昭正要说她，沙发边的电话响了起来。

唐小爱看也没有看电话号码，接起电话。

那边没有声音。唐小爱下意识地看了眼电话号码，表情有些僵硬起来，来电是钟御卿办公室的号码。她也沉默下来，刚才飞扬的表情有几丝压抑。

“妈妈说你想吃 H. H 的蛋糕，是吗？”钟御卿问道。

这两个多月，他只和唐小爱通过两次电话，每次都是最简单的问候，因为唐小爱和他没有多余的话说，他也不想让她心烦，索性就不打了，没事给家人打电话聊聊天，然后看着她平时每天的“现场直播”，看着她肚子一点一滴的变化，也能慰藉孤寂的夜晚。

唐小爱没有说过这句话，可总不能把奶奶的话推翻，“刚才有点，不过现在不想吃了。”

唐小爱说完，那边又是一阵沉默。她只要给一点点台阶，钟御卿都会立刻踩上去跟进。

“没其他事的话……我挂了。”唐小爱渐渐从懊恼变得生气，她真讨厌沉默时的钟御卿，即便隔着电话，都让人感觉那么不自在。

“最近感觉还好吧？”钟御卿听到她的声音，条理清晰的大脑有点乱，他丢掉了刚才准备好的话，重新找一个话题，“听海医生说你的睡眠不太好，要不要紧？”

“哦，这段时间还好，因为肚子太大了……晚上睡觉不知道往哪里放……”唐小爱觉得钟御卿的问题好僵硬。

“不是有为孕妇睡觉设计的睡枕吗？不好用？”钟御卿其实看得到她每天的情况，可还是装作什么都不知道，问道。

“还可以。”唐小爱有些烦躁地绞着头发，真想对他说，她睡不好都是因为他。因为他强行把一个东西塞到自己的肚子里，越长越大……

“要不我让人去给你换个更合适的，明天就六个月了吧？以后会更不舒服。”钟御卿见她话变少，突然怕她挂断，立刻又说道。

“不用了，妈妈说习惯了就好。”唐小爱也不想太娇气，虽然怀孕初期情绪非常差，但是三个月后就稳定多了，现在被照顾太好反而不适应。

“还有好几个月，每天晚上都睡不好怎么办？”钟御卿又问道。

“我怎么知道？”唐小爱突然有些烦躁的反问，“没其他事的话，我就挂了。”

“对不起，让你这么辛苦。”钟御卿拿着电话，听着电话里传出的“嘟嘟嘟”的声音，眼里有一丝失望：她到最后也没有给自己一个台阶。

秋天的梧桐树在风中放飞着树叶，一路金黄。

秋天总会让人想到收获，或许和这个季节的颜色也有关。

金黄色的大地，各种果实结满枝头，让人会很安心，接下来的季节就是让人想回家的季节——冬季。

眷念着温暖被窝和年味越来越浓、渴望回家团聚的冬天。

钟御卿坐在轿车的后排，看着身边放着的蛋糕盒，唐小爱没有给他台阶，他还是厚颜无耻地给自己找了台阶，因为再也忍不住那种蚀骨的想念。 到现在为止，已经整整一百天没有和她面对面说话……

有几次偷偷趁着她睡着溜进她的房间看一眼，可那完全是做贼的感觉，害怕她突然醒过来，也不敢伸手去碰她……

因为她怀着自己的孩子，因为现在珍惜她，钟御卿不愿意用任何过分的手段去伤害她。

“老板，恕我直言，其实你真的早该去看小爱。”海鱼鱼说。

钟御卿没有说话，他不喜欢让一个心理医生去解剖自己。

不过海鱼鱼也没有到解剖钟御卿心理的程度，不只是因为钟御卿的外表太平静，让心理医生难以找到破绽，还因为钟御卿的性格真的像风平浪静的海面，但里面装的风浪，随时能吞噬别人。

“小爱虽然表面上好像对您很冷漠，可……可是怀孕中的女人，总会渴望伴侣的安抚。”海鱼鱼很小心地说着，观察着钟御卿的表情。

“怀孕中的女人脾气很古怪。”钟御卿冒出一句没头没脑的话。

海鱼鱼是心理医师，能迅速分析钟御卿这句话的意思。钟御卿是怕被唐小爱再次拒绝，也可以说，钟御卿不知道该怎么取悦怀孕中脾气古怪的女人。

“不，怀孕四个月到七个月的女人，情绪通常很稳定，而且精神状态会很好，很有活力，可以让她多活动活动，做一点有兴趣的事。”海鱼鱼立刻说道，她不急着立刻说出取悦唐小爱的办法，慢慢绕着圈子说，也不至于让钟御卿感觉不舒服。

唐小爱以前就很安静，安静地藏在一个角落，像一朵静静等待绽放的花朵，那么特别。

现在依旧安静，眉眼中还是带着天长地久永恒不变的温柔静雅，让人心安，仿佛她在哪里，哪里就是一个小小的安定的世界。

“秦总不是准备让她接一点工作吗？”海鱼鱼只能点到为止，剩下的，都教给钟御卿去做吧，像钟御卿这么聪明的人，也不用她说得更详细了。

钟御卿微微眯起黑眸，看着外面的群山，已经快到家了。他第一次有那种“近乡情更怯”的感觉。

“我的天啊，小祖宗，你可算回来了！”楼下，传来钟妈妈大呼小叫的声音。

“小爱，小爱？”紧接着是唐妈妈的声音。

相比热闹无比的楼下，二楼的唐小爱靠在沙发上已经睡着了。

因为是孕妇，有时候还是会犯困，尤其是春困秋乏的秋天，唐小爱基本上午饭过后都要小憩一会，今天和小昭聊天，聊得忘了睡觉，这会在打盹。

“妈，别喊了，我上去看看。”钟御卿急忙说道。

二楼出现小昭的身影，她看见钟御卿竟然回来了，不由露出喜悦的表情。

“小爱在上面睡着了，快上去吧。”小昭飞快下楼，对钟御卿说道。

钟御卿眼神有些复杂地看着二楼的客厅房，几秒后，往上面走去。

二楼客厅的沙发上，唐小爱侧躺着，睡得正香。

钟御卿轻手轻脚走到她的身边，慢慢蹲下来，仔细看着她酣睡的脸庞。她被调养得很好，气色红润，一张巴掌大的小脸现在圆润很多，看上去就让人欢喜——从尖尖的瘦瘦的瓜子脸变成了小苹果。

钟御卿不知道凝视了多久，最终伸出手，有些迟疑地往她脸上抚去。但是还没碰到她的面颊，唐小爱微微皱了皱眉，钟御卿立刻缩回手，像是怕吵醒她。

片刻后，钟御卿再次伸手，轻轻碰了碰她的指尖，见她没有任何反应，这才一点点攥住她的手指，有些贪婪地攥着。

钟御卿在昨天晚上还在想着，只要能和她通一次电话，听到她的声音就够了；可当今天给她打电话的时候，他又想着如果能站在她面前亲眼看着她就好了；然后他就回来了，站在她的面前，可是刚才看到她第一眼时，立刻又想着，可以摸摸她就好了……现在摸到了，钟御卿又渴望能抱抱她……

一只手握着她的指尖，另一只手轻轻往她的腹部摸去，钟御卿的心脏不受控制地狂跳起来。这是他第一次这么清晰地感觉到那个小生命的跳动，他忍不住将脸贴过去，轻轻贴在她隆起的腹部，那种连接着母体胎心的跳动，撞击着钟御卿的心脏，他甚至感觉自己听到了小宝贝吞咽羊水的声音……

钟御卿突然恨自己，因为他竟然忍耐了一百天的时间不来陪她，他竟然错过了一百天的时间观察自己孩子的生命历程……

钟御卿半跪在沙发边，紧紧贴着唐小爱的腹部，唇边不自觉地露出懊恼又幸福的笑容。

“你……你醒了？”突然，钟御卿抬起头，看向不知道何时睁开眼睛的唐小爱。

“嗯。”唐小爱像是刚睡醒，还没彻底清醒，看着钟御卿的眼神带着一丝迷茫。

“是我吵醒你了吗？”钟御卿赶紧收回自己的手，有些无措地站起身。

他离开太久，虽然在脑海里已经设计过无数场景和话题，可一接触到唐小爱的眼神，钟御卿还是“忘词”了。他倒宁愿自己是沉浸在唐小爱肚子里小生命的喜悦里，可事实并非如此，钟御卿现在的感觉抽离了做父亲的喜悦，他现在只剩下对唐小爱的歉意。

让她一个人带着宝宝度过那么多漫长的日夜，他作为父亲和丈夫，什么都不能为她做，甚至连陪伴和温存都没有给她。

“你……怎么来了？”唐小爱也似乎刚回过神，她刚才以为自己在做梦。

因为一睁眼，看见孩子爸爸一脸幸福地贴在自己的肚子上……这在她的梦境里无数次出现过。

“妈妈不是说你想吃蛋糕吗？所以我给你带了点。”钟御卿已经努力稳住自己的情绪，他是身经百战泰山崩于前而面不改色的商业巨贾，怎么能因为唐小爱的眼神乱了阵脚？

钟御卿刚刚走到门口，就看到门外墙壁边靠着一溜的人马，所有人都躲在这边偷听呢。

小昭率先递上蛋糕。

“还有刚榨好的果汁。”海鱼鱼端着一杯绿色的果汁。

“还要什么，妈妈去给你拿。”钟妈妈急忙说道。

“什么都不要了。”钟御卿闭上眼睛，忍了忍，再次睁开黑眸，眸中已没了任何情绪，只有温柔的笑意，“你们没其他事做了吗？”

唐小爱也听到了外面的动静，不由咬了咬唇，看来一家人都在关心她和钟御卿之间的关系。其实她很想劝自己放下以前，重新开始生活，但是她对钟御卿没有信心。

就像那天对海鱼鱼说的一样，爱情的帝国建立在信念之上，如今她的信念全被钟御卿毁掉了，现在想重新建立起来，只怕很难很难。

“我让海鱼鱼过来了，给你配了个新睡枕，不过她说要晚上睡得舒服，最好还是量身定做，看看肚子的围度。”钟御卿试着找回控制话题的能力，但是他有些力不从心。

可能还是因为太久没有见面了，加上唐小爱的肚子……她大着肚子的样子，即便钟御卿每天在监控里看一整夜，可这么近距离看到真人，还是觉得有点陌生。

陌生又新奇，很想把她们娘俩抱在怀里，说自己会保护你们一辈子……但是这么煽情的话现在还说不出口，钟御卿第一次对一个女人那么手足无措，这种感觉糟糕透了。

“不用那么麻烦，我真的没事。”唐小爱说话的时候带着生疏的礼貌和客气，就像和一个不太熟悉的客人说话。

“不是晚上睡不好吗？现在睡眠很重要，你要是休息不好，我们的宝宝也会休息不好。”钟御卿暗中咬咬牙，他有点不爽了，因为唐小爱那么生疏客套的语气。

所以他故意将“我们的宝宝”咬得很重。

唐小爱不说话了，她不知道该说什么，因为很久没和钟御卿见面了，刚才突然看到他的脸，让她五味杂陈。每次一看见他，就会为自己的未来担心，钟御卿让她太没有安全感了。不知道该信任地完全将自己交给他，还是应该逃走。

“抱歉……”钟御卿见她低下头沉默，伸手轻轻握住她的手，只低低重复着两个字，“抱歉。”

“你不用对我说这两个字。”唐小爱想抽回手，却被他攥紧。

“都是我不好……抱歉，我这段时间没有来陪你……”

“你工作忙，而且我挺好，不用陪我。”唐小爱尽量用很“官方”的口吻说道，不夹带自己的私人感情。

“作为丈夫和父亲，陪你是应该的。”钟御卿还是忍不住想宣布和强调自己的身份，并且开始想趁机抢回自己的权力和主权，“以后不管工作怎么忙，我都会抽出时间陪你的。”

“真的不需要……”唐小爱从刚才的不适感，慢慢地又感觉到那个强势腹黑的钟御卿回来了，她开始下意识地拒绝。

“你不需要，她需要呢。”钟御卿这次大大方方地抚上她的肚子，“女儿应该很想让爸爸每天晚上给她说故事吧？”

“每天晚上说故事？”唐小爱有点卡壳，这时候她又感觉到肚子里的小宝贝在闹腾，像是替她回应钟御卿的话。

“对啊，胎教书上是这么说的，海医生，你也建议过吧？”钟御卿突然抬头对着外面问道。

“啊……”海鱼鱼一个踉跄，从客厅敞开式的拱门边被推了出来，有些尴尬地笑着，“是啊是啊，爸爸多陪陪孕妇和宝宝，会有很多好处……”

“我也早就这么说了么，小卿，你这么聪明能干，就是因为当初妈妈怀你的时候，你爸爸每天在一边给你背数学公式……”钟妈妈也从门边走出来，看来外面一群人刚才又聚在一起偷听。

唐小爱没想到大家还在外面偷听里面的谈话，脸都红了，现在一家人都表明态度了，而且一口一句为了她肚子里的宝宝，她还能说什么？

唐小爱第二天醒来，看着天花板迷糊了几秒后，突然想到昨天晚上事，她下意识扭头往身边看去，另一个枕头空空荡荡，钟御卿并不在床上。

唐小爱还发现自己的腰部被垫上了孕妇专用的睡枕，所以昨晚睡得那么舒服，可能是某个人一直在帮她调整睡姿吧。

“醒了吗？”突然声音从一个角落传来，循着声音，她才发现钟御卿穿着睡衣坐在落地窗边的摇椅上。

钟御卿站起身，拉开窗帘，立刻阳光涌进来，整个屋子刹那间明亮起来。

“你昨天晚上……没睡？”唐小爱伸手挡住眼睛，光线太强烈，她一时不能适应。

“睡了。”钟御卿转过身，背对着阳光看着床上的女人，露出微笑。

“在椅子上？”唐小爱又问道，内心突然有点过意不去。

也许是她看见钟御卿睡在摇椅上一整夜，心里的第一反应就是不安，觉得自己虐待了对方。

“昨晚不是说过不上床吗？”钟御卿走到床边，依旧冲着她微笑，他最擅长的就是以退为进，“可以有个早安吻吗？”

“啊？”唐小爱早上刚醒时是有点迟钝，还没反应过来，唇上就感觉到温温软软的一吻，不过蜻蜓点水般很快就撤离了。

如果不是唇上还残留一丝他的味道，唐小爱会以为是幻觉。

“要穿什么衣服，我帮你拿。”钟御卿直起身，一副什么都没发生的样子，问道。

“我自己来吧。”唐小爱伸手摸了摸自己的唇，大脑始终有些糊涂，转不过弯来。

“穿这套吧，今天阳光好。”钟御卿从他的衣柜里拿出一套粉色的孕妇装，说道。

唐小爱坐在床上，有些傻傻地看着他。 她看见钟御卿拉开衣柜的那一瞬间，突然想到在婚礼前的那一天……

钟御卿将她拽进衣帽间里，在黑灰的色调中，包裹着另一个世界——各种颜色的婚纱，长长的蕾丝拖尾，华丽无比的勾珠镶钻，高雅简约的裁剪设计……他收集了世界上最美的婚纱，藏在他的衣帽间的深处，而她却落荒而逃。

如今，她所有的衣服依旧是钟御卿让人送过来的，腰围尺寸丝毫不差，随着她肚子的每天增长每天更换，放在两家的卧室里，放在他的衣橱里面，就像那天一样。

“不喜欢？不喜欢的话就换……”钟御卿拿着那套孕妇装走到唐小爱面前，发现她眼神不转弯地盯着他，那双睡意渐消的眼神，闪过一丝泪光。

“小爱，别这样……不想见到我的话……我现在就走。”钟御卿看见她眼里泪光闪动，眼眶渐渐红了，黑白分明的眼里仿佛蓄积着越来越多的星子，随时会坠落下来，他有点慌了，立刻说道。

秦峻宁说过唐小爱最漂亮的时候，是哭的时候，可钟御卿现在不想看到她的泪水。现在他觉得，唐小爱最美的时候，是她灿烂大笑的时候，仿佛春暖花开。

钟御卿说着立刻转身，连睡衣都不换就准备离开。可他刚转过身，衣角就被轻轻牵住。

“裸色的。”唐小爱吸了吸鼻子，忍住因为那些回忆而四溢的泪水，带着浓浓的娇软的鼻音说道。

钟御卿的眼底涌起一丝欢喜，那丝喜悦渐渐扩散，压也压不住地弥漫在他整个脸上。她不是在讨厌自己吗？不是像怀孕初期那样，看见他甚至会吐？

“好，我给你去拿那套裸色的衣服。”钟御卿低哑着声音说道。

唐小爱看着他再次拉开衣橱，里面挂着他深色的各式西服外套，她的衣服挂在另一边，浅淡柔和地占据着他的地盘，那么显眼。

钟御卿站洗手台前，看着她用的牙刷，伸手拿起来挤出牙膏。他本来是要为她挤好牙膏放好水，然后等她来洗漱。可最后却变成了他将她的牙刷放进口中，刷起牙来。

钟御卿看着镜子里成熟稳重的男人，突然觉得有点可笑。最初和唐小爱在一起的时候，她的青涩和反应慢一拍的感觉，总会让他想起一些少年时光才有的懵懂和悸动，仿佛他被拉回了花季雨季。

可现在，才是真正的返璞归真了，不再是唐小爱的反应青稚，而是他回到了那种少男的心情。不知不觉做出很多不符合他性格和身份的举动，对她的一颦一笑都紧张得要死，明明万花丛中过，可钟御卿还是感觉她让自己处在一个追求爱情的时光。

清晨的乡间小路很幽静，有些枯黄的草丛里还有点点绿色，点缀着不知名的红红紫紫的花朵，远处的羊群像云朵掉在了山坡上，缓缓移动着。

“小心脚下。”钟御卿试着去握唐小爱的手，发现她没有甩掉自己，眼里露出一丝愉快的笑意，“就走到前面的山坡吧，累不累？”

唐小爱在他的手放在自己腰间的时候，微微有些避让，但被他拥住之后，也就忍住了避开，因为有个人在身边这么扶着托着，确实……很舒服。

远处的农家庭院里，钟妈妈看着那对小夫妻，笑着摇摇头：“你看，我说睡一觉就好了吧？”

HDK 电影节的开幕式。

红地毯上依旧是百花争艳，各种长短礼服，各种妆容，各种露背露腿露胸，谋杀着在场媒体的菲林……

露天的超大 led 屏幕上放着一部电影的片段剪辑，上面的场景定格在一个绿衣女子的侧面。

温柔静婉的侧面，如同一副悠远的画面，色彩那么令人舒服，那眼睛里透着许多许多故事，但最终都凝结为一种清浅的岁月。

这是秦峻宁最新执导的电影——《采薇》，入围电影节的各大奖项提名，包括最佳女主角、最佳男主角、最佳导演、最佳编剧和音乐，是头号热门影片。

因为女主角的缺席，让制作班底不得不改变之前的策划，在宣传上不够力度，但是没有想到上映第一天就打破了最近三年来的电影票房，随即票房节节高升，让萎靡不振的电影市场刮起了一阵不小的复古风潮。

对情场失意的秦峻宁来说，不知道是不是一种补偿。

一辆身价上亿的黑色加长劳斯莱斯将所有媒体的镜头都拉了过去。车门打开，秦峻宁穿着高级手工定制的西服从车里走出来。

人群一片沸腾，秦峻宁在闪光灯中，走到车门的另一侧，拉开车门，一只手挡在车门上，低低说道："小心点。"

唐小爱抬头对他笑了笑，提起裙角走下车。

"唐小爱？"

"唐小爱真的出席了……"

红地毯外的人群兴奋又惊讶地交头接耳。因为唐小爱自从电影拍摄完之后，就再也没有出席过任何宣传活动，大家都知道她怀孕了，钟御卿不会让她再出席任何的活动，可是没有想到，她能挺着七个月的大肚子参加这场电影节。

唐小爱穿着一袭轻纱飘飞的白裙，没有露胸没有露腿也没有露背，甚至连胳膊都没有露，还挺着大大的肚子，妆容淡雅到了极致，可是那种韵味和孕味，已经秒杀了在场所有的镜头。

秦峻宁轻轻扶着她，走在红地毯上，两个人看上去那么般配，仿佛不止是事业上的最佳拍档，更应该是生活上最佳伴侣。

外面的一群粉丝对着自己的偶像不停尖叫。秦峻宁和唐小爱身后跟着刘进，这一次，整个制作班底都到齐了，不过不是为了宣传，而是为了享受荣誉。

颁奖典礼的会场，钟御卿坐在一个角落，静静看着聚光灯下的唐小爱。

“老板，全部准备好了。”张墨阳从一侧匆匆走过来，低低说道。

钟御卿点点头，依旧看着会场上的唐小爱。她面对镜头很从容淡定，手中那个无数女演员渴望得到的奖杯，在她的手里只是一种陪衬，并不是主角。她的发言词也简短到不能再短的地步，只有两个字——“谢谢”。她说谢谢的时候，看的是秦峻宁。

这份荣耀应该是秦峻宁的，她只是一颗沙子，被血肉一层层包裹着，渐渐蜕变成珍珠。

是的，她也是秦峻宁心中的那颗沙子。

所不同的是，秦峻宁无法将她继续留在身体里珍藏，只能忍着痛苦将她取出来，让所有人都看见这颗珍珠的美丽。

唐小爱在庆功酒会上再一次喝酒，虽然她是孕妇，虽然她一贯在外面场合滴酒不沾。可这一次，唐小爱端起红酒，和整个剧组一一碰杯。

“小爱，少喝点，肚子还装着一个呢，要是出了什么事，你家那位会找我麻烦的。”秦峻宁走到唐小爱的身边，叮嘱着。

“不会过量。”唐小爱一向很自制，她弯起唇角笑了起来，晃着半杯红酒，她都是点到即止，“今天应该是你一个人的盛宴，恭喜你。”

“一个人……岂不是太孤单了？我宁可这么热热闹闹的，也不想孤孤单单品尝胜利。”秦峻宁和她碰了一杯，“生完孩子，还得给我继续工作，听到没有？”

看看时间不早了，唐小爱提出告辞。

“我送你。”秦峻宁立刻放下酒杯说道。

“别把时间浪费在别人的老婆身上。”钟御卿的声音突然出现在秦峻宁的脑后。

唐小爱觉得自己有些醉意了，此刻她看谁都很美好，带着晕晕的光圈。

“还好吗？没喝多吧？”钟御卿驱车带着她往酒店方向驶去，问道。

“还好。”唐小爱看着外面的风景，突然笑了起来，“其实，我以前偷偷练过。”

“练过？练过什么？”钟御卿装作不知道。

“每天晚上灌自己一杯红酒，然后睡死过去。”唐小爱扭过头看向钟御卿，“因为我怕再一次被灌醉。”

“以后没人会灌你，除非你自己想醉。”钟御卿伸手揉了揉她的头发，突然在一个红绿灯的岔路口左拐，背离了酒店的方向。

“你要去哪儿？”唐小爱发现方向不对，问道。

“今天拿到电影节的最佳女主角，我也该送你点礼物恭喜吧？”钟御卿说话间，车已经停在了路口边的一座超级购物大厦门口。

虽然将近十点，可这里依旧人来人往，热闹非凡。穿着礼服的唐小爱和英俊笔挺的钟御卿一下车，立刻引来所有人的目光。

几乎马上就有人认出了唐小爱，开始凑过来尖叫要求签名和合影。

钟御卿差点忘了老婆现在是大明星，他立刻搂着唐小爱往里面走去，身后的保安在极力维持混乱的秩序。

在商场最显眼的一个位置，钟御卿护着唐小爱，推开玻璃门走进去，然后顺手关上玻璃门，将一群疯狂的粉丝和看热闹的人群挡在了玻璃外面，这才松了口气。

“看来以后不能带你出门，你只能在家里呆着。”钟御卿对着唐小爱半开玩笑地说道。

“这是什么？”唐小爱在柜台前愣住，看着里面各种各样的珠宝首饰，眼里渐渐升起雾气。

这是一家珠宝店，只是里面摆设的珠宝首饰，全部都是按照她怀孕前几个月在家里写写画画的草图设计而成，衍生出一系列的造型……一个男人要多用心，才能送她这样一间原创设计手工珠宝店？

唐小爱站在颁奖典礼上，面对无数该有的和不该有的荣耀，拿着所有女演员梦寐以求的金色百合花，也没有掉泪。可现在，她看见那树叶形状的耳坠，看见那花藤形状的手链，看见那栩栩如生的月季花……她抬手捂住眼睛，突然觉得失去的那些信念在一点点回归。

钟御卿轻轻拥着她，薄唇贴在她的额头上：“宝贝，不准哭，以后都不准哭。”

“我没哭……是宝宝在踢我……”外面突然有闪光灯亮起，唐小爱急忙将眼泪擦在钟御卿的西服上，努力调整着自己的表情。

“等她出来了，我把她丢到小黑屋里去，让她没事就折腾妈妈。”钟御卿笑着搂紧她。

“你……”唐小爱脸色蓦然一红，眼角余光发现玻璃门外已经聚满了人群，正在用手机相机拍着里面的场景，已经想象得到明天的头条会是什么了……

看来，她这辈子，都摆脱不掉这个天使般的魔鬼男人……

（全书完）